天下第一俠客

천하제일협객

천하제일협객 2
황규영 新무협 판타지 소설

초판 1쇄 찍은 날 § 2007년 1월 12일
초판 1쇄 펴낸 날 § 2007년 1월 20일

지은이 § 황규영
펴낸이 § 서경석

편집장 § 문혜영
편집책임 § 유경화
편집 § 이재권

펴낸곳 § 도서출판 청어람
등록번호 § 제1081-1-89호
등록일자 § 1999. 5. 31
어람번호 § 제2-1104호

주소 § 경기도 부천시 원미구 심곡1동 350-1 남성B/D 3F (우) 420-011
전화 § 032-656-4452 팩스 § 032-656-4453
http://www.chungeoram.com
E-mail § eoram99@chollian.net

ⓒ 황규영, 2007

ISBN 978-89-251-0497-3 04810
ISBN 978-89-251-0495-9 (세트)

※ 파본은 구입하신 서점에서 교환하여 드립니다.
※ 저자와 협의하여 인지를 붙이지 않습니다.

황규영 新무협 판타지 소설 ②

天下第一俠客
천하제일협객
Fantastic Oriental Heroes

도서출판 청어람

목차

第 一 章	…………………	7
第 二 章	…………………	41
第 三 章	…………………	78
第 四 章	…………………	105
第 五 章	…………………	139
第 六 章	…………………	177
第 七 章	…………………	207
第 八 章	…………………	238
第 九 章	…………………	270
第 十 章	…………………	310

第一章

 장원의 사람들은 말과 간단한 준비물을 마련한다고 난리가 났다. 서흑수는 그 시간에 구가장의 사람들에게 구소라에 대한 일을 질문하러 다녔다.
 그사이에 당이환이 당화련에게 다가왔다.
 "화련아, 난……."
 당화련이 재빨리 당이환에게 말했다.
 "오빠, 어떻게 제 소식을 들으셨어요?"
 "네 소식은 항상 듣고 있었다."
 "다행이에요. 오빠 같은 고수가 와줘서요. 오빠가 그렇게 열심히 수련한 것이 이럴 때 도움이 될 줄은 몰랐어요."

"내가 그때 그렇게 수련을 한 것은……."
"소미가 납치된 지금은 오빠의 도움이 정말 필요해요."
"아이의 이름을 소미라고 지었구나."
"네, 예쁘죠?"
"예쁘구나."
"이름만 예쁜 게 아니라 얼굴도 정말 예뻐요. 마음씨도 착하고요."
당이환이 망설이다가 말했다.
"화련아, 나는……."
당화련이 얼른 사람들에게 돌아가며 말했다.
"아, 준비할 것이 많은데 내가 이러고 있으면 안 되지. 오빠, 조금만 기다려요. 금방 챙겨줄게요."
그런 그녀의 뒷모습을 보는 당이환의 어깨가 축 늘어졌다.
'그래. 지금은 잃어버린 아이를 찾는 것이 중요하지. 대화는 그 이후에 나눠도 되겠지. 내가 너무 서둘렀구나.'

서흑수와 당이환, 그리고 고세옥은 말을 타고 창현으로 달렸다.
당이환이 말 타는 서흑수를 보고 인상을 썼다.
"자네, 흑수라고 했나?"
"그렇습니다."
"말을 꽤 잘 타는군."

"잘 탄다고 이미 말했습니다."

"말 타는 것은 어디서 배웠나?"

서흑수가 잠시 멈칫했다.

'최고의 협객답게 영웅건 두르고 백마 타고 돌아다니고 싶었지. 정말 열심히 연습했는데.'

그 생각을 하자 입맛이 썼다.

"오다 가다 배웠습니다."

당이환의 눈초리는 의심을 가득 품고 있었다.

"거지꼴로 시골 장원에 들어온 사람이 말도 잘 타고, 무공도 제법이군. 더구나 상황 판단 능력은 우리 당문에서도 쉽게 찾을 수는 없는 수준. 참 공교롭지 않나?"

서흑수는 당이환의 이런 반응을 예상하고 있었다.

'내가 너무 나서서 움직이면 의심의 눈길을 피할 수 없지. 하지만 선택의 여지가 없어.'

"지금은 소미를 찾는 것이 가장 중요합니다."

"물론 그렇지. 그래서 두고 보는 것이라네. 하지만 혹시라도 다른 꿍꿍이가 드러난다면, 자네는 내 손에 죽네."

"그러시든지요. 소미 찾은 다음에."

* * *

창현의 이름난 의원 제갈유의는 환자를 진찰했다. 그의 이

맛살이 심하게 찌푸려졌다.

몸이 아픈 사람은 의원의 사소한 말 한마디에도 뜨끔하기 마련이다.

"의원님, 왜 그러십니까?"

제갈유의가 혀를 찼다.

"쯧쯧. 기력이 많이 쇠하셨습니다. 그거야 보약을 몇 첩 지어드리면 해결되겠지만… 허어, 이것 참. 어찌 이 지경이 되도록 그냥 놔두셨습니까?"

환자의 목소리가 떨렸다.

"무슨 문제가 있습니까?"

"무슨 문제? 모르셨습니까? 가만 놔두면 삼 년을 넘기기 어려운 병을 뱃속에 품고 계십니다."

누워 있던 환자가 몸을 벌떡 일으켰다.

"허억, 겨우 삼 년이라니요?"

"더 짧아질지도 모르지요."

"그럴 리가 없습니다. 저는 그동안 건강했습니다. 보약도 많이 먹고, 몸에 좋은 것도 많이 먹었단 말입니다."

제갈유의가 여전히 불편한 얼굴로 말했다.

"그렇게 믿으셨겠지요. 자각 증상이 없었을 테니까요."

"보약을 지어준 의원이 제 몸은 건강하다고 했습니다."

"그런 사기꾼과 저 중에 누구의 명성이 더 높습니까?"

"그야 당연히 제갈 의원 아니겠습니까? 그러니까 제가 찾아왔지요."

"맞습니다. 제가 실력이 더 좋으니까 명성도 더 높은 겁니다. 사실 이건 저니까 잡아냈지, 보통 의원이라면 진단 못합니다. 의심스러우면 돌팔이들을 찾아가 보십시오. 멀쩡하다는 헛소리만 할 테니."

목숨을 가지고 협박을 하자 환자는 겁을 먹고 온몸을 부들부들 떨었다.

"잘못, 잘못 진찰한 것은 아닙니까?"

"요새 들어 몸에 기운이 없고 아침에 제대로 일어나지 못하는 날이 많아지지 않으셨습니까?"

환자가 화들짝 놀랐다.

"그렇습니다. 저는 피곤해서 그런 줄 알았습니다."

"그래서 돌팔이들은 진찰하지 못한다는 겁니다. 겉보기에는 그냥 피곤해서 그런 것처럼 보이니까요. 저 정도 되는 명의가 아니라면 구분하지 못합니다."

환자의 눈에 눈물이 맺혔다.

"그럼 제가 정말로 큰 병에 걸린 것입니까?"

제갈유의는 내심 비웃었다.

'병은 무슨 병. 네가 젊은 첩을 들였다는 소식은 들었다. 밤이 새도록 할 짓이 뻔하니 지쳐서 기운이 없겠지. 잠이 모자라니 아침에 못 일어날 테고.'

"저도 안타깝습니다."

환자가 제갈유의의 손을 덥석 잡았다.

"제갈 의원님! 치료는, 치료는 가능한 거겠지요?"

제갈유의가 천천히 수염을 쓰다듬었다.

"제가 누구입니까? 천하의 제갈유의입니다. 당연히 치료할 수 있습니다."

환자의 얼굴이 죽다 살아난 것처럼 환해졌다.

"휴우. 제갈 의원님 같은 명의가 계셔서 다행입니다. 정말 놀랐습니다."

제갈유의가 난처한 표정을 지었다.

"하지만……."

환자의 얼굴이 따라서 어두워졌다.

"무슨 문제가 있습니까?"

"이 병에 쓰이는 약재가 워낙에 귀한 것이라 가격이 엄청나게 비쌉니다. 그래서 제 의원으로서의 양심상 권해 드리고 싶지 않습니다."

환자가 다시 제갈유의의 손을 덥석 잡았다.

"사람을 살리는 데 돈이 문제겠습니까? 가격이라면 걱정하지 마시고 꼭 좀 약을 지어주십시오."

제갈유의가 속으로 웃었다.

'걸렸군. 제일 비싼 약재들로 팍팍 써주마.'

그는 싸구려 약재를 비싼 값을 받고 파는 짓은 절대로 하지 않는다.

젊었을 때 다른 동네에서는 싸구려 약재를 비싸게 팔아먹은 적이 있다. 하지만 환자들 중 일부가 그 약재를 들고 다른 의원을 찾아가서 가격을 알아보는 일이 생겼다.

결국 사기가 들통난 그는 그 동네에서 호되게 얻어맞고 쫓겨났다.

그때의 경험으로 교훈을 얻은 그는 이제 사기를 칠 때는 반드시 비싼 약재를 쓴다.

'나야 비싼 약재를 훨씬 더 비싸게 팔아먹으면 그만이니까.'

제갈유의가 기쁨을 감추고 심각한 표정을 연기하며 약방문을 쓰기 시작했다.

"하루 이틀 드셔서는 안 되고 반년쯤 약을 드셔야 완치가 됩니다. 보름에 한 번씩은 들러서 약을 타가십시오."

"알겠습니다. 감사합니다. 역시 제갈 의원께서는 화타나 편작 같은 명의이십니다. 제 생명의 은인이십니다."

"허허허, 과찬의 말씀을……"

그때 그의 방문 문짝이 요란한 소리와 함께 박살났다.

"허억, 누구냐!"

소리친 제갈유의는 급히 입을 다물었다. 그의 눈앞에 서흑수가 서 있었다.

"서, 서 대협. 당신이 여기는 무슨 일로……"

서흑수가 제갈유의의 멱살을 잡았다.

"너, 일단 좀 맞자."

곁에 있던 환자는 이 의외의 사태에 깜짝 놀랐다. 그러나 칼을 찬 사람들이 들어온 것을 보고 함부로 소리도 내지 못했다.

서흑수가 그 환자를 힐끗 보았다.

'밖에서 듣기로는 큰 병이라더니 눈빛이나 안색, 기의 흐름 모두 멀쩡해 보이는데? 제갈유의 이놈 혹시 가짜 병으로 사기 치는 거 아냐? 뭐든 상관없지. 지금은 핑계가 필요하니까.'

"이놈이 병도 없는 자를 큰 병이 난 환자라 속이고 약을 팔아먹었습니다. 내가 그 수법에 걸려 평생 모은 돈을 이놈에게 몽땅 빼앗겼습니다. 그 사실을 뒤늦게 알았습니다. 그래서 단단히 손을 보려고 합니다."

환자는 그 소리를 듣자 제갈유의에 대한 의심이 와락 들었다.

"헛! 그럼 혹시 내게도 그런 사기를?"

서흑수가 제갈유의에게 소리쳤다.

"네 이놈! 저분에게도 그런 사기를 쳤지?"

제갈유의는 멱살까지 잡힌 상황이다. 서흑수가 손광태를 어떻게 때려잡았는지도 똑똑히 본 적이 있다. 그가 노려보는 눈빛이 너무 무서워 거짓말을 할 수가 없었다.

"미, 미안합니다. 나는 그저 예방 차원에서……."

그는 거기까지 말하다가 새로운 사실이 떠올랐다.

'하지만 고가장의 이놈에게까지 거짓말로 약을 팔아먹은 적은 없는데?'

뒤늦게 그 사실이 생각났지만 이미 늦었다. 제갈유의의 말을 들은 환자의 눈빛이 변했다.

"이, 이런 사기꾼. 명의인 줄 알았더니 사기꾼이로구나!"

서흑수가 환자에게 말했다.

"이분들도 모두 같은 사기를 당한 사람들입니다. 그래서 우리끼리 돈 문제를 해결하고 싶습니다. 괜찮으시다면 자리를 좀 피해주십시오."

환자는 서흑수 일행을 쓰윽 훑어보았다.

'모두 무림인. 꿀꺽.'

그는 슬금슬금 그곳을 빠져나가며 말했다.

"저는 갈 테니 천천히, 천천히 해결하십시오. 에이, 더러운 놈. 앞으로 우리 동네에서 의원 짓 더 이상 못할 줄 알아라!"

환자가 욕을 하며 도망치고 나자 서흑수가 주먹을 들었다. 겁먹은 제갈유의가 얼른 말했다.

"말로 해주십시오. 제발 말로……."

서흑수가 제갈유의를 두들겨 패기 시작했다. 그의 주먹이 제갈유의의 온몸을 골고루 때렸다. 말은 한마디도 하지 않았다.

"커억. 대협. 말로… 크악. 뭐든지 질문만 하시면… 케엑.

사실 제가 환자들의 병을 조금 크게 진단하는 경향이… 꾸에엑. 돈은 돌려드… 으아악!"

 마침내 구타를 견디지 못한 제갈유의가 기절했다. 서흑수는 즉시 혈도 몇 곳을 눌러 그를 깨웠다.

 혈도를 누르는 수법을 보고 당이환의 눈빛이 변했다.

 '제법인데?'

 정신을 차린 제갈유의가 웅얼거렸다.

 "여, 여기가 어디… 켁!"

 서흑수는 다시 그를 두들겨 패기 시작했다. 아무것도 물어보지 않았다. 제갈유의가 아무리 떠들어도 대답하지 않고 오직 주먹질만 했다.

 제갈유의는 뼛골이 시릴 정도로 아팠다. 고통을 피해보려고 자기가 아는 약한 죄부터 하나하나 불면서 얻어맞았다. 계속 맞으면서 조금씩 심한 죄를 불었다. 그러다 반쯤 정신이 나간 그는 마침내 큰 죄를 언급했다.

 "삼음지체인지 진단한 것은 단지 돈을 준다기에……."

 서흑수의 주먹질이 멎었다.

 '삼음지체?'

 서흑수도 그게 뭔지 안다.

 '음지체는 음기를 다루는 무공을 익히는 데 적합한 체질. 삼음지체 정도면 꽤 귀하지. 놈들의 목표는 그것인가?'

 주먹질이 멎자 제갈유의가 서흑수의 눈치를 슬슬 살폈다.

서흑수가 제갈유의의 멱살을 놓고 말했다.

"삼음지체 이야기에 관심이 있다. 아는 대로 전부 털어놔. 하나도 놓치지 마. 숨기는 것이 있으면 손광태를 부러워하게 만들어주마."

제갈유의는 손광태 이야기가 나오자 침을 꿀꺽 삼켰다.

'손광태가 이놈에게 맞을 때는 정말 불쌍했지.'

그는 자기가 아는 것을 다 털어놓으면 앞으로 얼마나 더 맞을지 생각해 보았다.

'설마 나를 죽이기야 하려고.'

"예. 저는 고가장에 갔을 때 천기연이라는 여자가 삼음지체임을 진찰해 냈습니다."

서흑수가 원하던 대답에서 부족하다. 그가 인상을 쓰며 질문했다.

"죽을래?"

"지, 진짜입니다."

"소미는?"

제갈유의는 서흑수가 원하는 것이 뭔지 깨닫고 얼른 대답했다.

"그분 소저는 삼음지체가 아닙니다."

"아니라고? 확실해?"

"예. 제가 보기에 고소미 소저는 육음지체 정도 되는 것 같았습니다. 하지만 제 의술이 낮아 정확한 것은……."

서흑수의 얼굴이 환해졌다.

"좋았어!"

당이환이 질문했다.

"뭐가 그리 좋은가?"

"삼음지체나 육음지체를 아십니까?"

"물론이지. 내 체질이 바로 육음지체니까."

서흑수의 얼굴이 굳었다.

'이 사람이?'

하지만 그는 곧바로 얼굴을 펴며 질문했다.

"남자에게는 극히 희귀하게 나타나는 체질입니다만?"

"아예 안 나타나는 건 아니지. 그리고 육음지체는 여자에게도 아주 귀한 체질이다."

"알겠습니다. 그럼 더 잘 아시겠군요. 일음지체만 되도 음기를 다루는 무공을 익히는 데 꽤 유리합니다. 삼음지체 정도 된다면 여러 문파에서 환영하는 뛰어난 인재입니다. 그리고 육음지체는 희귀한 대신에 무공 자질이 아주 높아 명문대파라고 해도 침을 삼키는 인재이지요."

"맞는 말이다. 내가 지금의 무공을 얻는 데 이 체질은 큰 도움이 되었다."

"누군가 소미와 기연이를 데려갔습니다. 둘의 공통점이 무엇인지 계속 궁금했습니다. 이제 둘 다 무공을 익히기 좋은 음한지체라는 것을 알아냈습니다. 아마 구가장의 구소라도 음한지체일 겁니다."

제갈유의가 얼른 말했다.

"그렇습니다. 저는 그 아가씨도 진찰했습니다. 제가 보기에는 오음지체였습니다."

"그것 보십시오. 무공 자질이 높은 여자를 세 명이나 데려갔습니다. 놈들이 원하는 것은 세 명의 자질입니다."

당이환의 얼굴도 밝아졌다.

"그럼 놈들은 그 아이들을 데려가서 무공을 가르치려 하는 것인가? 무공 수련은 하루 이틀에 효과를 보이는 것이 아니지. 우리는 아주 많은 시간을 벌 수 있겠군."

서혹수가 고개를 흔들었다.

"그 정도는 아닙니다. 무공을 가르치는 것이 목적이었다면 훨씬 더 어린 아이들을 찾았겠지요. 세 명 다 무공을 새로 익히기에는 나이가 너무 많습니다. 하지만 놈들은 딱 그 나이대의 아가씨들을 납치했습니다. 뭔가 다른 것이 있습니다."

당이환의 얼굴이 다시 어두워졌다.

"그럼 이 일이 좋은 건지 나쁜 건지 알 수 없다는 소리 아닌가? 자네는 도대체 왜 좋아한 것인가?"

"이건 무척 좋은 일입니다. 우리는 놈들에게 음지체의 체질을 가진 사람이 필요하다는 것을 알아냈습니다. 즉, 놈들은 사람 자체가 필요한 겁니다."

"그래서?"

"놈들에게 무슨 목적이 있는지는 모릅니다. 하지만 사람 자체, 그것도 특정 체질을 가진 사람이 필요한 일입니다. 절대로 단기간에 끝나는 일은 아닙니다. 아주 긴 시간은 벌지 못했지만 적어도 놈들을 쫓을 시간은 확보했습니다."

고개를 끄덕이던 당이환은 갑자기 다른 기억이 떠올랐다.

"가만. 자네는 고가장에서 아직 시간이 있다고 했네. 이제 와서 그 이야기를 다시 하다니. 그때 한 말은 거짓말이었나?"

"그때는 추측이었습니다. 하지만 지금은 확실한 증거를 잡은 거지요. 추측만 하고 있을 때는 시간을 최대한 아껴야 합니다. 추측이 틀렸을 수 있으니까요."

"그것도 그렇지."

"하지만 증거를 잡은 후에는 상황이 다릅니다. 우리는 좀 더 조심하면서 놈들을 찾아낼 수 있습니다."

"조심하는 것이 빨리 찾는 것보다 뭐가 좋나?"

"서두르면 우리 쪽에서 허점을 드러냅니다. 우리가 실수하면 소미가 위험해질 수 있습니다."

"그럴듯한 이야기야. 놈들이 궁지에 몰리면 무슨 짓을 저지를지 모르니까."

"우리가 조심하면, 그리고 은밀히 행동하면 소미가 그만큼 안전해집니다."

뒤늦게 서흑수의 말을 이해한 고세옥의 얼굴이 환해졌다.

"형, 진짜지?"

"물론이다."

그들의 대화를 듣던 제갈유의가 조심스럽게 말했다.

"원하시는 대답을 들으셨으면 저는 이만 물러가 보겠습니다. 저를 기다리는 환자들이 많습니다."

서흑수가 씹듯이 말했다.

"지랄하고 있네."

"예?"

"네가 놈들을 위해서 일한 건 틀림없잖아."

"놈들이라니요?"

"어젯밤에 소미와 기연이, 그리고 소라 아가씨를 납치한 그놈들 말이다."

제갈유의가 크게 놀라는 얼굴로 말했다.

"나, 납치되셨습니까? 저, 저는 몰랐습니다. 저는 그저 진찰만 했을 뿐입니다. 진짜입니다."

서흑수가 제갈유의를 걷어찼다.

"커억!"

제갈유의가 방구석까지 굴러갔다.

"몰랐다고?"

"정말입니다. 몰랐습니다."

"그래. 몰랐을 수는 있지."

"감사합니다. 믿어주셔서 감사합니다."

"너는 그런 짓을 하면 무슨 일인가 벌어진다는 것을 짐작하고 있었어. 하지만 일부러 묻지 않았겠지. 묻지 않고 놈들을 도와주면, 그래서 무슨 일이 일어날지 정확히 모르면 너는 죄가 없다고 생각했겠지?"

서흑수의 말이 정곡을 찔렀다. 제갈유의는 대답하지 못하고 머뭇거렸다.

"저, 저는 그저……."

"그 더러운 아가리 닥쳐라!"

제갈유의가 즉시 입을 오므렸다.

서흑수가 장원에서 얻어온 철검을 뽑아 제갈유의의 팔에 문질렀다. 날카로운 칼날이 그의 옷을 조금 베었다.

"지금부터 묻는 말에 조금이라도 거짓으로 대답하면 네 사지를 하나씩 자르겠다."

제갈유의는 침을 꿀꺽 삼켰다.

그는 의리나 신용을 지키기 위해서 피 한 방울이라도 흘릴 인간이 아니다. 더구나 지금은 아차 하면 목이 달아나게 될 상황이다.

'내가 그것들을 위해서 목숨을 걸 이유는 없어. 목숨은 고사하고 좀 전처럼 죽도록 맞는 것도 사양이다.'

"말씀만 하시면 제가 아는 모든 것을 대답하겠습니다!"

'필요하다면 사돈의 팔촌이 저지른 죄까지 모두 대답해 줄 테니 때리지만 마라.'

"좋아. 그럼 네가 음지체에 대해서 알아내라는 의뢰를 어떻게 받게 되었는지부터 이야기하자."

제갈유의는 즉시 자기가 아는 이야기를 줄줄이 늘어놓기 시작했다.

"저는 그저 수유현에 가서 환자의 음지체를 검사해 달라는 의뢰를 받았을 뿐입니다."

"누가?"

"손광태 그놈이랑 전노삼이라고 구가장에 있던 무사 놈이 있습니다. 그놈들입니다."

"언제?"

"그야 대협께서 전에 저를 만나신 그날입지요."

서흑수의 입꼬리가 올라갔다.

"처음 보는 놈이 그런 것을 의뢰했는데 순순히 따라왔다? 그럴 수 있지. 시키는 대로 진찰해서 체질을 알아볼 수도 있어."

"그렇습니다. 저는 그저 시키는 대로 했을 뿐입니다."

"그리고 나서 입을 다물고 비밀 유지를 해? 처음 본 놈을 위해서? 그냥 이 팔 잘라줄까?"

서흑수의 검이 다시 슬슬 움직였다. 따끔한 통증이 느껴지자 제갈유의는 기겁을 했다.

"히익! 아, 아닙니다. 그놈들은 그날 처음 봤지만 사실 연락은 그 이전부터 받아두고 있었습니다."

서흑수의 눈이 날카로워졌.

'이거다!'

입은 여전히 냉소를 머금고 있었다.

"연락?"

"그렇습니다. 한참 전에 표국에서 작은 표물을 하나 받았습니다. 은자가 좀 들어 있는 상자였습니다. 거기에는 편지도 한 장 들어 있었습니다."

"편지? 그 편지 어디 있어?"

"손광태가 가져갔습니다."

"쳇. 편지 내용은?"

"음지체의 체질을 진찰할 수 있는지에 대한 이야기였습니다. 비밀 유지에 대한 경고도 함께 적혀 있었습니다."

"대답은 어떻게 했는데?"

"돈을 주는데 당연히 한다고……."

서흑수가 호통을 쳤다.

"대답을 어떤 방법으로 누구에게 돌려줬냐는 말이다!"

"제, 제 방에 답변이 적힌 종이를 남겨두면 자기들이 알아서 가져가겠다고 했습니다. 정말로 귀신같이 가져가는 바람에 저도 깜짝 놀랐습니다."

이야기가 길어질수록 다른 두 사람의 얼굴은 조금씩 굳어갔다. 마침내 이야기가 끝나자 당이환이 실망한 얼굴로 말했다.

"철저한 놈들이군. 결국 너에게는 아무것도 알려주지 않았구나. 실마리도 남기지 않고."

제갈유의가 고개를 크게 끄덕였다.

"그렇습니다. 저는 정말 아무것도 못 들었습니다."

당이환은 의심스러운 눈초리로 제갈유의를 쳐다보았다.

"그런데 이상하구나. 왜 너를 살려뒀을까? 그렇게 철저히 움직이는 놈들인데. 일이 끝난 후 네 입을 막아버리는 것이 비밀 유지에는 제일 좋은데 말이야."

"제 비천한 목숨이 가여웠나 봅니다."

당이환이 고개를 가로저었다.

"아니야. 수상해. 네가 아직도 숨겨둔 비밀이 있는 것이 틀림없어. 그렇지?"

제갈유의가 겁에 질려 대답했다.

"없습니다. 조금도 없습니다. 제발 믿어주십시오."

"지금 그 말을 믿으라는 거냐?"

서흑수가 혼잣말처럼 중얼거렸다.

"살려두면 소문이 나지 않으니까."

당이환이 이해하지 못하고 질문했다.

"무슨 말이지?"

"음지체는 흔하지 않은 체질. 진단하려면 상당한 의술을 가지고 있어야 합니다. 그런 실력의 의원은 보통 유명하지요. 유명한 의원을 죽이면 당연히 소문이 크게 납니다. 반대로 살려두면 오히려 소문이 나지 않습니다."

"자네 말은 틀렸네. 살아 있으면 본인이 직접 소문을 낼 수 있지. 오히려 더 구체적으로."

"이자는 감히 소문을 낼 수 없습니다."

"그자들의 협박 때문에?"

"아닙니다. 자기가 한 일 때문입니다. 이자는 소미나 다른 아가씨들이 납치됐다는 것을 결국 알게 될 거였습니다. 그럼 자기가 무슨 짓을 했는지 감히 소문낼 수 없습니다. 소문냈다가는 당장 납치된 집안 사람들에게 맞아 죽을 테니까요."

당이환이 가볍게 웃었다.

"자네 말은 언뜻 듣기에는 그럴듯해. 하지만 말일세, 살인 멸구보다 더 확실한 비밀 유지는 없다네. 나쁜 놈들은 보통 이런 자 하나 죽였다는 소문이 나는 것을 두려워하기보다는 확실한 비밀 유지를 선택한다네."

서흑수도 당이환의 웃음에 대한 답례로 피식 웃었다.

"이번 한 번이라면 그렇지요."

당이환의 얼굴이 굳어졌다.

"한 번이 아니라고?"

"그렇습니다. 이번과 같은 일이 이미 여러 번 일어났다면 어떻겠습니까? 그때마다 유명한 의원들을 죽인다면? 당연히 사람들은 죽은 의원들과 실종된 사람들 사이에 뭔가 있다고 눈치 채게 됩니다."

"그야……."

"그러다 보면 그 사람들이 음지체라는 것도 밝혀질 수 있습니다. 아니, 거의 틀림없이 밝혀집니다. 놈들에게는 그게 몇백 배는 더 위험하지요."

"어째서 그렇게 생각하는가?"

"놈들이 들인 공을 생각하면 간단히 결론이 나옵니다."

그는 당이환보다 많은 것을 알고 있다. 적어도 자신을 처리하기 위해서 어느 정도의 병력이 동원되었는지 확실히 안다.

'내가 아는 것을 밝힐 수는 없어. 지금까지 알려진 정보로 당 대협을 설득해야 한다.'

당이환이 여전히 굳은 얼굴로 질문했다.

"놈들이 공을 들였다니?"

"손광태는 고가장에 한동안 머물러 있었습니다. 일류무사인 그가 왜 소미를 그냥 납치하지 않고 그 시간 동안 머물러야 했을까요?"

"뭔가를 알아낼 필요가 있어서?"

"그렇습니다. 그놈은 두 가지 정보가 필요했을 겁니다. 첫째, 소미가 정말로 삼음지체인지 확인해야 했습니다. 그 과정에는 이 의원 놈을 사용했습니다."

"그거야 그냥 의원에게 진찰만 받게 하면 그만 아닌가?"

"두 번째가 더 중요했지요. 고가장에서 소미의 체질을 이미 알고 있는지를 확인해야 했습니다. 아니면 우리가 모르는 무언가를 더 확인해야 했습니다. 그리고 그걸 대놓고 물어볼 수 없는 처지였습니다. 어쩔 수 없이, 그것을 확인하기 위해서 시간이 필요했겠지요."

"만약에 말일세. 고가장에서 소미의 체질이 무엇인지 알았다면 놈들이 어떻게 했겠나?"

"그럼 감히 납치하지 않았을 겁니다. 그냥 포기했을 겁니다. 이놈들은 비밀 유지를 위해서 엄청난 노력을 기울이고 있습니다."

당이환이 지금까지의 대화를 곰곰이 생각해 보다가 서흑수를 똑바로 쳐다보고 말했다.

"그럼 자네 말은 이번 경우와 같은 사건이 이전에도 여러 차례 일어났다는 뜻이군. 그리고 아무도 그 연관성을 모른다는 소리이고."

서흑수가 고개를 가로저었다.

"아닙니다."

"아니라니? 자네는 분명히 이번과 같은 일이 여러 번 일어났다고 했네."

"아무도 연관성을 모른다는 말이 잘못됐다는 뜻입니다."

"맞아. 무림에 똑똑한 사람이 자네 하나는 아니지. 아무도 모른다는 건 말이 안 돼."

"누군가 연관성 정도는 짐작해 냈을 수 있습니다. 하지만 그런 사람이 있다 하더라도 확신은 못하고 있을 겁니다. 확신한다면 세상에 알렸을 테고, 그렇다면 이들이 같은 수법을 계속 쓸 리가 없으니까요."

"아니면 알아낸 자는 모두 제거됐든지. 어쨌든 우리는 아는 것이 별로 없군."

"아직 정보가 너무 부족합니다. 더구나 말씀하신 것처럼 뭔가 알아낸 자가 제거됐을 가능성도 고려해야 합니다. 만약 그렇다면 우리에게도 같은 위험이 닥칠 겁니다."

"겨우 여자나 납치하는 놈들이 감히 나를 위험하게 한다? 자네는 내가 누구인지 알면서도 그런 소리를 하는가?"

"무림에 고수가 당 대협 혼자는 아니니까요."

"흐음. 적의 힘이 생각 이상일지도 모른다?"

"일의 규모를 생각할 때 적어도 어설픈 사파 몇 놈이 저지른 짓은 아닙니다."

"자네 말이 맞아. 자네 말이 맞는 건 알겠는데……"

갑자기 당이환의 눈이 차가워졌다.

"그런 것들을 단숨에 알아내는 자네는 누군가?"

"서흑수입니다."

"이름은 이미 알고 있네."

"고가장의 일꾼입니다."

"그 말을 믿으라는 건가? 일개 일꾼에게 이런 능력이 있다? 나는 믿을 수 없네."

"누구에게나 개인적인 사정이란 것이 있습니다."

"개인 사정? 개인 사정 좋지. 그런데 그걸 밝히지 않으면 내가 어떻게 자네를 신뢰하겠는가?"

"적어도 소미를 찾으려는 것은 믿을 수 있으시잖습니까?"

"내가 그걸 어떻게 믿는다는 건가? 자네가 그자들과 한패일 수도 있는데."

"한패라면 소미가 실종된 시점에서 조용히 사라졌겠지요. 이런 일을 할 이유가 없습니다."

"내 추격을 방해하려는 속셈일지도 모르지."

"당 대협께서는 어떤 실마리도 잡아내지 못하셨습니다. 굳이 제가 나서서 방해할 필요도 없었습니다."

당이환은 울컥하는 것을 느꼈다.

"상당히 건방지구나."

그래도 그 말이 사실임을 잘 안다.

"하지만 일단은 자네를 두고 보기로 하지. 지금은 화련이의 딸을 찾는 것이 더 중요하니까."

"감사합니다."

"감사할 것 없네. 나는 이제 책임을 따져 물어야 하니까? 자네는 여기서 실마리를 찾을 수 있다고 자신했네. 하지만 아무것도 찾지 못했지? 이 일을 어떻게 할 것인가?"

"찾았습니다."

당이환은 깜짝 놀랐다.

"뭣이? 놈들은 완벽하게 흔적을 지웠다. 그런 걸 어디서 찾았다는 말이냐?"

서흑수는 그의 질문에 대답하지 않았다. 대신에 제갈유의를 발로 툭툭 찼다.

"너, 처음에는 표국을 통해서 돈과 편지를 전달받았다고?"

"그렇습니다. 그렇고말굽쇼."

"어느 표국이냐?"

"도원표국입니다."

서흑수가 당이환을 돌아보고 말했다.

"그곳이 다음 실마리입니다."

당이환의 눈이 날카로워졌다.

"도원표국. 들어본 적이 있는 곳이다. 사천에서 주로 활동하는 중견 표국이지. 그들도 이 일에 깊게 개입했다는 말이군. 좋다. 내가 가서 책임을 묻겠다."

"그들은 아무것도 모릅니다."

"뭐?"

"놈들은 처음 자기들의 일을 도와줄 의원을 찾을 때 신분 노출을 경계했습니다. 그래서 직접 접촉하지 않았습니다. 대신 이용한 것이 표국입니다. 표국을 이용해서 돈과 서찰을 보내고 반응을 살폈습니다. 표국은 내용을 모릅니다."

"아무것도 모르는 자들이 왜 다음 실마리가 되는가?"

"표국은 돈을 받아야 의뢰를 수행합니다. 따라서 처음에는 누군가 표국에 돈을 줘야 합니다."

당이환이 고개를 끄덕였다.

"호오. 그렇군. 그러니까 그 표국에 물어보면 누가 돈을 줬는지가 나온다는 소리인가?"

"놈이 진짜 신분을 알려줬을 리가 없습니다. 하지만 적어도 실마리는 나옵니다."

"흥. 그 정도 조심스럽게 행동한 놈들이라면 당연히 가명을 썼겠지. 그걸로 알아낼 수 있는 건 없다."

"이놈에게 돈을 보낸 자가 또 다른 누구에게 같은 것을 보냈다면 실마리가 됩니다. 이놈 한 명에게만 돈을 보냈다고는 생각되지 않으니까요."

당이환이 감탄했다.

"그렇지. 그런 것이 있었군. 가명을 썼다고 해도 그런 것은 기록되어 있을 테니까."

그러나 그는 이내 실망한 얼굴이 되었다.

"표국은 그런 고객 정보를 기밀로 취급하지. 아무리 내가 물어본다 해도 가르쳐 주지 않을 걸세. 그들에게 죄가 없다면 힘으로 빼앗을 수도 없어."

서흑수가 피식 웃었다.

"왜 물어봅니까? 우린 결과만 알면 됩니다."

당이환의 몸이 살짝 굳었다. 그러나 어느새 만족한 표정을 지었다.

"흐음. 강제적인 수단을 써서라도 알아내면 그만이다? 하긴, 지금은 비상시국이니까. 좋네."

그는 제갈유의를 돌아보고 검을 뽑았다.

"그런데 거기 가기 전에 이 간악한 놈은 처치해야겠지? 이 놈이 역으로 우리 정보를 놈들에게 제공하면 곤란하니까. 죄를 지은 자, 목숨으로 갚아야지."

제갈유의의 얼굴이 허예졌다.

"사, 살려주십시오. 저는 입을 다물고 있겠습니다."

서흑수가 말렸다.

'아직 써먹을 데가 있어.'

"이놈에게서 다시 정보가 새나갈 염려는 없습니다."

"이자는 간사하다. 그리고 돈을 좋아한다. 아까 이자가 떠든 여러 가지 죄의 내용을 들어보아도 그건 알 수 있다. 분명히 놈들에게 이 이야기를 다시 팔아먹으려고 들 것이다."

"알려주고 싶어도 알려주지 못합니다. 놈들과의 연락 방법을 자기도 모릅니다."

"확실한가? 이자가 연기를 한 것은 아니고?"

제갈유의가 급히 머리를 땅바닥에 박았다.

"정말 저는 모릅니다. 아무것도 모릅니다."

서흑수가 말했다.

"그들이 어수룩하게 일 처리를 했을 리 없습니다. 이자를 통해서 역추적이 불가능하다고 확신하고 있습니다. 그게 아니라면 이자가 살아 있을 리 없습니다."

"흐음. 그래도 확실히 처리했으면 좋겠는데······."

"살려둬야 혹시 실마리를 잃으면 돌아와서 다시 쥐어짤 수 있습니다. 그동안 조사한 것을 기반으로 다시 쥐어짜면 새로운 것을 찾을지 모릅니다."

쥐어짠다는 말에 제갈유의의 얼굴이 창백해졌다.

"저, 저는……."

그는 재빨리 머리를 굴렸다.

'재산을 정리해서 다른 동네로 옮겨야겠구나. 어차피 여기서는 아까 그 환자가 소문을 낼 테지. 멀쩡한 놈 환자로 만드는 짓은 더 못해먹겠지.'

서흑수는 제갈유의가 무슨 생각을 하는지 훤히 알아보았다.

'소미의 납치에 한몫한 놈. 도망치게는 못하지.'

서흑수가 품에서 작은 환약을 꺼냈다. 그는 그것을 제갈유의의 입에 처넣었다.

"삼켜라."

제갈유의는 저항하지 않고 꿀꺽 삼켰다. 일단 먹기는 했지만 불안해졌다.

"대, 대협. 이게 무엇이기에……."

"당문비전의 만리추종향이라고 하는 것이다. 지금부터 네가 움직이는 모든 곳에는 그 약에서 흘러나온 향기가 남게 된다. 내가 익힌 독특한 내공을 운기하면 그 냄새를 맡을 수 있지. 네놈이 아무리 멀리 도망쳐도 그 향으로 추격할 수 있다."

제갈유의가 혹시나 하는 마음에 질문했다.

"천년하수오나 만년삼왕은 들어봤지만 만리추종향이라는 건 처음 들어봅니다."

"그러니까 당문비전이지. 믿지 못하겠으면 도망쳐라. 만리를 벗어나지 못한다면 쫓아가서 비참하게 죽여주마."

제갈유의는 실력 좋은 의원이다. 하지만 무림에는 별의별 희한한 기물들이 많다.

'역시 사천당문.'

"도, 도망이라니요. 절대로 도망치지 않겠습니다. 앞으로 사기도 치지 않고 착실하게 살겠습니다. 진짜입니다."

'해독제를 연구해 봐야겠다. 당문의 것이니 해독하는 데 오래 걸리겠지.'

그들이 제갈유의의 의원을 나오고 나서 당이환이 질문했다.

"그런데 만리추종향? 이야기책에나 나오는 것 아닌가? 우리 당문에 그런 대단한 약이 있다는 말은 들어본 적이 없다."

"말똥입니다."

"뭐?"

"말에서 내릴 때 조금 챙겨두었습니다. 가짜 병을 만들어 내는 것이 바로 놈이 돈을 버는 수법이지요. 저도 놈에게 같은 수법을 쓴 것뿐입니다."

"만리추종향이라며?"

"사천당문이 아니라 세상을 다 뒤져도 만 리나 풍기는 향 따위가 존재할 리 있습니까? 하지만 무림인이 아닌 사람들은 그런 신비한 것의 존재를 쉽게 믿습니다. 저는 용이 존재한다고 믿는 사람도 봤습니다."

"저자는 의원인데 순순히 믿을까?"

"사천당문의 비전이라고 하면 못 믿을 것도 없습니다."

"만약 저놈이 눈치 채고 도망치면 어쩌려고?"

"그럴 시간이 없을 겁니다."

"무슨 소리인가?"

"이건 소미를 납치한 놈들이 눈치 채라고 놓은 덫입니다."

당이환이 인상을 썼다.

"난 자네가 무슨 소리를 하는지 도무지 이해를 할 수 없네."

"우리가 이곳을 덮쳤다는 소문은 곧 퍼질 겁니다. 놈들이 그토록 철저하다면 이곳의 동태를 살피는 자가 있을 겁니다."

"자네는 이런 식으로 사용된 의원이 한군데가 아니라고 했다. 그 모든 곳에 감시 인원을 배치한다? 놈들의 규모가 그렇게 대단할까?"

서흑수는 당이환이 모르는 것을 안다. 그는 자기가 죽인 이십여 명을 생각했다.

'그만한 피해가 생겼으면 놈들도 긴장하겠지. 여기서 눈을 뗄 리가 없다.'

"있다고 가정하고 이자를 살려두어야 합니다."

당이환이 고개를 가로저었다.

"그 가정 자체는 좋네. 하지만 내 이목을 속이고 우리를 감시하는 놈이 있다? 나는 믿을 수 없네."

"아닙니다. 당 대협께서 계신 동안은 놈들이 우리를 감시하지 못합니다. 하지만 놈들도 이곳이 누군가에게 습격당했다는 소문은 들을 수 있습니다. 그것이면 충분합니다. 그들은 적당한 사람을 보내서 무슨 일이 일어났는지 알아보겠지요."

"호오. 기다렸다가 그들을 추격하겠다는 소리군."

"아닙니다."

당이환이 더 심하게 인상을 썼다.

"또 아니야?"

"이쪽으로 오는 놈들은 어차피 단순한 정보원일 것이 뻔합니다. 무공이 약해도 할 수 있는 단순 정보원. 진실을 몰라도 써먹을 수 있는 간단한 일을 처리하는 자들입니다. 그런 자에게서 얻을 정보는 별로 없습니다. 오히려 진짜들이 경계하게 만드는 것밖에 되지 않습니다."

"그래도 털어보면 뭔가 나오지 않겠나?"

"확실히 잡지 못할 거라면 아예 손대지 말아야 합니다."

"그럼 도대체 뭘 어쩌겠다는 건가?"

서흑수에게는 계획이 있었다.

'소미를 납치하는 데 관계된 놈들. 기다려라. 소미만 구하고 나면 너희들에게 지옥을 보여줄 테니까.'

서흑수는 복수를 생각하자 살기가 조금 솟아오르는 것을 느꼈다. 그것이 그의 눈을 타고 흘러나왔다.

당이환은 대단한 고수다. 그는 그 살기를 느끼자마자 호통을 쳤다.

"이놈! 감히 내게 살기를 뿜다니!"

서흑수는 고소미가 납치된 이후부터 살기가 끓어오르고 있었다. 그는 지금까지 그것을 겨우 눌러놓았다. 하지만 제갈유의로부터 구체적인 이야기를 들은 직후라 분노가 섞여 살기 제어에 어려움을 느끼고 있었다.

'살기를 제압하지 못하면 나를 잃는다.'

그럴 수는 없었다.

'나를 잃으면 모든 것을 잃는다. 소미를 잃는다.'

서흑수가 대답하지 않자 당이환이 다시 호통을 쳤다.

"네 이놈! 똑바로 대답해라! 왜 나에게 살기를 뿌리는 것이냐? 대답 여하에 따라 가만두지 않겠다!"

서흑수가 갑자기 환하게 웃었다. 살기를 가라앉히기 위해서 짓는 웃음이다.

"하하하. 당 대협을 향해 그런 것이 아닙니다. 놈들을 죽일 생각을 하다 보니 갑자기 살기가 일어났습니다."

"네놈이 지금 제정신이냐? 살기를 뿌리다가 갑자기 그것을 거두고 이번에는 웃다니. 너 뭔가 이상하다."

서혹수는 필사적으로 웃었다.

"하하하. 소미가 확실히 살아 있다는 것을 알고, 또 되찾을 시간이 있다는 것까지 알았습니다. 그게 너무 좋아서 웃음이 나오는 걸 어떻게 하겠습니까?"

그건 스스로를 설득하기 위해 한 말이었다.

'소미가 살아 있어. 시간도 있어. 그러니까 소미를 구할 수 있어. 소미를 납치해 간 놈들을 다 죽여 버릴 수도 있어. 그러니까 마음을 편하게 먹자. 분노하면 소미를 잃는다.'

그는 최대한 지금 상황을 좋게 생각하려고 애썼다. 살기가 일어나는 원인이 되는 분노를 제압하기 위해서 평소처럼 웃음을 선택했다.

"하하하!"

억지로 웃다 보니 그런대로 화가 조금 가라앉았다. 정말 유쾌한 것 같은 착각이 들었다. 살기 역시 통제가 가능해졌다. 더 이상 겉으로 드러나는 살기는 없었다.

당이환이 눈살을 찌푸렸다.

"미친놈!"

어느새 서혹수는 분노를 가라앉히고 살기를 제어했다.

'사부님께서는 언제나 웃으며 살라고 하셨지. 사부님 말이

옳아. 분노는 죽일 놈이 있을 때만 해도 충분해.'

그는 정색을 하고 말했다.

"일단은 아까 말한 계획대로 하는 것이 좋겠습니다. 우리는 최대한 빨리 도원표국으로 가야 합니다. 그것도 은밀하게."

옆에서 고세옥이 불안한 눈으로 서흑수를 보며 말했다.

"우리 누나도 울다가 웃는 거 잘하지만 형은 더 심하네."

第二章

"으응……."

고소미가 뒤통수를 문지르며 깨어났다.

"아이, 머리야. 내가 어젯밤에도 또 술을 마셨나? 왜 이리 머리가……."

투덜대던 그녀는 입을 다물었다. 정신이 번쩍 들었다. 지난밤의 일이 기억났다.

"나, 나 지금 어디지?"

그녀는 주변을 급히 둘러보았다. 그녀 외에도 두 명이 더 쓰러져 있었다.

"기연아! 소라야!"

그녀는 두 여자를 흔들었다. 격렬하게 흔들어대자 그녀들도 정신을 차렸다.

구소라가 불평하며 일어났다.

"으음. 머리가 아파……."

게슴츠레하던 그녀의 눈은 주변을 둘러보고 나자 크게 뜨여졌다. 그녀도 정신이 번쩍 들었다.

"뭐, 뭐야. 여기 어디야? 내가 왜 이런 데 있어?"

그녀들이 있는 곳은 폭이 일 장도 되지 않을 만큼 아주 작은 방이었다. 나무로 만들어진 벽은 단단히 막혀 있었다. 천장 쪽에 있는 작은 틈에서 빛이 조금 새어 들어왔다.

고소미가 울상을 지었다.

"소라야, 우리 납치됐나 봐."

구소라가 놀라서 말했다.

"납치? 감히 누가 나를 납치해? 안 돼. 나는 납치될 수 없어. 안 돼!"

"지금 우리 꼴을 봐. 그리고 넌 어젯밤에 무슨 일이 있었는지 기억도 안 나?"

"어젯밤? 아, 어젯밤. 전 무사 그 개자식."

구소라가 화를 냈다.

"전 무사 그 개자식이 나를 찾아왔어. 그리고 기억이 끊겼어. 그놈이야. 그놈이 나를 납치한 거야. 나를 경호하라고 아빠가 고용했는데 나를 납치했어!"

고소미는 혼자 화를 내는 구소라를 놔두고 천기연을 돌아보았다. 천기연은 여전히 쓰러져 있었다.

고소미가 천기연을 잡았다.

"기연아, 정신 차……."

그녀가 입을 다물었다. 꼭 감은 천기연의 눈에서 흐르는 눈물이 흐릿한 빛 속에서 반짝였다.

고소미는 그녀의 눈물을 오해했다.

"기연아, 무서워하지 마. 잘될 거야."

천기연이 눈을 감은 채 울먹이는 목소리로 말했다.

"손 사부님이, 손 사부님이 불러서 나갔는데……."

고소미가 발끈했다.

"기연아! 그 개새끼 생각은 그만 하라니까!"

"하지만……."

그때 그들이 있던 방이 움직이기 시작했다. 바닥이 덜컹거렸다.

고소미는 자기들이 어디에 있는지 깨달을 수 있었다.

"마차?"

그녀는 마차의 벽을 두드렸다.

"이봐요! 밖에 누구 있죠? 당신들 누구예요? 누가 우리를 납치한 거예요?"

구소라도 같이 소리를 질렀다.

"우리를 놓아줘요! 몸값이라면 잔뜩 주겠어요! 그러니까 우리를 놓아줘요!"

사방이 막힌 마차의 바깥에서 호통 소리가 들렸다.

"이것들이. 조용히 하지 못해? 자꾸 떠들면 시체로 만들어서 데려가겠다!"

그 소리에 겁먹은 고소미와 구소라는 입을 다물었다.

고소미가 소곤거렸다.

"정말로 죽일까?"

구소라가 조그마한 목소리로 대답했다.

"너는 몰라도 난 예쁘니까 안 죽일지도 몰라."

고소미는 그 상황에서도 지기 싫었다.

"그래? 안 예쁜순으로 죽인다면 난 네가 죽을 때까지 살아남겠네. 네 무덤에 술은 뿌려줄게."

"이년이 뭐가 어쩌고 어째!"

"니가 먼저 시비를 걸었잖아!"

잠시 서로를 노려보다가 둘 다 한숨을 쉬었다.

"우리 이게 무슨 쓸데없는 짓이야?"

"그러게."

구소라가 작은 목소리로 말했다.

"아빠가 무사들을 사서 나를 구해주실 거야. 현상금도 걸고 그러실 거야."

고소미가 맞장구를 쳤다.

"우리 엄마도 마찬가지야. 그리고 우리 거지가 나를 구하러 올 거야. 우리 거지 진짜 세거든."

"맞아. 맞아. 서 대협은 전 무사 그 개자식보다 훨씬 세니까 와서 다 무찌르고 나도 구해줄 거야."

"흥. 거지만 오면 이것들 다 죽었어."

*　　*　　*

제갈유의는 혼자 남게 되자 놀란 가슴을 겨우 가라앉혔다.

그는 서흑수 일행이 떠난 것을 눈으로 보았다. 그래도 혹시나 하는 의심이 들어 그들이 돌아오지 않는지 한참 동안 기다려 보기까지 했다. 마침내 서흑수가 완전히 떠났음을 깨달은 그는 투덜대기 시작했다.

"젠장. 내가 무슨 나쁜 짓 한 것도 아니잖아. 내 환자들만 해도 그래. 나야 그저 예방의학 차원에서 몸보신되라고 좋은 약을 쓴 건데. 그게 죄야?"

물을 벌컥벌컥 마신 그는 다시 투덜댔다.

"삼음지체도 말이야. 내가 무슨 짓 했어? 나는 그냥 진찰만 했다고, 진찰만. 내가 그 여자들을 죽인 것도 아니……."

제갈유의가 입을 다물었다. 그의 앞에는 복면인 두 명이 서 있었다.

제갈유의는 즉시 굽실댔다.

"도, 돌아오셨습니까? 저야 그냥 농담을 한 겁니다, 농담을. 허허허."

그는 처음에는 너무 놀라 이 복면인들이 조금 전에 떠난 서흑수 일행이라고 착각했다. 하지만 그는 곧바로 다른 점을 찾아냈다.

'숫자가 다르잖아.'

찾아온 복면인은 두 명이다. 반면에 서흑수 일행은 세 명이다. 더구나 이미 드러낸 얼굴에 다시 복면을 쓸 이유는 없다.

그 사실을 깨달은 제갈유의의 얼굴이 조금씩 창백해졌다.

"누, 누구신지⋯⋯."

복면인 중 하나가 제갈유의에게 다가왔다. 물러서는 제갈유의의 목에 단검을 들이댔다. 차가운 쇠의 기운을 목에 느낀 제갈유의는 벌벌 떨며 말했다.

"히익. 마, 말로 하십시다. 말로."

복면인이 질문했다.

"아까 온 놈들. 무슨 대답을 듣고 갔느냐?"

"벼, 별것 아닙니다."

"상세히 설명한다면 살려줄 것이요, 거짓을 말한다면 죽일 것이다."

제갈유의는 조금도 갈등하지 않았다.

"전부 다 말씀드리겠습니다."

그는 자신이 원래 알던 모든 것을 설명했다. 복면인들의 눈빛은 여전히 차가웠다.

제갈유의는 재빨리 머리를 굴렸다.

'가치있는 정보를 제공해야 해.'

그는 서혹수 일행의 대화를 곁에서 들었다. 그는 그것을 복면인들에게 모조리 누설했다. 사소한 것 하나도 빠뜨리지 않기 위해서 머리를 쥐어짰다.

이야기가 끝나자 복면인들이 서로 잠시 의견을 나누었다.

"당문제일검 당이환이라고? 상당한 거물이다."

"그대로 보고하자. 위에서 알아서 조치하겠지. 그가 나타났다면 우리가 할 수 있는 일은 없다."

"맞는 말이야. 사실 우리가 뭐 아는 게 있어야 조치를 하든 말든 하지."

제갈유의가 그들의 눈치를 보며 말했다.

"전 가도 되겠습니까?"

복면인 중 하나가 그를 힐끗 보더니 대답했다.

"가야지."

"감사합니다. 그럼 저는 이만 물러가겠습니다."

이곳이 바로 그의 집이지만 그는 당분간은 여기 있고 싶지 않았다.

'하루 만에 두 번이나 이런 놈들이 찾아오다니. 아무래도 기생이라도 품으면서 며칠 보내야겠다.'

복면인 중 하나가 그에게 다가왔다.

"가기 전에 받아갈 것이 있다."

"뭘 주시려고……."

'포상금이라도 주려는 걸까? 어쩌면 이놈들은 좋은 놈들일지도 모르겠군.'

사내가 단검을 쭉 뽑았다.

"내 칼. 저승 가는 선물이다."

"예? 컥!"

제갈유의의 배에 단검이 박혔다.

뱃속에서 뜨거운 고통이 밀려 올라왔다. 제갈유의가 부르르 떨었다. 손을 뻗어 복면인을 움켜쥐려고 했다.

복면인이 웃으며 칼날을 비틀었다. 복면인을 움켜쥐려던 그는 곧바로 눈을 뒤집으며 뒤로 넘어갔다.

복면인은 자기 몸에 피가 묻지 않도록 단검을 놔둔 채 조심해서 물러섰다.

다른 복면인이 옆에서 걱정스러운 목소리로 말했다.

"이 의원은 어지간하면 살려두라는 명령이었습니다. 뒷감당을 어떻게 하시려고 이러셨습니까?"

"정상적인 경우라면 그러는 것이 낫지. 하지만 이놈 경우는 이미 노출됐어."

"어차피 자기가 아는 것은 전부 다 말한 놈입니다."

"아니지. 이제 우리가 찾아왔다는 것을 새로 알게 됐잖은가? 없애는 것이 낫다. 위에는 내가 그렇게 보고하겠다."

다른 복면인이 한숨을 쉬었다.

"이미 일은 터졌으니 할 수 없지요. 알겠습니다. 그럼 돈이라도 조금 훔쳐 강도의 짓으로 위장하겠습니다."

단검을 찌른 복면인이 웃었다.

"바로 그거야. 이제야 머리가 좀 돌아가나 보군. 이자는 부자이니까 조금이 아니라 확실히 훔쳐라. 이 기회에 부수입을 잡자고. 어차피 다 돈 때문에 하는 일 아닌가? 흐흐흐."

* * *

남궁진미는 검선과 함께 무림맹으로 돌아갔다. 그 기간 동안 검선의 시중을 드는 데 정성을 다했다.

중간의 휴식처에서 검선이 차를 마시며 말했다.

"허허. 진미 네 차 만드는 솜씨가 보통이 아니구나. 네 것은 향이 달라."

남궁진미가 다소곳이 웃으며 대답했다.

"그냥 취미 삼아 조금 익힌 것이에요."

"이 경지가 취미로 익힌 것이라니. 검 실력이 대단해 보이더니 그것 또한 취미로 익힌 것이냐? 제대로 익혔다면 장난이 아니었겠구나."

"아이참. 부끄러워요."

예쁘고 젊은 여자가 적당히 애교까지 떨면서 시중을 들었다. 원래부터 잘 웃는 검선은 그녀의 시중을 특히 마음에 들어했다. 이제는 그녀가 검선을 독차지해서 일행을 이끄는 영경만이 끼어들 틈도 없었다.

남궁진미는 검선과 대화하면서 아쉬움을 느꼈다.

'검왕 할아버지는 사흘 만에 깨달음을 얻었다고 하고, 영경만 할아버지도 그랬다고 하는데 나는 왜 아무것도 얻는 것이 없지? 내 실력이 모자라서일까?'

그녀는 아쉬웠지만 포기했다.

'나중에 다시 기회가 있겠지.'

"할아버지, 차 좀 더 드시겠어요?"

"허허. 그럴까?"

무림맹에 도착하기 전에 검선이 질문했다.

"그런데 우리 진미. 애인은 있고?"

남궁진미가 얼굴을 살짝 붉혔다.

"아직 없어요."

"이런. 이렇게 예쁜 아이를 가만 놔뒀다니. 요새 젊은것들 생각은 알 수가 없구나."

"사실 제가 무공 자질이 좀 낮아요. 남들을 쫓아가려면 무공 수련을 게을리 할 수 없었어요."

거짓말이다. 무공 자질은 차고 넘친다.

'이렇게까지 말하면 뭔가 깨달음을 주시지 않을까?'

"녀석. 겸손하기까지 하구나. 네가 자질이 낮으면 다른 놈들은 다 바보천치이겠구나."

 그녀의 눈은 높다. 아주 높다. 그녀의 기준을 채우는 남자를 아직 찾지 못했다. 하지만 그걸 순순히 이야기하기에는 그녀가 너무 영악했다.

 '뭔가 다른 변명이 필요할까?'

 "가풍이 엄격해서 남자를 함부로 사귈 수가 없어요. 우리 할아버지 눈에 들어야 하니까."

 "현천이? 그놈이 원래 눈이 높기는 높았지. 그래서 네 할머니가 그렇게 미인인 게야. 그건 나도 인정하마."

 남궁진미가 저도 모르게 혀를 살짝 내밀었다.

 '내 눈높이는 할아버지에게 물려받았을지도 몰라.'

 검선은 그녀의 그 모습이 너무 귀여웠다.

 "정말 아깝구나. 지금 내 제자 녀석이 여기 있었으면 소개라도 시켜주는 건데. 내 제자라면 현천이 그 녀석도 감히 뭐라 하지 못하겠지."

 남궁진미의 눈이 반짝였다.

 '검선 할아버지의 제자?'

 "어떤 사람인데요?"

 "관심은 있고?"

 "아이참. 할아버지도."

 "하하하. 최고지. 내 제자라서 하는 말이 아니라 정말 최고인 녀석이란다. 너도 보면 만족할 거다."

남궁진미가 속으로 생각했다.

'검선 할아버지의 제자라면 일단 무공이 뛰어나겠지? 배경도 충분하고. 하지만 미래의 천하제일협객 남궁진미의 곁에 두려면 그것만으로는 모자라.'

남궁진미가 검선의 얼굴을 보았다. 신선풍으로 생긴 모습이 꽤나 보기 좋았다.

'제자가 할아버지 닮았으면 잘생겼을까? 잘생기고 성격까지 좋으면 자격이 있는데. 헤헤. 이거 기대되는데? 가뜩이나 외로워 죽을 뻔했는데 잘됐다.'

계산을 마친 남궁진미가 예쁘게 웃었다.

"할아버지께서 소개해 주시는데 소녀가 어떻게 거절하겠어요? 감사히 생각해야죠."

"허허허. 녀석이 돌아오기만 하면 내가 꼭 소개해 주마. 아마 너도 마음에 들 거다. 녀석이 진국이거든."

*　　　*　　　*

어두운 밀실에서 한 사람이 보고했다.

"최근에 작은 전투 부대 하나를 잃었습니다."

상석에 앉은 지존이 시큰둥하게 반문했다.

"잃은 전투 부대가 작아?"

"예. 적사대라고, 고수 다섯에 일이류 무사 열다섯으로 구성된 전투 부대입니다."

"정말 작군. 중요도는?"

"사파에서 돈으로 고용한 자들입니다. 비밀은 아무것도 모르고 시키는 대로 움직이기만 하는 말단 전투 부대입니다."

지존이 가래 끓는 소리를 냈다.

"크으음. 그런데도 나에게 보고해? 감히 나랑 놀자는 거냐?"

"그게… 최근에 목표물을 셋이나 획득한 곳에서 잃었습니다. 그것도 획득한 그 순간에…….."

지존의 눈빛이 번뜩였다.

"자세히 말해봐라."

"예. 수유현이라는 곳에서 지급이 발견되었다는 보고를 받고 서둘러 그곳으로 투입한 전투 부대입니다. 그곳에서 사전 조사 작업을 벌이던 손광태라는 자가 있는데, 그자가 방해자를 제거한다며 그 적사대를 데려갔습니다."

"그런데?"

"그런데 합류 지점으로 돌아오지 않고 그대로 증발했습니다. 나중에 은밀히 조사한 결과 모두 시체로 발견된 사실을 알아냈습니다."

"흐음. 그래? 어떤 무공에 당했지?"

"그곳 관청에서 시체들을 모두 수거해 간 바람에 자세한 것을 알아보기 어려웠습니다. 아시다시피 너무 깊게 파고들면 역추적당할 위험이……."

"변명은 됐다. 그래서 뭘 알아냈냐고 묻지 않나!"

"예. 적사대는 검에 당했습니다."

"검? 개나 소나 쓰는 게 검이다. 이 무능력한 돼지들아. 그런 거 말고 누가 그랬는지는 알아내지 못했냐?"

"의심 가는 인물이 딱 하나 있기는 합니다."

"밥값은 하는군. 누구지?"

"그 다음날 당이환과 당문의 무사 몇 명이 수유현에서 발견되었습니다."

지존의 안색이 조금 변했다.

"당문제일검 당이환? 그자가 왜 그곳에 있어?"

"목표물 중 하나의 외가가 당문의 방계입니다. 당이환과 함께 있던 당문의 무사들이 목표물 중 하나의 외삼촌들입니다. 아마 그것과 관계가 있는 것으로 추측하고 있습니다."

"흐음."

지존이 잠시 생각에 잠겼다.

"뭐, 당문제일검에 당문 무사들 몇 명이 있다면 적사대 정도는 상대가 안 되겠지. 그자가 과연 우리를 추적할 수 있느냐가 문제지."

"그것과 관련해서 문제가 또 있습니다."

"또? 네놈들은 문제만 만들어놓고 다니는구나. 쌀이 아깝다, 이놈들아."

"죄, 죄송합니다."

"그래서 무슨 문제? 설마 그자가 우리를 추격할 수 있다는 건 아니겠지?"

"그건 아니지만… 그들이 수유현에서 발견된 후, 이번에는 창현에서 발견되었습니다."

"수유현이니 창현이니 하는 지명은 나는 몰라. 거기 뭐가 있는데?"

"거기에는 목표물들의 음지체 여부를 판단하기 위해서 고용했던 의원이 살고 있습니다."

지존이 벌떡 일어섰다.

"뭐가 어쩌고 어째? 이 개자식들아! 일 처리를 이따위로 할 거야? 어? 다 죽고 싶어? 니들 전부 다 죽여 버리고 새로 시작할까?"

회의실의 사람들이 즉시 머리를 탁자 위에 박았다.

"죄송합니다. 용서해 주십시오!"

"제기랄. 의원을 의심했다고? 뭔가 눈치를 챈 거잖아. 더구나 당이환이라니. 그래서 얼마나 노출됐어? 그놈이 우리 일을 얼마나 알아낸 거야?"

"그 의원에 들러서는 한 가지 정보밖에 알아내지 못했습니다."

지존의 몸에서 살기가 뿜어졌다.

"한 가지 정보도 정보야!"

그의 살기에 다른 사람들이 다시 공포에 떨었다.

'정말 우리를 죽일지도 몰라.'

'그러고도 남을 놈이다.'

이 일에 대한 책임을 묻는다면 가장 먼저 죽어야 할 사람이 용기를 내서 말했다.

"놈이 알아낸 것은 단지 하나. 우리가 도원표국에 의뢰를 했다는 사실뿐입니다."

"표국. 벌써 표국까지 추격해 왔어? 젠장. 너무 빨라. 너무 빠르다고. 그래서? 그 표국에는 무슨 정보가 남아 있지?"

보고하는 사람은 갈등했다.

'사실대로 말하면 지금 분위기로는 정말 나를 죽일지도 몰라.'

"가명으로 의뢰했으니 별다른 정보는 남아 있지 않습니다."

"사실이겠지?"

"그건 걱정하지 않으셔도 됩니다. 우리와 연관된 것은 아무것도 남아 있지 않다고 확신합니다."

"그 말에 책임질 수 있나?"

"물론입니다. 만일을 대비해서 가명으로 의뢰한 정보 자체도 없애도록 조치하겠습니다."

'보고받은 대로라면 거긴 아직 다른 곳에 의뢰한 정보들이 남아 있다. 사실대로 보고하면 처벌이 두려우니 이렇게 보고

하고 나서 그걸 없애 버려야겠다.'

지존이 씩씩거렸다.

"믿겠어. 확실히 처리해. 우리 일은 비밀 유지가 생명이야."

"알겠습니다."

*　　　*　　　*

며칠 후, 서흑수 일행은 도원표국이 보이는 곳에 서 있었다.

당이환이 제안했다.

"다시 생각해 봤는데, 그냥 정문으로 들어가서 장부를 보여달라고 요구하는 게 낫겠다."

고세옥이 걱정스레 말했다.

"그런다고 보여줄까요?"

"순순히 줄 리가 있나. 하지만 저런 어중간한 규모의 표국에서 우리 당문을 무시할 수는 없다. 힘으로 빼앗으면 저항하는 시늉만 하다가 결국 내놓을 거다."

"그래도 돼요?"

"당연히 나중에 항의가 들어오겠지. 하지만 내 선에서 처리할 수 있다."

고세옥이 서흑수를 힐끗 보았다.

"형, 그래도 돼?"

당이환의 눈썹이 꿈틀거렸다. 지금 고세옥은 자신의 제안을 서흑수에게 허락받으려고 하고 있었다. 당문제일검으로서의 자존심이 상했다.

당이환이 선언했다.

"시간을 줄이는 데는 그것이 최선이다."

서흑수가 고개를 흔들었다.

"절대로 안 되지."

고세옥이 이번에는 당이환의 눈치를 보며 머뭇거렸다.

"하지만……."

서흑수가 설명했다.

"우리가 장부를 확인하는 건 힘으로 할 수 있다. 하지만 놈들도 우리가 그렇게 했다는 것을 알게 되겠지. 아마 흔적을 지우거나 연결을 끊을 거다. 그럼 소미를 찾기 힘들어져. 그냥 계획대로 하는 것이 낫다."

당이환이 불평했다.

"네 계획대로 하면 며칠이 걸릴지 모르잖느냐? 소미라는 아이가 지금 어떤 일을 당하는지도 모르는데. 당장 들어가서 장부를 빼앗으면 쉽게 그 아이를 찾을 수 있을지도 모른다. 모험을 할 가치가 있어."

서흑수는 꿈쩍도 하지 않았다.

"저는 살아 있는 소미를 원합니다."

"끄응. 내 의견대로 한다고 해서 꼭 죽는 건 아니다."

"서둘러서 되는 것은 없습니다. 우리는 시간을 포함해서 모든 것을 최대한 이용해야 합니다. 그러니 제가 잠입해서 장부 내용을 알아내겠습니다."

"네 머리가 제법 영특한 것은 인정하마. 하지만 위기가 닥치면 무공이 필요한 법. 내가 들어가는 것이 낫지 않을까?"

"저곳은 표국입니다. 사천 방방곡곡을 돌아다니지요. 당연히 당 대협 같은 유명인의 얼굴을 아는 자가 있을 가능성이 높습니다. 들어가시면 들킵니다."

"형, 그럼 나랑 같이 들어가는 건 어때?"

"놈들은 손광태가 나타나기 전에 어떤 형태로든 고가장을 조사한 적이 있다. 만에 하나 저 중에 그 조사에 참가한 놈이 숨어 있다면 네 얼굴을 알 거다."

"하지만 저긴 그냥 표국일 거라면서? 놈들과 직접 관계는 없을 거라며?"

"그럴 가능성이 높다. 하지만 아무리 작은 위험이라도 일단 줄이는 것이 좋지."

"그럼 형은 괜찮고?"

"내가 고가장에 들어갔던 시점에서 그곳에서 활동한 자는 손광태와 전노삼밖에 없었다. 직접 움직인 그들을 발견한다면 내가 먼저 덮치면 된다. 그 두 놈 외에는 내 얼굴을 아는 자가 없다."

당이환이 뭐라고 따지려고 했다. 하지만 서흑수는 말을 마치고 나자마자 도원표국 쪽으로 걸어갔다. 그는 뒤도 돌아보지 않고 말했다.

"그러니 당 대협은 제가 연락할 때까지 약속된 장소에서 잘 숨어 있으십시오."

두 사람은 할 말이 없었다. 그들은 이 일에 적극적으로 뛰어들고 싶었다.

'내 사회적 지위와 체면에 겨우 저런 녀석에게 끌려 다니다니. 아, 이거 자존심 상하는데?'

'누나들 구하는 일에 내가 뭔가 도움이 되고 싶은데. 기회를 안 주네, 기회를.'

하지만 그들은 서흑수의 논리를 뒤집을 다른 대안이 없었다. 지금은 인질들의 목숨이 우선이다. 그들은 포기하고 투덜거리며 걸어갔다.

당이환이 고세옥을 힐끗 보았다.

'이 녀석이라도 확실히 내 편으로 만들어둬야겠군. 화련이의 아들이라면 나에겐 남이 아니니까.'

"세옥아, 검을 배우고 싶으냐?"

고세옥이 가장 존경하는 인물이 바로 당이환이다.

'외가 쪽을 통틀어서 검으로 가장 높은 경지에 오른 분. 그런 분의 검술?'

그의 얼굴이 환해졌다.

"네!"

서흑수는 도원표국에 다가갔다. 정문을 지키던 표사가 먼저 말을 걸었다.

"무슨 일로 오셨습니까?"

서흑수가 머리를 긁으며 웃었다.

'웃자. 웃어야 한다.'

"저기요, 일꾼 좀 필요하지 않으세요?"

"일꾼? 쟁자수에 지원하려고 그러시오? 쟁자수라면 몇 자리가 있기는 하지. 하지만 요새는 사람을 함부로 받지 않아."

표사의 말투가 자연스럽게 변했다.

서흑수는 일부러 사정했다.

"아, 그게요. 쟁자수처럼 멀리 가야 하는 일은 좀 곤란하고요. 제가 사정이 있어서 이 동네에 당분간 머물러야 하거든요. 여비도 아낄 겸 잠시 일했으면 하는데요."

표사가 코웃음을 쳤다.

"흥. 그렇게 입맛에 딱 맞는 자리가 어디 있을까? 더구나 신분도 확실치 않은 자를 표물 근처에 둘 표국은 없다."

서흑수가 표사에게 다가가 철전 몇 개를 쥐어주며 말했다.

"누가 표물 근처에서 일하고 싶다고 합니까? 그냥 밥만 먹여주고 잠만 재워주면 감사하지요. 서로 좋은 게 좋은 거 아니겠습니까? 제 여비로 쓰려고 한 돈인데, 이거로 술이라도 한잔하시고 한번 알아봐 주십시오."

표사가 철전을 재빨리 받고 나서 생각했다.

'밥만 먹여달라고? 하긴. 눈에 안 뜨이는 구석진 곳에 박아놓으면 괜찮겠지. 그러고 보니 노씨 아저씨가 사람 부족하다고 투덜댔지?'

"허험. 그럼 돈은 받지 않고 마구간 청소나 하면서 며칠 지내는 건 어떤가? 잠은 마구간에서 자더라도 밥은 제대로 먹여주는 조건이지."

"마구간이요? 하하하. 저야 당연히 좋지요."

"에헴. 원래 마구간이라도 아무나 들여놓을 수 있는 건 아니라네. 하지만 내 그 정도라면 어떻게 힘을 써보겠다."

표사의 말은 이제 완전히 반말로 바뀌어 있었다. 서흑수가 굽실거렸다.

"감사합니다, 나리."

표사가 다짐을 받았다.

"하지만 나는 자리만 알아봐 주는 것이네. 쫓겨나도 내 탓은 하지 말게나."

'며칠이나 버틸 수 있을까? 어쨌든 나야 노씨 아저씨한테 큰소리치면 그걸로 된 거니까.'

서흑수가 원한 것은 어차피 며칠 동안 표국 내에 머무는 것이다.

"물론입니다."

그의 무공이라면 은밀히 숨어들어서 며칠을 보낼 수도 있었다. 만약 표사를 구워삶는 일이 잘 안 된다면 그렇게 할 생각이었다.

하지만 그렇게 하면 두 가지 문제가 생긴다.

우선 그가 표국에 며칠 동안이나 잠입하는 데 성공하면 당이환이 그의 무공을 의심하게 된다.

'적을 속이기 위해서는 일행의 표면에 당 대협이 있어야 해. 하지만 그는 이미 나를 의심하고 있지. 무공까지 드러나면 더 의심하게 될 거야. 그럼 곤란해. 만에 하나라도 내 정체가 그에게 드러나면 소미를 구하기 어려워진다.'

그건 충분히 문제가 될 수 있다.

다른 한 가지 문제는 그 시간 동안 먹고 배설하는 것에 제한이 생긴다는 것이다. 그걸 억제하는 것은 얼마든지 할 수 있다. 하지만 그는 그러지 않는 길을 택했다. 편하게 지내기 위해서가 아니다.

'최고의 상태를 유지해야 만약에 대비할 수 있으니까. 수유현에서의 습격을 생각해 보면 이번에는 어떤 놈들이 나타날지 모르지.'

그는 실패할 가능성을 최소화하고 싶었다.

'소미를 구하기 위해서라면 땅바닥이라도 핥아주지. 대신

에 네놈들의 목숨을 받겠어.'

  표사는 그를 마구간지기 노인에게 안내했다. 마구간지기 노인이 그를 꼬나보았다.
"이름이 뭐라고?"
서혹수가 웃으며 대답했다.
"왕삼입니다."
"웃지 마라. 정든다."
"알겠습니다."
"그래. 왕삼, 원래 요새는 사람을 함부로 써서는 안 되는 때이다."
서혹수의 눈 깊은 곳이 반짝였다.
'왜? 소미와 관계된 일일까?'
"그래도 부탁드립니다. 제가 가진 돈이 워낙 없어서요."
"에헴. 하지만 현 표사의 부탁이니 내가 특별히 들어주겠다. 이 마구간은 내 책임 아래에 있으니까 내가 대장이라고 할 수 있지."
"존경합니다. 그런데 존함이……."
"내 이름은 노호식이다. 그냥 노 대인이라고 불러라."
"예, 노 대인."
서혹수가 순순히 노 대인이라고 불러주자 노호식은 기분이 좋아졌다.

"에헴. 왕삼 자네는 정식으로 표국에 들어온 것이 아니다. 따라서 말을 관리할 수는 없다. 표국을 돌아다니는 것도 안 된다. 그냥 이 근처에서 지내라. 우선 저쪽 빈 마구간의 말똥부터 치워라. 그 일이 끝나면 말 먹이나 좀 썰고."

"알겠습니다."

그는 표국에 눌러앉으러 들어온 것이 아니다. 그렇다고 해서 어설프게 일하면 당장 잘릴 수 있다.

그는 우선 말똥부터 치우기 시작했다. 뒷짐 지고 구경만 하던 노호식의 얼굴이 조금씩 감탄으로 물들었다.

"허어. 일 정말 열심히 하는구나. 제법인데?"

그는 바닥을 박박 긁어가며 말똥을 치웠다. 그 좋은 힘으로 한 무더기씩 바깥으로 덜어냈다. 그것으로 만족하지 않고 큰 물통에 물을 채워 바닥을 씻었다.

"밥값을 하려면 이 정도는 기본 아니겠습니까?"

"하하. 그렇지. 암, 그렇고말고. 자네가 이렇게 계속 열심히 한다면 내가 정식 채용을 건의해 줄 수도 있네."

서흑수는 여기 들어올 때 임시로 있겠다고 말을 해놓았다.

'위장 신분에 철저히 적응해야지.'

"하지만 저는 한 달쯤 뒤에는 고향으로 떠날 생각입니다."

노호식은 서흑수가 탐났다.

'이렇게 일 잘하는 놈 하나쯤 내 밑에 있으면 앞으로 인생이 얼마나 편해지겠어?'

"어허. 우리 도원표국이 얼마나 괜찮은 직장인지 아는가? 내 말을 믿게. 고향에서 농사짓는 것보다는 여기 그냥 눌러앉는 것이 좋아."

눌러앉을 생각은 조금도 없다.

그가 힘차게 대답했다.

"정말 감사합니다. 열심히 하겠습니다!"

* * *

눈빛이 맑고 깊은 남자가 고개를 숙였다.

"지존을 뵙습니다."

지존이 그를 보고 웃었다.

"흐흐흐. 네가 올 날짜가 벌써 됐나?"

"예. 은총을 내려주시기 바랍니다."

지존이 남자의 얼굴을 물끄러미 보더니 다시 웃었다.

"크흐흐. 네 얼굴에 땀방울이 배어 나오네?"

"날이 조금 더워서 그렇습니다."

"아니야. 그런 것이 아닐 거야."

지존이 날짜를 셈해 보았다.

"사흘이나 날짜를 넘겼군."

"다급한 일들이 있어 며칠 늦어졌습니다."

"다급한 일? 크흐흐. 내공의 힘으로 극복해 보려 한 것은 아니고?"

남자가 움찔거렸다.

"아닙니다. 감히 그런 생각은 하지 않습니다."

"크하하. 상관없다. 내공으로 극복하려 했어도 결국 좌절만 했을 테니까."

"정말 다른 생각은 하지 않았습니다. 저는 지존께 충성을 다 바치고 있습니다."

"그래. 일단 믿도록 하지. 은총을 내려주도록 하마."

남자가 머뭇거리다가 말했다.

"그런데 여쭤보고 싶은 일이 하나 있습니다."

지존의 눈빛이 날카로워졌다.

"네 따위가 감히 나에게 질문을 해?"

남자는 물러서지 않았다. 바짝 긴장했지만 할 말을 재빨리 토해놓았다.

"제가 있는 곳 근처에서 젊은 여자 하나가 없어졌습니다. 혹시 지존께서 그 아이의 일을 아시는지요?"

지존의 얼굴이 밝아졌다.

"아, 그 아이? 이름이 정미란이던가?"

지존이 남자를 보며 음흉하게 웃었다.

"호호호. 그래서 네가 사흘이나 늦게 왔구나? 나를 극복해 보려던 이유가 그 아이 때문이군. 그런 거였어."

남자는 이를 악물었다.

'역시 이자가 손을 댄 것인가? 제기랄!'

"그 아이를… 데려가셨습니까?"

"그랬지."

"미란이는 이번 일에서 예외로 해주십시오."

"싫다면?"

"제가 지존께 충성을 바치고 있습니다. 미란이는 예외로 해주십시오."

"크하하. 건방지구나, 건방져. 하지만 이번 한 번만은 그냥 넘어가 주도록 하지. 네 입장을 이해하니까. 장부는 독해야 한다고 했는데 난 이해심이 너무 많아서 큰일이야."

"제발 부탁이니……."

"늦었어. 그 아이는 이미 인급이 되었다."

남자의 몸이 떨렸다. 격렬하게 떨렸다.

"그, 그런 짓을……."

"한번 인급이 됐으면 죽음 외에는 되돌릴 방법이 없다. 왜? 기분 나쁘냐?"

남자가 주먹을 꽉 쥐었다. 손이 허리춤에 찬 검 쪽으로 천천히 움직였다.

지존이 그 모습을 보며 코웃음을 쳤다.

"흥. 네게 나를 벨 용기가 있다고?"

"미란이를, 미란이를……."

"너 따위에게 그런 용기가 있었다면 나에게 충성을 바치지도 않았겠지. 네가 그런 놈이었다면 애초에 너를 끌어들이지도 않았어."

그 소리를 듣자 남자의 몸이 떠는 것을 멈췄다. 남자의 주먹이 펴졌다. 손바닥이 바닥을 짚었다.

바닥에 투명한 눈물이 떨어졌다.

"크흐흑. 미안하구나. 미안하구나."

지존이 그 모습을 보고 웃었다.

"크흐흐. 좋아, 좋아. 이런 상황에서도 배신하지 않는다면 앞으로도 믿을 수 있겠군. 내 기쁜 마음으로 은총을 내려주도록 하마. 크하하하!"

*   *   *

서흑수는 결국 마구간 청소를 끝내고 말 먹이 준비까지 마쳤다.

노호식이 다가와 마구간을 둘러보고 만족한 얼굴로 말했다.

"일은 다 끝냈나 보군."

"그렇습니다. 뭐 더 시킬 일은 없습니까?"

노호식은 할 일이 없어진 서흑수를 보고 생각했다.

'너무 부려먹으면 여기 남아 있고 싶어하지 않을 거야. 계속 쓰려면 이쯤에서 적당한 포상을 해줘야지.'

"오늘은 그만하면 됐네. 그보다 자네, 우리 표국 구경하고 싶지 않은가?"

서흑수의 눈이 반짝였다.

'먼저 부탁하려고 했더니 알아서 나서주는군.'

"꼭 구경하고 싶습니다. 사실 이런 큰 곳은 처음 들어와 봐서 모든 것이 신기합니다."

"하하하. 내가 안내를 해줌세. 자네가 여기를 보고 나면 고향에 갈 생각이 안 들 걸세."

그것이 노호식의 목적이었다.

'화려한 우리 표국을 보고 나면 촌놈의 눈이 커지겠지. 고향 따위는 잊어버릴 거다.'

"하지만 내 곁에서 떨어지지 말게. 자네 혼자 돌아다니다가 도둑으로 의심받으면 큰일 나네. 표사들의 검에 목이 떨어질 수 있네."

"어이쿠, 무섭습니다."

노호식이 유쾌하게 웃었다.

"하하. 걱정 말게. 표국에서 내 위치가 낮지 않으니 나만 따라다니면 괜찮아."

노호식은 서흑수를 데리고 다니면서 표국의 곳곳을 안내했다.

"저 건물은 창고라네."

"그럼 저 건물은 뭔데 저렇게 큽니까?"
"저게 바로 우리 표국의 국주님께서 업무를 보시는 곳이라네. 저기서 다른 사람들도 여럿 일하지. 대단하지 않은가?"
서흑수는 그 건물을 유심히 살폈다.
'단층 전각. 방은 여러 개로 추정. 경비를 서는 표사들까지 있고. 규모를 보아하니 기밀 서류는 저곳에 보관하겠군. 제일 먼저 조사할 가치가 있어.'
"대단합니다."
그들이 건물들을 보며 잡담을 나누고 있을 때 갑자기 호통 소리가 들렸다.
"네놈은 누구냐!"
검을 찬 중년 남자가 그들을 쳐다보았다. 그의 곁에는 표사 몇 명이 따라붙어 있었다.
서흑수는 그를 보고 신분을 추측했다.
'비싼 옷. 비싼 칼. 경호표사들. 이자가 국주인가?'
노호식이 깜짝 놀라 말했다.
"국주님, 이놈은 제가 잠시 데리고 있는 일꾼입니다."
"네가 데리고 있어?"
"그렇습니다. 여비가 없다기에 당분간 밥만 먹여주기로 하고 마구간 청소 같은 잡일을 시키고 있습니다."
국주가 서흑수를 스윽 훑어보더니 노호식에게 소리를 버럭 질렀다.

"네 이놈! 네가 정신이 있는 놈이냐?"

"구, 국주님. 왜 그러시는지……."

"네가 감히 내 허락도 없이 마음대로 사람을 써?"

노호식은 국주의 반응에 당황했다.

"흔히 있는 일인데 왜……."

"지금이 때가 어느 때냐? 도둑놈이 표물을 노리고 있는 이 때에 외부인을 함부로 들이다니. 저놈이 바로 사천신투일지 어찌 아느냐?"

"예? 하지만 말똥이나 치우는 놈이 어떻게 사천신투이겠습니까?"

"도둑질을 하려면 똥밭인들 못 구를까?"

노호식은 대답할 말이 없었다.

서흑수는 세상을 떠돌아다니면서 여러 소문을 들었다. 사천신투에 대해서 들어본 적이 있다.

그가 일부러 울상을 지으며 말했다.

"국주님, 제가 도둑놈이라니요. 억울합니다. 그리고 사천신투는 중년인이라고 들었습니다."

사천신투는 사천 지방에서 무척 유명한 도둑이다.

국주의 눈썹이 꿈틀거렸다.

'말똥이나 치우는 놈이 건방지게 내게 말대꾸를 해?'

"그렇다면 너는 그놈의 끄나풀이로구나."

"저는 도둑놈 따위가 아닙니다."

"내가 네놈의 말을 믿을 이유는 없다."

서흑수는 난처했다.

'결국 표국에 잠입해서 일을 처리해야 하나? 자연스러운 방법을 원했는데.'

"지금 쫓아내시면 저는 오늘 밤에 잘 곳이 없습니다. 배도 고픕니다."

"그런 것도 내가 신경 쓸……."

국주의 곁에 서 있던 표사 중 하나가 말했다.

"형님, 처지가 불쌍하니 하룻밤 정도 있게 해주시지요?"

"하지만 사천신투가……."

"우리 표사들이 철저히 지키고 있으니 저자가 할 수 있는 일은 없습니다. 정 의심스러우시면 노 노인에게 저자를 감시하게 하면 되시잖습니까?"

서흑수가 얼른 고개를 숙이며 말했다.

"저는 이분의 곁을 절대로 떠나지 않겠습니다."

그러면서 그는 방금 말한 표사를 유심히 살폈다.

'움직임이나 눈빛, 기세 모두 평범하지 않아. 이 사람은 고수다. 평범한 표사는 아니군.'

국주가 헛기침을 했다.

"험험. 자네가 그렇게까지 말한다면 그렇게 하지. 어차피 곧 자네 것이 될 표국이니까."

그는 서흑수를 돌아보았다.

"네 이놈. 오늘 하룻밤은 눈감아주겠다. 하지만 내일이 되면 당장 떠나거라!"

그 표사가 서흑수를 보며 웃었다.

"형님 말에 너무 신경 쓰지 마라. 열심히 하다 보면 좋은 일이 있겠지."

서흑수가 고개를 푹 숙여 인사했다.

"알겠습니다!"

그들이 떠나고 나서 노호식이 이마의 식은땀을 닦았다.

"휴우. 총표두님 덕분에 잘 넘어갔군. 역시 총표두님이야."

서흑수의 눈은 총표두의 걸음걸이에서 무공의 특징을 살피고 있었다. 하지만 입에서는 전혀 다른 말이 나왔다.

"좋은 분이신가 봅니다."

"물론이지. 표국의 사람 모두를 아끼시는 분이라네. 방금 보지 않았나? 지금도 내 입장을 생각해서 넘어가 주신 거네. 에헴. 내가 아니라 자네 혼자 있었다면 어림도 없었겠지. 덕분에 일자리를 얻었지 않나?"

"예. 오늘 밤은 어떻게 되겠군요."

그는 일부러 실망하는 표정으로 말했다.

"하지만 내일 떠나라고 하셨잖습니까? 겨우 하룻밤입니다."

노호식이 미안해했다.

"자네가 며칠만 늦게 왔으면 괜찮았을 텐데. 내일 쫓겨나더라도 그냥 며칠 뒤에 오게나."

서흑수의 눈이 반짝였다.

'며칠? 왜? 혹시 놈들과 관계된 이야기일까?'

"왜 며칠 후는 괜찮습니까?"

"표물이 며칠 뒤에 나가거든."

"예?"

"아, 이런. 자네는 모르겠지. 사실 우리 표국은 이번에 꽤 중요한 표물을 받았다네."

"어떤 표물입니까?"

"그거야 나도 모르지. 하지만 상당히 귀중한 물건이라더군."

"그럼 사천신투라는 놈이······."

"그렇지. 그놈이 그걸 노린다고 공개적으로 선언까지 했다네. 덕분에 표사들이 그 표물을 항상 감시하고 있지."

서흑수가 쓴웃음을 지었다.

'정문의 표사 녀석. 내가 얼마 못 버티고 잘릴 걸 알고 있었군. 철전 떼먹을 생각이었어.'

"그럼 표국의 경비 상태가 장난이 아니겠군요?"

"당연하지. 모든 표사들이 표국에 머물고 있다네. 그리고 밤을 낮보다 더 철저하게 지키지."

서흑수의 표정이 조금 굳었다.

'지키는 놈이 많으면 도둑이 못 들어오지. 도둑이 들게 하려면 적당히 풀어놔야겠군.'

노호식이 말했다.

"왕삼, 그러니 만약 내일 여길 쫓겨나더라도 어떻게 며칠만 근처에서 비벼보게나. 표물만 나가고 나면 다시 들어올 수 있으니까."

"며칠 뒤라고 국주가 마음을 바꿀까요?"

"걱정 말게. 며칠 뒤에는 총표두 어른이 국주가 되시니까."

서흑수의 표정이 변했다.

'어라? 아까도 그런 말이 있었지?'

"그게 무슨 말씀이신지……."

"우리 표국 이름이 왜 도원표국인지 아는가? 국주와 총표두 두 분이 복숭아밭에서 의형제를 맺고 세운 표국이라서 도원표국이라네. 우리 표국은 국주와 총표두 두 분이 만든 것이지. 그동안 수입도 둘로 나눠 가졌고."

"그런데 왜 며칠 후는 괜찮습니까?"

"이번 표물만 내보내고 나면, 국주가 총표두님에게 표국을 완전히 넘기기로 했거든. 총표두님은 그동안 모은 돈을 전부 주고 표국을 인수하기로 했네. 이번 표물이 지금 국주가 마지막으로 처리하는 일이네."

서흑수의 머리가 빠르게 회전했다.
'이거 재미있게 됐는데?'
생각을 정리한 그는 노호식을 보고 환히 웃었다.
"알겠습니다. 그럼 저는 노 대인만 믿겠습니다."

第三章

저녁을 잘 챙겨 먹은 서흑수는 마구간 구석 짚더미 위에 자리를 잡았다.

노호식이 말했다.

"지금은 거기서 자게나. 나중에 자네가 정식으로 고용되면 방을 하나 얻을 수 있을 걸세."

서흑수가 짚더미를 툭툭 치며 말했다.

"푹신하고 좋네요. 이거면 충분합니다."

"그럼 나는 가네. 내일 아침에 보세나."

서흑수는 짚더미 위에 드러누웠다. 그러나 눈은 감지 않았다. 그는 드러누운 상태에서 공력을 운기해 몸 상태를 최적으로 만들었다.

'운기를 하는 것은 소미를 찾을 때까지만이야. 위험하더라도 할 수 없어.'

한참의 시간이 흐른 후 그가 조용히 몸을 일으켰다. 어두운 곳을 찾아 최대한 기척을 죽이며 움직였다.

표국 곳곳에 횃불이 밝혀져 있었다. 표사들은 눈을 시퍼렇게 뜨고 사방을 감시했다.

'사람들하고는. 이렇게 철저히 지키면 도둑놈이 겁먹잖아.'

그는 어둠을 타고 움직였다.

표사 한 명이 그가 있는 쪽으로 시선을 돌렸다. 그곳에는 아무도 없었다.

서흑수는 표사의 시선이 자신 쪽으로 움직이는 것을 감지하는 순간 나무 뒤로 몸을 숨긴 상태였다.

"뭔가 있는 것 같았는데."

다른 표사가 말했다.

"밤에 경비를 서다 보면 흔한 일 아닌가? 난 귀신을 본 적도 있네."

"그거 재미있겠군. 그 귀신 이야기나 해보게나."

"그럴까? 그건 정말 예쁜 처녀 귀신이었는데 말일세. 내가 그 여자를 언제 봤나 하면……."

그는 표국의 모든 표사들을 자신과 대결하는 고수로 상정했다. 적과의 겨룸에서 상대가 자신의 어디를 보는지 살피는 기분으로 시야에 들어오는 모든 표사들의 움직임을 감시했다.

그리고 그들 중에서 자신 쪽으로 시선을 돌리는 자가 있으면 재빨리 몸을 숨겼다. 보는 자가 없으면 목표 지점을 향해 몸을 움직였다.

그는 언제나 표사들의 시선이 향하지 않는 곳, 그중에서도 가장 어두운 곳을 따라 조용히 움직였다. 은잠의 묘용이 발휘된 그의 움직임을 표국 내의 그 누구도 보지 못했다.

그는 가장 경비가 심한 건물로 조용히 다가갔다. 낮에 보아둔 그 건물이었다.

건물 외부에는 표사들 여럿이 서서 지키고 있었다. 모든 문과 창문 앞에 표사가 최소한 한 명, 많은 경우는 두 명까지 서 있었다.

문 앞에 서 있던 표사 하나가 투덜거렸다.

"사천신투 그 개자식 때문에 잠도 못 자고 이게 무슨 고생이람."

같이 서 있던 표사가 맞장구를 쳤다.

"망할 놈. 더구나 훔쳐 가겠다고 경고장까지 날렸어. 이런 상태에서 잃어버리면 우리 표국 신용에 큰 타격을 입는다고."

"그러게 말이야. 가뜩이나 우리 표국이 어려운데 그러면 큰일 나지."

"우리가 총표두님과 함께 표국 한번 살려보겠다고 다 같이 뭉쳤는데, 도둑놈이 그걸 방해하려고 들어? 내 눈에 뜨이기만 하면 단칼에 그 도둑질하는 손모가지를 잘라 버리겠어."

"하하. 그럼 나는 도망 못 치게 발모가지를 잘라 버리지."

"하지만 우리가 이렇게 철저히 지키고 있는데 그놈이 도둑질하러 올까?"

"못 오겠지. 모든 출입구를 막아섰는데."

서혹수는 문이나 창문을 노리지 않았다. 그는 표사들의 시선이 잠시 미치지 않는 순간을 잡아 벽에 달라붙었다. 수직으로 서 있는 벽을 거미처럼 가볍게 타고 올라갔다. 그렇게 지붕 처마 밑으로 이동했다.

처마 밑에는 단단한 벽이 버티고 있었다. 사람이 들어갈 틈은 없었다. 서혹수가 품에서 단검을 꺼냈다.

그는 왼손 다섯 손가락을 벽에 박아 넣었다. 지법이 발휘된 손가락은 소리없이 벽을 파고들었다.

서혹수가 아래쪽을 내려다보았다. 표사들이 두런두런 떠드는 소리가 들렸다.

그는 내공을 오른손에 든 단검으로 보냈다. 단검의 작은 칼날에 날카로운 검기가 흘렀다.

단검을 지붕 처마 밑의 벽에 소리없이 박아 넣었다. 그리고는 왼손을 중심으로 둥글게 잘라냈다. 강력한 검기가 벽을 두 부처럼 썰었다. 쇠가 벽을 잘랐지만 아무 소리도 들리지 않았다.

아래쪽에 서 있는 표사들은 머리 위에서 무슨 일이 벌어지는지 눈치 채지 못했다. 서흑수의 작업은 그만큼 조용했다.

서흑수는 왼손을 슬쩍 밀었다. 벽이 아무 소리도 내지 않고 조용히 안쪽으로 밀려들어 갔다.

그의 몸이 건물 속으로 빨려 들어갔다. 그는 자신이 잘라낸 둥근 벽으로 다시 구멍을 막았다. 아무도 무슨 일이 벌어졌는지 눈치 채지 못했다.

밤은 어두웠고 실내는 더 어두웠다. 문틈으로 들어오는 가느다란 달빛 조금이 전부였다. 그러나 공력을 끌어올려 밤눈을 밝힌 그에게 지금은 대낮과 별 차이가 없었다.

한쪽에 단단한 금고가 보였다.

'표물은 내 알 바 아니고.'

그는 다른 것들을 찾았다.

'표물은 평소에 가장 안전한 곳에 보관했겠지. 표사들은 추가로 경비를 서는 것. 결국 이곳이 평소에도 가장 안전하다는 뜻이지. 그렇다면 기밀 서류 같은 것도 이곳에 보관되어 있어야 해.'

그의 생각은 틀리지 않았다. 그는 금방 서류더미들이 쌓여 있는 책장을 찾아냈다.

오랜 세월 쌓인 문서는 산처럼 많았다. 궤짝들까지 있었다.

'제갈유의가 그 편지를 받은 것은 옛날이 아니야. 최근 문서가 필요해.'

그는 비교적 최근 문서들을 찾았다. 그의 손이 여러 개의 장부를 뒤적였다. 어둠 속에서도 내용을 빠르게 훑었다.

한참을 뒤적이던 그의 손이 정지했다.

'어라?'

그는 방금 내려놓았던 장부를 다시 들어서 살폈다. 표국의 재산에 관한 장부였다. 그걸 다시 훑어보던 그의 얼굴에 황당함이 물들었다.

'도원표국 이거, 반쯤 망했네? 적자가 장난이 아니잖아? 그래서 국주가 표국을 떠넘기는 거군. 총표두라는 사람은 어떻게든 표국을 살려보려고 전 재산을 주고 인수한 거고.'

서흑수가 잠시 생각에 잠겼다.

'이상해. 총표두는 자기가 이곳을 인수하면 흑자로 돌아선다고 확신했어. 그런 확신이 있으니 전 재산을 넘겼지. 하지만 그간 적자였는데? 도대체 왜 그런 확신이 들지? 그 사람이 바보여서? 아니야. 논리적이지 않아.'

몇 권의 장부를 확인하며 한참을 생각하던 서흑수가 작게 웃었다.

'역시 그렇게 된 거군. 내 일에 도움이 되겠어. 일단 이거나 마저 하자.'

그는 다른 장부들을 뒤적였다.

새로운 장부를 살피던 그의 눈이 반짝였다.

'있다. 수취인. 제갈유의. 의뢰인 왕일. 이건 정말 흔해 빠진 이름이군. 가명이겠지.'

그는 왕일이라는 이름으로 비슷한 시기에 의뢰된 사람들을 찾았다. 여섯 명이 나왔다.

'이 중에서 의원은 제갈유의를 포함해서 셋. 모두 작은 상자를 받았다. 돈 상자겠지. 나머지 셋에게 혐의점은 없어.'

서흑수가 흰 이를 드러냈다.

'그럼 제갈유의를 제외한 의원 두 명이 사는 곳 근처에서도 실종 사건이 일어났겠지. 그들과의 공통점을 찾아야 해. 어쩌면 중요한 실마리가 나올 수 있어.'

그는 고개를 가로저었다.

'하지만 지금 조사하기에는 그곳까지의 거리가 너무 멀어. 구가장의 경우 그 집 사람들에게 이야기를 직접 들어봤지만 이상한 점은 찾지 못했어. 잘못하면 시간 낭비가 될 수 있어. 이건 지금 작전이 실패했을 때를 대비해서 남겨두기로 하자.'

장부를 덮으려던 그의 눈이 갑자기 눈이 커졌다.

'이 의뢰가 이뤄진 시점이 겨우 한 달 전이야?'

그의 머리가 고속으로 회전했다.

'손광태는 두 달 전에 고가장에 들어왔어. 놈은 그때 이미 소미가 음지체임을 알고 있었어. 알고서 접근한 거지. 도대체 어떻게 알았지?

그는 이제 자신이 중요한 것을 놓치고 있다는 것을 깨달았다.

'그녀들이 음지체인지 의원들보다 먼저 누군가 눈치를 챘어. 그랬으니까 확인을 위해서 의원을 보낸 거야. 이 일에는 뭔가 있어. 손광태는 소미의 체질을 어떻게 알고 접근했을까? 그건 소미 집에서도 모르던 건데? 그리고 구소라는?'

정보가 부족했다.

'일단은 소미를 구하는 게 먼저야. 우선은 그 일에 집중하자. 조사는 그 다음이야.'

서흑수는 장부를 다시 제자리에 돌려놓았다.

필요한 정보를 모두 얻은 그는 조용히 지붕 속으로 숨어들었다. 그는 원래 가수면 상태로 경계를 서려고 했다. 그건 몸과 머리는 반쯤 휴식을 취하지만 감각은 활짝 열린 상태로 유지하는 방법이었다.

'오늘 와주면 좋겠는데. 하지만 오지 않겠지. 내가 경험한 놈들이 뚫기에는 여기 경비가 너무 삼엄해. 그럼 내가 손을 써야지.'

서흑수는 그날 밤의 감시를 포기했다. 그는 조용히 건물을 빠져나왔다. 표사들은 아무도 그가 들어왔다 나갔음을 눈치채지 못했다.

그는 아예 표국 바깥으로 나갔다. 그 과정에서 남들의 눈에 뜨이지 않도록 조심했다.

깊은 밤에는 고된 일을 마친 대부분의 사람들이 깊이 잠을 자는 시간이다. 하지만 남들이 자는 시간에 움직이는 사람도 있었다.

도둑 하나가 제법 커다란 집의 담벼락을 넘어서 밖으로 빠져나왔다.

담벼락 밖에서 도둑은 자신이 챙겨온 주머니를 열어보고 히히덕거렸다.

"흐흐흐. 당분간 놀고먹을 수 있겠다."

서흑수가 그의 귓가에 대고 말했다.

"그거 니 거냐?"

도둑이 화들짝 놀랐다.

"누, 누구……."

그는 말을 제대로 할 틈이 없었다. 차가운 검이 목에 닿자 저절로 혀가 굳었다.

서흑수는 도둑의 손에서 주머니를 빼앗아 담 너머로 도로 던져 버렸다.

"너, 나랑 좀 가자."

도둑은 울상을 지었다.

"살려주십시오. 다시는 도둑질 안 하겠습니다. 저는 그저 집에 계신 노모의 약값이나 벌어볼까 하는 마음에… 크흑."

서흑수가 살기를 흘리며 말했다.
"노모? 내 앞에서 다시 거짓말하면 네 혀를 잘라 버리겠다."
도둑이 즉시 입을 다물었다.

도둑을 조용한 곳으로 끌고 간 후 서흑수가 말했다.
"너, 도둑질한 경력이 좀 되냐?"
도둑의 눈알이 굴러갔다.
"사실 초보……."
서흑수가 그의 말을 끊었다.
"혀가 잘리고 싶으면 거짓말해도 된다."
"십 년 경력의 전문도둑놈입니다."
"사천 도둑계에 대해서 잘 아냐?"
"물론입니다. 아주 빠삭합니다."
"사천신투에 대해서는?"
"헛! 그, 그분을 왜……."
서흑수의 눈이 번쩍였다.
"질문은 내가 한다. 너는 대답을 하고."
겁먹은 도둑이 즉시 말했다.
"사실 그분… 놈은 사천 최고의 도둑놈이라고 할 수 있습니다."
"그놈이 도둑질하기 전에 미리 경고를 하는 경우가 있나?"

도둑은 생각했다.

'내가 아니라 사천신투를 노리는구나. 그자를 팔아먹으면 내가 빠져나갈 구멍이 날지도 모르겠다.'

"가끔 흥이 돋으면 물건을 훔치겠다고 먼저 통보하고 나서 작업을 하는데, 그건 보통 도둑놈이 할 수 있는 일이 아닙니다. 저 같은 피라미와는 급이 다른 월척이지요. 아마 현상금도 제법 될 겁니다."

"왜 그렇게 힘들게 도둑질을 하지?"

"그야 당연히 도박을 좋아하니까 그런 것 아니겠습니까?"

"도박?"

"그렇습니다. 사천신투의 드러난 기술이 도둑질이라면 숨겨둔 기술은 도박입니다. 도둑질만큼은 아니지만 꽤 경지에 다다른 실력이라고 알려져 있습니다. 그래서 가끔 큰 도박을 하고 싶으면 통보를 해놓고 도둑질을 합니다."

서흑수가 머리를 굴렸다.

'도박은 수렁과 같다. 거기에 깊게 빠진 자는 쉽게 벗어나지 못한다. 사천신투 같은 도둑놈은 정신이 썩어빠졌을 테니 더 못 벗어나겠지.'

결론을 내린 서흑수가 말했다.

"가자."

"예? 어디를……."

"이 동네에도 도박장 있을 거 아냐? 안내해라."

도박장을 확인한 서흑수는 십 년 경력의 도둑놈을 기절시켜 구석에 처박았다. 그리고 도둑이 가진 돈을 챙겼다.

"금반지? 도둑놈 주제에 금반지는 무슨."

서흑수는 도둑의 반지까지 끼고 도박장으로 걸어갔다.

그는 도둑에게 들은 대로 도박장 문을 세 번 두드렸다. 곧바로 문이 열리며 험상궂은 무사가 나타났다. 그는 서흑수를 훑어보더니 말했다.

"뭐요?"

"도박하러 왔지 뭐는 무슨 뭐냐?"

"처음 보는 얼굴인데?"

"도박이 얼굴 가지고 하는 것도 아닌데 뭐."

"누구 소개로 왔소?"

"점박이."

그가 구석에 처박아놓은 도둑의 별명이 바로 점박이였다.

"점박이 형님은 요새 뭐 하슈?"

"도둑놈이 도둑질하지 뭐 할까?"

그 말을 들은 무사가 비켜서며 말했다.

"점박이 형님 소개라면 믿을 만하겠지. 들어가슈."

깊은 밤임에도 불구하고 도박장에는 수십 명이 북적거리고 있었다.

서흑수는 그들 사이를 어슬렁거리며 사람들을 하나하나 관찰했다.

오래 돌아다닐 필요도 없었다. 서흑수의 눈이 중년인 한 명을 주시했다.

중년인은 주사위 노름을 하고 있었다. 작은 나무통에 주사위를 넣고 흔들어 숫자를 만드는 노름이었다.

서흑수가 씩 웃었다.

'주사위 놀리는 손동작을 보니 무공이 제법인데? 사천신투쯤 되려면 무공이 낮을 리가 없겠지. 나이도 들은 것과 비슷하고. 이 사람일까? 맞더라도 쉽게 정체를 드러내지는 않겠지.'

그 도박장에 그 외에는 수상한 사람이 없었다.

중년인이 나무통을 들어올리더니 환성을 질렀다.

"으허허허. 육오가 나왔으니 나의 승리일세."

그와 상대하던 자의 얼굴이 일그러졌다.

"크윽. 아깝다. 나는 오사였는데."

"하하, 한판 더 하겠나?"

"됐소. 오늘은 밑천이 떨어졌으니."

"그럼 내일 다시 오라고. 나는 여기 며칠 있을 예정이니 언제든지 상대해 주겠네. 그럼 누구 다른 사람 없나?"

서흑수는 그 말에 확신을 가졌다.

'이 동네 놈이 아니야?'

그는 의자에 털썩 앉았다.

"어디 나랑 해봅시다."

중년인이 서흑수를 쳐다보았다. 그의 눈에서 날카로운 빛이 나타나다 사라졌다.

"돈은 있나?"

서흑수가 점박이에게서 빼앗은 돈주머니를 뒤집었다.

"단판 승부. 이거 다 걸지."

중년인이 웃었다.

"흐흐흐. 단판으로 그 돈을? 이거 도박이 뭔지 아는 친구로군. 좋다. 먼저 하겠나?"

서흑수가 나무통에 주사위를 넣고 가볍게 흔들었다. 그리고는 그것을 탁자 위에 턱 놓은 후 조용히 들어올렸다.

서흑수가 씩 웃었다.

"육오요."

중년인이 놀란 것처럼 말했다.

"어이쿠. 이거 대단하군. 내가 육육이 나오지 않으면 꼼짝없이 지는 것 아닌가?"

"그냥 졌다고 하면 반만 받지."

"젊은 사람이 예의를 아는군. 하지만 명색이 도박을 즐긴다고 하면 이런 모험도 해야 하는 법. 나는 주사위를 굴리겠네."

"얼마든지."

중년인이 나무통에 주사위를 넣었다. 나무통을 귀 높이로 들고 조용히 흔들다가 그것을 탁자 위에 탁 내려놓았다.

서흑수는 탁자 밑에서 손가락을 튕겼다. 그의 손가락에서 부드럽고 소리없는 지력이 날아갔다. 그것은 중년인이 나무통을 내려놓는 바로 그 순간에, 탁자 아래쪽 그 위치의 바닥에 부딪쳤다. 그 힘은 탁자를 통과하며 그 너머에 있는 주사위를 건드렸다.

지력이 공간을 격하고 날아가서 탁자 너머의 주사위에 영향을 끼쳤음에도 탁자는 미동도 없었다. 그만큼 은밀히 사용된 지법이다.

더구나 그 시점이 중년인이 나무통을 내려놓은 바로 그 순간이었다. 나무통이 내는 소음이 지법의 흔적을 감췄다.

중년인은 서흑수의 수법을 전혀 느끼지 못했다.

중년인이 웃으며 말했다.

"어떤가? 내가 육육이 나왔을 것 같은가?"

"그럴 리가 없소."

"나왔다면 어떻게 하겠는가?"

서흑수가 금반지를 손가락에서 뽑았다.

"정말로 육육이 나왔다면 내 판돈에 더해서 이것을 추가로 주겠소. 대신에 아니라면 당신 앞에 쌓여 있는 그 돈을 다 내놓으시오."

"후후. 내 돈이 자네 판돈보다 훨씬 많다네. 겨우 금반지

하나에 그러면 내가 너무 손해 아닌가?"

"그 금반지까지 잃으면 나는 알거지가 되오. 난 이 도박에 내 전 재산을 걸었다는 소리요. 하지만 당신에게 용기가 없으면 하지 마시오. 그냥 내가 건 돈만큼 먹고 말겠소."

"아니. 받아들이지. 나는 진정한 도박꾼이니까. 영광으로 알고 알거지가 되게."

중년인이 웃으며 나무통을 들어올렸다.

"육육이네."

서흑수가 말했다.

"눈깔이 삐었소? 육삼이오."

중년인의 얼굴이 급격히 딱딱해졌다.

"허억. 이럴 리가 없다!"

서흑수가 일어나서 두 팔을 쭉 내밀었다. 그는 중년인 앞에 쌓인 돈을 한번에 긁어왔다.

"짭짤하군. 잘 먹겠소."

중년인이 몸을 부들부들 떨었다.

"이, 이럴 수는 없다. 그건 반드시 육육이어야 했다."

"도박에 반드시가 어디 있소?"

한 무더기의 은자와 철전을 챙긴 서흑수가 일어났다.

"돈 떨어졌으면 그만 집에 가서 잠이나 자시오."

중년인이 품에서 돈주머니를 꺼냈다.

"나는 아직 돈이 있다. 다시 붙자. 우리 밤새도록 겨뤄보자."

서혹수는 도박하러 이곳에 들어온 것이 아니다.

"싫소."

"따고 배짱이냐?"

"잃은 사람이 잘못한 거요. 그나저나 여기 뒷간은 어디 있으려나. 돈을 많이 먹었더니 배가 살살 아프네."

서혹수는 화장실을 찾아가는 척하면서 도박장의 뒷방으로 들어갔다.

무사 하나가 방문 앞을 지키고 있다가 다가오는 서혹수를 보고 말했다.

"어이, 당신. 여기는 아무나 오는 곳이 아니니까 가서 도박이나 하쇼."

서혹수가 그 말을 들을 리가 없다.

"니네 두목 거기 있냐?"

"이자가 미쳤나. 감히 여기가 어디인 줄 알고?"

서혹수의 몸이 무사 앞으로 미끄러지듯이 이동했다. 그의 손이 무사의 멱살을 잡더니 그대로 밀어버렸다.

무사는 저항할 틈도 없었다. 그의 몸이 뒤로 날아가며 나무로 된 문과 부딪쳤다.

"크억!"

문고리가 즉시 부러지며 문이 뒤로 떨어져 넘어갔다.

뒷방에는 도박장 주인과 노름꾼 몇 명이 마작을 하고 있었다.

도박장 주인이 벌떡 일어서며 외쳤다.

"웬 놈이냐?"

서흑수가 마작판으로 다가가며 말했다.

"니네 도박장. 오늘 영업 그만 끝내라."

"뭣이? 네놈이 뭔데 감히……."

그는 갑자기 입을 다물었다. 그의 눈앞에서 서흑수가 마작패 하나를 손가락으로 눌러 가루로 만드는 것이 보였다.

도박장 주인은 그 모습을 보고 심장이 떨어질 것처럼 놀랐다.

마작패는 지금까지 가지고 놀던 것이다. 두부로 만들어지지 않았음은 잘 알고 있다.

'허억. 마작패가 가루가 돼서 부서진다. 고수다!'

"대, 대협. 돈을 원하신다면 충분히 챙겨 드릴 테니 말로, 말로 하십시오."

"오늘 영업 끝내라니까."

"알겠습니다. 즉시 끝내겠습니다."

"아, 그리고. 물어볼 게 좀 있는데."

"예. 말씀만 하십시오."

"도원표국 국주 알지?"

"당연히 잘 알고 있습니다. 단골손님이니까요. 뭐든지 물어보십시오."

서혹수가 씩 웃었다.

"됐다. 도박장 문이나 닫아라."

서혹수에게 돈을 잃은 중년인은 투덜거리면서 도박장을 나섰다.

"젠장. 똥 밟았군. 똥 밟았어. 문을 닫아버렸으니 복구도 못하고. 좋다. 내일 와서 싹 긁어주마. 인정사정 볼 것 없이 거덜을 내주겠다."

불평하며 걷던 그는 자신의 앞을 걸어가는 서혹수를 발견했다.

"어? 저놈은 내 돈을 따먹은 그놈이잖아?"

중년인의 눈이 날카로워졌다.

"흐흐흐. 잘 걸렸다."

서혹수는 일부러 으슥한 곳을 찾아 움직였다. 중년인의 얼굴이 밝아졌다.

"네놈이 제 발로 무덤을 파는구나."

어느새 주변에 사람이 없어졌다. 중년인이 손을 갈고리 모양으로 만들어 뻗으며 그에게 달려들었다.

"네 이놈. 내 돈을 내놓아라!"

중년인이 달려드는 속도는 대단히 빨랐다. 마치 바람 같았다.

서혹수는 만족했다.

'신투라 불리는 도둑놈이면 경공이 특히 높겠지.'

그의 몸이 빙글 회전했다. 중년인의 손이 허공을 긁었다.

"허억! 사라졌다!"

서흑수는 이미 중년인의 뒤로 이동했다. 그는 중년인의 귓가에 대고 속삭였다.

"사천신투. 실력이 겨우 그 정도야?"

사천신투는 심장이 쿵 소리를 내며 떨어지는 것 같았다.

"누, 누구냐!"

서흑수의 얼굴에 웃음이 떠올랐다.

'맞군.'

"누굴까?"

사천신투의 몸이 갑자기 앞으로 튀어나갔다. 명성에 어울리는 엄청나게 빠른 경공이었다.

충분히 거리를 벌렸다고 생각한 그는 달려가면서 외쳤다.

"으하하하. 잡을 수 있으면 잡아… 흐엑!"

서흑수에게 뒤통수를 잡힌 그가 비명을 질렀다.

서흑수는 도망치는 사천신투의 뒤통수를 잡아챈 후 그대로 얼굴부터 땅에 처박았다.

"켁!"

서흑수가 사천신투를 발로 굴리며 말했다.

"야, 도둑놈!"

사천신투가 재빨리 머리를 굴렸다.

'경공이 나보다 빠르다. 이놈은 엄청난 고수다.'

그는 즉시 무릎을 꿇었다.

"예, 말씀하십시오. 이 도둑놈. 귀를 씻고 듣겠습니다."

"너 도원표국에서 도둑질하려고 했지?"

사천신투가 즉시 변명했다.

"도둑질이라니요. 절대로 아닙니다."

"니가 경고장 날려놓고 아니긴 뭐가 아니야?"

"정말로 아닙니다."

"죽을래?"

사천신투가 침을 꿀꺽 삼키고 말했다.

"저는 도원표국주의 의뢰를 받고 정해진 물건만 훔치려는 거였습니다. 주인이 먼저 가져가라고 했는데 어떻게 도둑질이 되겠습니까?"

서흑수가 씩 웃었다.

'역시.'

"그놈이 훔쳐 달라고 했어?"

"물론입니다. 그게 아니라면 제가 왜 값도 얼마 나가지 않는 그딴 것을 훔치겠습니까?"

"값이 얼마 나가지 않아?"

"표면에 금을 씌웠지만 그 금불상은 사실 납으로 만든 겁니다. 국주가 직접 만들게 한 것이니 틀림없습니다."

서흑수는 사건이 자기 생각 그대로라는 것을 깨달았다.

'역시 국주는 도박으로 공금을 다 날렸고 그 대신에 표국을 넘기는 거군. 총표두는 제대로 운영하기만 하면 흑자가 된다는 것을 알고 표국을 인수했겠지. 그리고 국주 그 개자식은…….'

"너, 국주는 어떻게 알게 됐어?"

"도박장을 통해서 의뢰를 받았습니다. 그자도 도박 꽤 좋아하거든요. 이 바닥에서는 봉으로 유명합니다, 봉."

"불쌍한 총표두는 공금을 날린 국주 잘 먹고 잘살라고 자기가 모은 돈을 다 넘겨줬잖아. 그 사람은 표국을 살려서 다시 벌려고 생각했을 거야. 열심히 일하려는 사람 뒤통수나 치는 도원결의?"

저도 모르게 욕이 나왔다.

"국주 이 더러운 새끼. 처음부터 배상금을 노리고 일을 꾸몄어."

사천신투가 즉시 대답했다.

"그렇습니다. 표물을 잃어버리면 두 배를 갚아야 하니까요. 저와 반씩 나누기로 했습죠."

사천신투가 서흑수의 눈치를 보며 말했다.

"물론 대인께 제 몫을 전부 드리겠습니다. 저는 정말 한 푼도 필요없습니다."

"나도 필요없어."

"예?"

"난 네놈이 도원표국을 노리는 것이 거슬려. 그러니까 너 좀 잡혀줘야겠다."

"자, 잡히다니요?"

"니가 잡혀줘야 도원표국 표사들이 안심을 하지. 지금은 너 지킨다고 밤잠 안 자고 경비를 서고 있거든. 아주 철저히 지키고 있어. 그러니까."

서혹수가 씩 웃었다.

"도둑놈이 잡혀야 그 사람들이 내일 밤에 안심하고 잠을 잘 거 아냐?"

* * *

무림맹주 검왕 혁천세가 무림맹 장로들을 이끌고 검선을 맞았다.

"어르신, 정말 오랜만에 오셨습니다."

검선도 반갑게 웃었다.

"천세야, 나한테 맞고 질질 짜던 놈이 이제 아주 출세했구나. 출세했어."

혁천세가 당황했다.

"하, 하하. 출세라고 할 것 있겠습니까? 그저 제가 검왕이 되고 나니 자리가 자연히 따라왔습니다."

그는 검왕이라는 부분을 강조했다. 검선이 그 소리를 듣고 혁천세의 어깨를 두드리며 웃었다.

"녀석, 자존심 하나는 그때나 지금이나 여전하구나."

혁천세는 사람들 많은 곳에서 오래 이야기해 봤자 본전도 못 찾는다는 것을 깨달았다.

'나이를 거꾸로 드셨나? 도무지 변하신 게 없구나.'

"여기서 이러실 것이 아니라 안으로 들어가시지요. 나누고 싶은 말이 아주 많습니다."

"그럴까?"

검선을 보고 반가워하는 것은 혁천세 혼자가 아니다. 무림에서 명성깨나 날리던 몇 명이 벌써 소문을 듣고 찾아와서 그를 기다리고 있었다.

"오랜만입니다, 어르신."

"처음 뵙겠습니다. 저는 제갈세가의……."

"우리 아미는 어르신께서 하신 일을 잊지 않고 있습니다. 잘 오셨습니다."

남궁진미는 그 모습을 보고 무림에서 검선의 가치가 자기 생각 이상임을 깨달았다.

'제자 찾으면 친하게 지내야겠다.'

*   *   *

관청의 정문을 지키던 병사는 피곤을 참지 못하고 앉아서 꾸벅꾸벅 졸고 있었다.

누군가 그의 어깨를 잡고 흔들었다.

"나리."

병사가 어깨를 비틀었다.

"조금만 더 자고."

"나리, 잠시 일어나 보십시오."

"으음. 벌써 교대 시간인가? 어? 당신들 누구야?"

두 사람이 그들의 앞에 서 있었다. 그들의 얼굴은 혐오스러운 모습이었다. 병사는 긴장하며 창을 잡았다.

"누구냐! 정체를 밝혀라!"

두 사람이 얼른 대답했다.

"점박이입니다."

"사천신투입니다."

병사의 눈이 커졌다.

"뭐? 점박이? 거기다가 사천신투? 네놈들이 그 도둑놈들이라고? 지금 나를 놀리려는 거냐?"

두 사람이 울상을 지으며 사정했다.

"제발 저를 좀 체포해 주십시오. 저 점박이 맞습니다. 십 년 경력의 진짜 도둑놈입니다."

"제가 바로 사천신투입니다. 도둑질에 평생을 바쳤습니다. 이제 안전한 감옥에 들어가고 싶습니다."

병사가 그들의 얼굴을 살펴보았다.

'어디서 죽도록 얻어터지고 왔나? 멀쩡한 구석이 하나도 없군. 도대체 무슨 일이지?'

"이보시오. 나를 놀리려고 하면 그냥 가시오. 그 도둑놈들이 제 발로 자수를 할 리가 없잖소?"

그 소리를 들은 두 사람이 갑자기 달려들었다. 그들은 병사의 다리를 잡았다.

"그냥 가면 저는 죽습니다!"

"감옥에 안 들어가면 진짜 죽는단 말입니다!"

병사가 얼떨떨한 얼굴로 말했다.

"그, 그럼 아침까지 기다려 보시오. 아침에 윗분들이 일어나시면 한번 말씀드려 보겠소."

두 사람의 얼굴이 환해졌다. 병사가 거기에 한마디 덧붙였다.

"그리고 당신들이 점박이나 사천신투라는 말, 윗분들이 안 믿으실지 모르니 증거라도 생각해 놓는 게 좋을 거요."

그 말에 두 사람의 얼굴이 어두워졌다. 그들은 자기네가 그동안 저지른 도둑질을 하나씩 기억해 내기 시작했다.

'그 무서운 놈을 다시 안 만나려면 시키는 대로 감옥에 처박히는 수밖에 없어. 그놈이 웃으면서 팰 때는 정말 죽는 줄 알았으니까. 사람이 어떻게 그렇게 웃을 수 있을까?'

'감옥에 가더라도 사는 게 낫지. 그런데 내가 뭘 훔쳤더라? 하도 많아서 다 생각해 내기도 힘드네.'

서흑수는 그날 점심때에 맞춰서 노호식의 앞에 나타났다.

"노 대인, 이제 그만 떠나겠습니다."

노호식이 그를 보더니 크게 웃었다.

"으허허허. 자네, 이제 떠날 필요가 없네."

"무슨 말씀이십니까?"

"오늘 아침에 사천신투가 잡혔네."

서흑수가 모르는 척 시침을 떼고 놀란 표정을 지었다.

"헛. 그 도둑놈이 잡혔습니까? 어떻게 된 일입니까?"

"모르지. 오늘 아침에 그놈들이 겁에 질려서 자기 발로 찾아왔다고 하더군. 아마 어떤 무림의 협객이 한 일이겠지."

"아아, 그렇군요."

"입을 꽉 다물고 있어서 누가 그랬는지 알 수 없지만 여하튼 도둑놈이 잡혔네. 그러니 자네가 의심받을 이유도 없고 여기를 나갈 필요도 없네."

서흑수가 웃었다.

"그거 정말 다행입니다."

'이제 오늘 밤에는 다들 발 뻗고 잠이나 자시라고요. 제발 좀.'

第四章

그날 밤에, 건물 지붕 속에 숨어서 가수면 상태로 있던 서흑수의 눈이 번쩍 뜨였다.

'미끼를 물었다.'

복면인 한 명이 그가 있는 건물로 조용히 접근하고 있었다. 그는 조심스럽게 문고리를 땄다. 문고리 따는 솜씨가 수준급이라 아무런 소음도 나지 않았다.

서흑수는 천장에 매달려서 눈을 반짝이며 아래를 살폈다.

'도둑질에 재주가 있는 놈이군. 설마 진짜 도둑질하러 온 것은 아니겠지?'

복면인의 손에서 작은 빛이 반짝였다. 서흑수는 그것을 알아보았다.

'손톱만 한 야명주 조각으로 만든 반지를 가지고 있군. 재미있는 물건이야. 도둑질 경험이 제법 있다는 뜻이고. 역시 사파 놈일까?'

복면인은 위쪽에서 서흑수가 내려다보고 있는 줄도 모르고 서류를 뒤적거리기 시작했다. 필요한 것을 찾느라 너무 오래 시간을 끌어 서흑수가 지루할 지경이었다.

한참의 작업 후에 필요한 서류를 확인한 그는 장부 하나를 빼내 품에 넣었다. 그리고 건물을 조용히 빠져나갔다.

서흑수가 소리없이 웃었다.

'이제 더 이상 표국에 있을 일은 없군.'

그는 복면인의 뒤를 밟았다. 쫓아가며 뻐꾸기 소리를 내는 것을 잊지 않았다.

표국 밖에는 당이환과 고세옥이 숨어 있었다.

고세옥이 소곤거렸다.

"당 대협, 뻐꾸기가 울어요."

"방금 표국에서 빠져나온 놈이 있다. 그놈이 우리가 노리던 놈인가 보다."

"그럼 우리는 어떻게 하지요?"

"흑수도 방금 표국을 빠져나왔다. 가자."

당이환과 고세옥은 조용히 서흑수를 따라붙었다.

그들은 복면인과 상당한 거리를 유지하고 있었다. 당이환의 무공은 눈으로 보지 않고도 복면인을 쫓을 수 있는 경지였다. 그 정도 능력만 있어도 목표물을 쉽게 놓치지 않았다.

그걸 모르는 고세옥만 초조해했다.

"놈이 안 보여요."

서흑수가 말했다.

"당 대협은 당문의 고수이시다. 놈이 도망갈 수는 없어."

서흑수가 믿는 것은 당이환이 아니라 그 자신이다. 그는 목표물이 움직이면서 남긴 흔적만 가지고 추격을 할 수 있다. 고소미 때처럼 빗물에 흔적이 몽땅 쓸려가지만 않으면 목표물을 놓칠 리가 없다.

멋모르는 당이환이 만족한 표정을 지었다.

'이 녀석이 나를 인정하기 시작하는군. 그럼 그렇지.'

"나만 믿어라. 당문의 추종술은 무림에서 유명하니까."

고세옥의 얼굴이 환해졌다.

"당 대협만 믿어요."

당이환은 복면인과 넉넉한 거리를 띄워놓은 채 감탄했다.

"흑수, 놈들은 자네 생각대로 움직이는군."

고세옥도 신이 나서 조그마한 목소리로 말했다.

"진짜 형 대단해요. 저놈들. 분명히 제갈유의 그놈한테 정보를 캐내서 여기 온 거겠죠?"

"물론이지. 그러라고 그놈 앞에서 우리 계획을 일부러 이야기한 거니까."

"그런데 만약 그놈이 약속대로 입을 다물면 어떻게 하려고 그랬어요?"

"제갈유의가? 차라리 개가 불경을 외운다는 말을 믿겠다."

갑자기 서흑수의 눈빛이 변했다.

'당 대협은 아직 눈치를 못 챈 건가? 경고를 해야 할까?'

그때 당이환이 정지하며 손을 들었다.

"조용히 해라. 놈이 일당들을 만난 듯하다."

서흑수가 물었다.

"어쩌시겠습니까?"

당이환이 검을 뽑았다.

"당연히 모조리 잡아야지."

"대장이 있을 겁니다. 다른 놈은 몰라도 그놈은 반드시 생포해야 합니다."

"내가 누군가? 나에게 맡겨두게나. 이제부터는 내 무공이 활약할 시간이니까."

당이환은 계속 서흑수에게 눌려 지내다가 드디어 자존심을 되찾을 기회를 맞았다. 기분이 좋아졌다.

약간 들뜬 그 모습에 서흑수는 조금 걱정이 되었다.

"그럼 당 대협만 믿겠습니다."

당이환이 조용히 전진했다. 그 뒷모습을 보던 서흑수가 다른 방향으로 움직였다.

고세옥이 급히 질문했다.

"형, 어디 가?"

"도망치는 놈이 있으면 주워올게."

"같이 가."

"넌 여기서 다른 놈 오지는 않는지 살펴. 누가 오면 당 대협에게 경고부터 하고."

"쳇. 알았어."

십여 명의 무사가 모여 있었다. 복면인은 그들에게 다가간 후에 복면을 벗었다.

무사들의 대장이 질문했다.

"가져왔느냐?"

"예. 여기 있습니다."

그가 장부를 꺼내 펼쳤다. 그리고 한 부분을 짚었다.

"여기 이것입니다."

그가 짚은 곳에는 왕일이란 자가 의원들에게 보내도록 의뢰한 세 건이 적혀 있었다.

대장이 만족한 얼굴로 말했다.

"좋아. 잘했다."

그는 뒤에 서 있던 사람 중의 하나를 손짓해서 불렀다.

"어서 이것을 위조해서 바꿔 끼우도록 해라."

그 말에 한 사람이 종이를 펴놓고 원래의 문서를 똑같이 필사하기 시작했다. 그 필체가 언뜻 보기에는 차이가 없을 정도로 비슷했다. 내용도 같았다. 다만 왕일이 의뢰한 부분만 다른 내용으로 바뀌었다.

"의뢰인의 이름과 수신자의 주소 모두 다른 것으로 바꾸겠습니다."

"그래. 우리와 상관없는 적당한 것으로 바꾸어라. 표가 나지 않게 조심해라."

"저는 문서를 위조해 사기 치는 일로 잔뼈가 굵었습니다. 아무도 알아보지 못할 겁니다."

대장이 한숨을 쉬었다.

"휴우. 그래. 네 실력은 내가 알지. 여하튼 우리가 당이환 그자보다 빨라서 다행이다. 그놈들이 설마 이런 것을 조사할 줄은 몰랐다."

그의 부하 하나가 말했다.

"그래도 늦지 않게 깔끔히 처리했습니다."

그들의 대화에 당이환의 목소리가 끼어들었다.

"아니, 너희들은 늦었다."

무사들이 화들짝 놀랐다.

"누구냐!"

당이환이 그들에게로 걸어왔다.

"너희들이 방금 말하던 당이환이다."

무사들의 얼굴이 흙빛으로 변했다.

"다, 당문제일검이다."

대장이 머리를 재빨리 굴렸다.

'우리 실력으로 당문제일검을 이길 수는 없다.'

판단이 선 그는 즉시 소리쳤다.

"동시에 쳐라!"

그의 부하들은 갑작스러운 명령에 반사적으로 당이환에게 달려들었다.

당이환이 코웃음을 쳤다.

"흥!"

그가 왼손을 흔들었다. 그의 손에서 다섯 개의 빛줄기가 뻗어 나왔다. 조그마한 표창 다섯 개가 다섯 명의 목에 거의 동시에 꽂혔다.

"컥!"

다섯 명이 그대로 뒤로 자빠졌다.

무사 하나가 놀라서 외쳤다.

"암기! 당문제일검이 어떻게 암기를!"

당이환이 그런 무사들을 비웃었다.

"흐흣. 나에 대해서 알아보지도 않고 함부로 덤빈 거냐? 당문 출신인 내가 암기와 독을 잘 다루는 것은 당연한 일. 단지 검법이 더 강할 뿐이지."

살아남은 무사들의 얼굴에는 공포가 가득했다. 그들은 전투 의욕을 상실했다. 그들이 슬금슬금 물러섰다.

당이환이 호통을 쳤다.

"도망치는 놈은 뒤통수에 암기를 박아주겠다. 고통 속에 몸부림치다가 죽고 싶으면 도망쳐라."

그들은 조금 전의 공격으로 이미 당이환과의 실력 차이를 뼈저리게 느끼고 있었다.

'도망치면 정말 죽는다.'

그들은 감히 공격하지도, 그렇다고 달아나지도 못하고 덜덜 떨었다. 당이환은 처음부터 그것을 기대하고 암기를 날렸다.

하지만 당이환의 얼굴은 일그러지고 있었다.

"대장이 튀었군."

그는 갈등했다.

'지금 당장 쫓아가면 잡을 수 있어. 하지만 눈앞의 이놈들을 죽이지 않고 제압해야 한단 말이야. 죽이는 거야 간단하지만 산 채로 제압하는 건 시간이 조금 걸리는데. 그럼 그사이에 대장 놈은 더 멀리 도망치겠지? 쫓기 쉽지 않겠어.'

생각만 하고 행동하지 않으면 변하는 것은 아무것도 없다. 당이환은 잠시 갈등하느라 시간을 보냈다. 이미 대장은 보이지도 않았다.

당이환이 나름대로의 대답을 내놓았다.

"그래도 네 놈이 한 놈보다는 아는 것이 많겠지."

스스로를 위한 변명은 만들었지만 저도 모르게 혀를 찼다.

"쳇. 흑수가 대장 잡으라고 했는데. 그 녀석이 나를 또 우습게보겠군."

　대장은 죽도록 뛰었다. 그의 손에는 복면인이 훔쳐 온 장부가 들려 있었다.
　"조금 미안하구나, 부하들아. 그래도 임무를 완수하는 것이 더 중요하다. 니들이 이해해라."
　무사대장 옆쪽에서 목소리가 따라왔다.
　"너도 좀 이해해 줬으면 좋겠다."
　무사대장은 깜짝 놀라서 옆을 돌아보았다. 그의 옆에서 복면을 쓴 서흑수가 똑같은 속도로 달리고 있었다.
　"허억!"
　그는 급히 몸을 옆으로 튕겨 서흑수에게서 멀어지려고 했다. 하지만 그가 옆으로 움직이는 것과 똑같은 속도로 서흑수가 다가왔다.
　대장은 심장이 튀어나올 것처럼 놀랐다. 자신은 격렬하게 움직였는데 바로 옆의 서흑수와의 거리는 조금도 변하지 않았다.
　서흑수가 무사대장의 목을 향해 손을 내밀었다. 무사대장은 여전히 달리는 채로 검을 뽑았다.
　"이놈!"
　발검의 수법으로 펼친 검은 빨랐다. 무사대장의 검이 서흑수의 손목을 노리고 매섭게 날아갔다.

서흑수의 손이 가볍게 회전했다. 손끝으로 그 칼날의 옆면을 툭 쳤다.

무사대장은 손이 마비되는 듯한 충격을 받았다. 어느새 손가락 사이에서 힘이 빠졌다. 검이 허무하게 멀찌감치 날아갔다.

서흑수의 손은 언제 움직였냐는 듯이 똑바로 내밀어졌다. 그 손에 무사대장의 목이 정통으로 붙잡혔다.

"컥!"

둘의 움직임이 정지했다. 무사대장이 더 이상 달리지 못했기 때문이다.

서흑수는 다른 주먹을 뒤로 쭉 당겼다. 그 주먹은 크게 원을 그리더니 무사대장의 배에 작렬했다. 그의 주먹을 타고 강력한 내기가 무사대장의 내장을 뒤흔들었다.

"끄으으……."

무사대장이 비명조차 제대로 지르지 못하고 기절했다.

서흑수는 복면을 벗었다. 그리고는 무사대장의 멱살을 잡고 질질 끌기 시작했다. 그는 이글거리는 눈으로 말했다.

"잠깐은 살려둔다. 필요한 것을 알아낼 때까지 아주 잠깐은 살려둔다. 잠깐이야."

살아남은 네 명의 무사들은 당이환에게 완벽하게 제압되어 있었다.

고세옥이 질문했다.

"당 대협, 이제 어떻게 하시려고요?"

당이환이 히죽 웃었다. 그는 품에서 둘둘 말린 작은 천을 꺼냈다. 그것을 쫙 펼치자 여러 개의 날카로운 암기들이 나왔다.

"이건 여분으로 가지고 다니는 암기들이다. 그래서 독이 묻어 있지 않아."

그는 다른 천 뭉치를 하나 더 꺼냈다. 거기에는 자그마한 자기 병들이 들어 있었다.

"이건 우리 당문비전의 독들이지."

"이상해요. 독은 쉽게 꺼낼 수 있도록 준비해 두는 것 아닌가요? 이렇게 잘 뭉쳐 두시면 싸움에서 쓰기 힘들잖아요?"

"이건 싸움에 쓰는 독이 아니다. 무림인의 싸움에서 쓰려면 무조건 즉시 효과가 나타나야 하지. 하지만 이 독들은 반응이 한발 늦어. 이걸로 적을 중독시켜도 적의 칼이 나를 친다."

"그럼 왜 가지고 다니세요?"

"반응이 느린 대신에 아주 고통스럽거든. 원래는 적의 음식에 타는 건데, 다른 방법으로도 쓰이지."

그는 뾰족하고 조그마한 수리검 하나를 꺼내 그 끝에 독을 살짝 적셨다.

"직접 찌르면 더 고통스럽다."

그는 그것으로 네 명의 무사들 중 하나의 어깨를 콱 찔렀다.

"크윽!"

무사가 짧은 비명을 질렀다.

당이환이 고세옥을 보고 생각했다.

'정보를 알아내는 내 솜씨가 흑수의 주먹질보다 나음을 보여줘서 화련이의 아들이 나를 존경하게 만들어야지.'

그는 무사를 보고 질문했다.

"네놈들의 배후가 누구냐?"

무사는 머뭇거렸다.

"그, 그게……."

"대답하지 못하면 죽는다."

"하지만 저는 아는 것이 없습니다."

"알지도 못하는 놈을 위해서 일한다고? 그 말을 믿으라는 거냐?"

"돈을 많이 줍니다. 사파에서는 그저 돈이 최고죠. 돈만 있으면 가족들도 배신하는 게 사파 아니겠습니까?"

"흥. 그 말을 믿으라고? 대답해라. 배후를 말하지 못하면 너는 죽는다."

"하지만 저는 정말로……."

무사의 얼굴이 갑자기 굳었다. 그의 얼굴이 시뻘겋게 변하더니 비명을 질렀다.

"으아악! 어, 어깨가, 어깨가……."

"독이 퍼지기 시작한 거다. 배후를 말해라. 그러지 못하면 해독해 주지 않겠다."

"배, 배후는, 배후는 마교입니다, 마교!"

당이환의 얼굴이 딱딱하게 굳었다.

"마교가 개입했다고? 왜? 어떻게?"

"그, 그건… 으아악. 일단 해독을, 해독을……."

"마교의 일부터 이야기를 해라. 마교와는 어떻게 만났나?"

"으아악. 그건 저도 잘… 으아아아……."

갑자기 무사가 몸을 부들부들 떨기 시작했다. 그러더니 검은 피를 토하며 앞으로 푹 엎어졌다.

당이환이 혀를 찼다.

"쳇. 죽었군."

다른 세 명의 무사 얼굴이 파랗게 질렸다. 고세옥도 놀라 침을 꿀꺽 삼켰다.

당이환이 두 번째 무사의 어깨에 수리검을 쿡 찔렀다.

"커억!"

무사의 얼굴은 공포로 가득 찼다. 그 표정을 보고 만족한 당이환이 말했다.

"마교와 어떻게 만나게 됐나?"

무사는 부들부들 떨었다.

"마, 마교와 만났을 리가 있겠습니까? 저놈은 그저 살고 싶은 마음에 아무렇게나 대답한 겁니다."

"아무렇게나? 왜?"

"우리도 배후를 모릅니다. 정말입니다. 대협, 정말 모릅니다. 그냥 돈을 준다기에 이 일을 했습니다."

"너도 저렇게 죽고 싶은 거냐?"

"대협, 살려주십시오. 제발 살려주십시오."

"감히 화련이의 딸을 납치하고 살기를 바래? 당문을 우습게보았구나. 네가 살길은 배후를 밝히는 것뿐이다."

갑자기 그 무사의 얼굴도 붉어지기 시작했다. 그 무사가 몸을 떨며 급히 말했다.

"끄아아. 무림맹입니다. 무림맹의 돈을 받았습니다."

"무림맹? 이 일이 무림맹의 일이라고?"

"그렇습니다. 크윽. 정말입니다."

"무림맹의 돈을 어떻게 받았나?"

"맹주의 사자가 직접 돈을 주었습니다. 크아악. 제발 해독을……."

"맹주의 사자? 네놈의 말은 아무래도 수상하다. 무림맹이 이런 일을 벌였다면 너 같은 놈에게 신분을 드러냈을 리 없다."

"크아악. 그렇습니다. 신분을 드러내지 않았으니 어서 해독을… 아아악!"

두 번째 무사도 결국 피를 토하고 엎어졌다.

당이환의 얼굴이 일그러졌다.

'이거 곤란한데? 세옥이가 보고 있는데 성과가 너무 보잘 것없구나.'

당이환이 이번에는 세 번째 무사에게 다가갔다. 세 번째 무사가 발버둥 치기 시작했다.

"소림사입니다. 소림사가 돈을 줬습니다!"

네 번째 무사는 아예 서장 포탈랍궁을 팔았다.

어느 누구도 당이환의 마음에 드는 대답을 내놓지 못했다. 모두 뭔가 대답을 내놓았지만 당이환을 만족시키지 못했다. 독에 중독된 네 명은 결국 전부 피를 토하고 죽었다.

당이환은 당황했다. 네 명의 무사가 죽는 것은 그도 예상한 것이다. 중독시키는 방법으로 고문을 했는데 살아남는다면 그게 더 이상한 일이다. 그가 당황한 것은 다른 이유에서다.

'사악한 사파 놈들이 죽어버린 거야 상관없지. 원래 살려둘 생각이 없었으니까. 하지만 세옥이가 보고 있는데 정보를 얻어내는 데 실패하다니. 이거 곤란한데?'

고세옥이 옆에서 질린 얼굴로 움직였다. 그는 시체들을 검으로 툭툭 건드려 보며 말했다.

"당 대협, 이놈들 다 죽었는데요?"

"그렇구나."

"누나가 어디 있는지 아는 놈은 하나도 없네요?"

"그, 그렇구나."

"그건 고사하고 쓸 만한 정보를 내놓은 놈조차 없네요?"
"허험. 원래 아는 것이 워낙 없는 놈들이구나."
고세옥이 울상을 지었다.
"이제 어쩌죠?"
같이 울고 싶어지던 당이환의 얼굴이 갑자기 밝아졌다. 그가 한쪽 방향을 보면서 외쳤다.
"흑수, 자네가 뭔가 건졌군?"
서흑수가 기절한 무사대장을 끌고 나타났다. 그는 그자를 당이환 앞에 던졌다.
"대장은 꼭 잡아야 한다고 했습니다만?"
"험험. 어쩌다 보니 놓쳤다."
"괜찮습니다. 제가 잡아왔으니까요."
당이환이 조금 난처한 표정을 감추며 서흑수에게 따져 물었다.
"커흠. 그런데 네 무공이 꽤 제법이구나."
"대협에게 비하면 조족지혈입니다."
"그야 그렇지. 하지만 이자의 무공이 낮지 않았을 텐데 어떻게 잡았나?"
"별로 높지도 않았습니다. 경공이나 좀 빠르더군요. 어서 정보나 캐보십시오."
당이환이 신이 나서 말했다.
"하하하. 나에게 맡겨라. 내 비전의 독을 아낌없이 써서 고문해 주마. 만약 아는 것이 있으면 대답하지 않고는 못 배길 거다. 말하지 않으면 죽으니까."

그 모습에 조금 질린 고세옥이 슬금슬금 물러섰다. 그는 조금 전까지 네 명이 지르던 비명에 약간 겁을 먹었다.

당이환은 일단 무사대장을 깨웠다. 무사대장은 겨우 정신을 차리더니 화들짝 놀랐다.

"흐어억!"

그가 마지막으로 기억하는 것은 복면인에게 제압된 순간이다. 그는 주변을 급히 훑어보았다.

'복면인은 없다. 대신에 당이환이 있다. 크윽!'

주변에 널브러진 시체들도 그의 눈에 들어왔다.

'다 죽었구나. 젠장!'

당이환이 무사대장의 눈이 어디를 보는지 보고는 낮은 목소리로 말했다.

"저 네 놈은 너처럼 생포됐는데 결국 독에 중독되어 죽었다. 우리 당문의 독이지."

무사대장이 펄쩍 뛰었다.

"사, 산 채로 잡으셨으면서 왜……."

"내가 궁금해하는 것을 대답하지 못했거든. 너도 대답하지 못하면 죽는다."

무사대장이 부들부들 떨었다.

"저, 저는 아는 것이 없습니다."

당이환이 독 묻은 수리검으로 무사대장의 어깨를 쿡 찔렀다.

"크으윽."

"네 공력이 저놈들보다 높으면 조금 오래 버티겠지. 하지만 너 정도의 공력으로 이 독을 해독할 수는 없다. 살고 싶으면 배후를 불어라."

"정말 배후를 모릅니다. 저희는 단지 돈에 움직였습니다. 정말입니다."

당이환의 얼굴에 당황한 빛이 떠올랐다.

'이놈도 같은 소리를 하는데?'

서혹수가 그 심문에 끼어들었다.

"네 부하들이야 아무것도 모를 수 있지. 하지만 너는 뭔가 알아야지. 적어도 그 돈이 어디서 나왔는지는 알아야지. 그게 사파답잖아? 자기편도 믿지 못하는 것이 사파의 속성 아니야?"

"저, 저는……."

그의 눈동자가 빠르게 움직였다.

'그걸 말하면 살아도 산 목숨이 아니다.'

서혹수는 그가 무슨 생각을 하는지 눈치 챘다.

"그걸 말하지 않으면 넌 지금 죽어."

무사대장은 어쩔 줄 몰라서 눈알만 굴렸다. 갑자기 그의 얼굴빛이 붉어졌다.

"크, 크아악!"

당이환이 말했다.

"독이 활동을 시작한 거야. 공력이 별로 대단할 건 없는 놈이었군. 그게 일단 발동했으면 얼마 못 버티고 죽는다. 어서 대답을 내놔. 안 그러면 해독제는 없다."

무사대장의 눈에 피를 토하고 죽은 시체 네 구가 보였다.

'일단 살고 보자.'

"오가장입니다. 제가 받은 돈은 오가장에서 나온 것입니다."

"오가장? 저쪽으로 한참 가면 있는 그 사천 오가장?"

"그렇습니다. 그 오가장입니다. 크아아악. 어서 해독제를 주십시오. 어서……."

"확실해?"

"제가 나중을 대비해서 몰래 조사해서 알아낸 것입니다."

"그리고 더 아는 것을 뱉어봐."

"더는, 더는 없습니다. 저는 오가장의 돈을 받아먹은 죄밖에 없습니다. 시키는 대로 일한 것이 전부입니다. 돈이 잘못한 거지 저는 죄가… 크아아악!"

서흑수가 비명을 지르는 무사대장을 힐끗 보더니 당이환에게 말했다.

"이자를 어떻게 하시겠습니까? 거짓말 같지는 않습니다. 사파 놈이 죽음을 앞에 두고 비밀을 숨길 리가 없습니다. 아무래도 더 이상 아는 것은 없어 보입니다."

당이환이 코웃음을 쳤다.

"화련이의 딸을 납치한 놈들이다. 이놈들도 한통속이지. 게다가 나를 죽이려고 공격했어. 당문은 이렇게 건드리는 놈들을 살려두지 않아."

서흑수가 고개를 끄덕였다.

"찬성입니다."

"호오. 자네가 나랑 의견이 맞을 때도 다 있나?"

"소미를 납치한 놈들입니다. 죽어도 쌉니다."

"좋아. 그 부분에 관해서만은 우린 의견 일치를 보았군."

무사대장도 결국 독을 견디지 못하고 죽었다. 하지만 그가 죽기 전에 내놓은 정보는 다른 네 명의 무사들 것보다 훨씬 쓸 만했다.

서흑수가 말했다.

"결국 다른 놈들은 여기저기서 긁어모은 어중이떠중이들. 그리고 그것들을 모은 무사대장은 사천 오가장의 명령을 받고 왔습니다."

당이환의 얼굴은 조금 굳어 있었다.

"그렇군. 그런데 하필 오가장이라. 자네는 오가장이 흉수라고 보는가?"

"모릅니다. 오가장 자체가 흉수일 수 있습니다. 하지만 놈들이 사천 오가장에 단순히 은신해 있는 것일 수도 있습니다."

"하지만 오가장은 제법 이름있는 곳이다. 사천에서도 제법 알아주는 중견 문파라고 할 수 있지. 그곳의 전대 장주는 사천무림계에 꽤 많은 인맥을 가지고 있었어. 잘못 건드리면 간단히 해결되지 않아."

"오가장이 아니라 소림사라고 하더라도 소미를 가둬두고 있다면 엎어버리겠습니다."

"흑수, 이건 젊은 사람의 호기만으로 할 수 있는 일이 아니네. 오가장 자체의 힘도 약하지 않아."

"그래도 합니다."

"자네 실력이 나쁘지 않은 건 알겠네. 하지만 그래 봐야 우물 안 개구리. 혼자 힘으로 그들을 상대할 수는 없네. 이런 일은 당문의 힘을 동원해야 해."

"당문의 힘을 동원하실 생각이십니까?"

"그러고 싶다네. 하지만 뭔가 증거를 잡기 전에는 당문의 힘을 동원하기 어렵다네."

"증거? 당문이 그런 것을 따지는 곳이었던가요?"

"오가장의 인맥에 대해서 이야기했잖은가. 거기는 돈이 많은 곳이지. 그 자금력을 기반으로 여러 정파와 좋은 관계를 맺고 있다네. 그중에는 우리 당문도 있지."

"함부로 건드리기 어려운 곳이군요."

"그래. 그러니까 아마 흑수는 그 점을 노리고 오가장에 숨어 있는 것이겠지."

서흑수가 피식 웃었다.

"맞습니다. 그럴 수도 있습니다. 상관없습니다. 어쨌든 우리의 다음 목적지는 오가장입니다."

"허. 이 친구가 정말 고집을 부리는군. 이보게, 흑수. 뒷감당을……."

그들의 대화에 고세옥이 끼어들었다.

"형, 그런데 오가장에 가면 누나가 있을까?"

"그럴 수도, 아닐 수도. 하지만 어디에 있든, 거기서 멀리 있지는 않을 거야."

"진짜? 어떻게 알아?"

"우리는 상당히 빨리 움직이고 있어."

"그놈들도 빨리 움직이지 않을까?"

"놈들의 움직임이 아무리 빨라도 한계는 있어."

"왜?"

"놈들은 젊은 아가씨 세 명을 끌고 다니는 중이야. 그중 둘은 눈이 번쩍 뜨이는 미녀지. 남자라면 누구라도 한 번만 보면 기억해."

"음. 누나들이 예쁘기는 정말 예쁘지."

"그래. 그러니까 비밀 유지에 목숨을 거는 놈들이 그 아가씨들을 데리고 세상을 돌아다닐 리는 없어. 멀지 않은 적당한 곳에 숨겨두려고 하겠지."

"그런데 그게 왜 오가장 근처야?"

"우리가 빨리 움직였기 때문에 아직 시간이 얼마 흐르지 않았지. 놈들이 그동안 움직여 봤자 오가장보다 너무 먼 곳으로는 갈 수 없어."

"다른 방향으로 갔으면 어떻게 해? 만약 오가장과 반대 방향으로 갔으면?"

"놈들의 은밀한 움직임으로 볼 때 거점이 사방에 있다고 생각할 수도 없지. 거점이 많아질수록 위험도 늘어나니까. 결국 소미가 있는 곳은 오가장 그 자체이거나 거기서 직접적인 지원을 받을 수 있는 장소야."

고세옥의 얼굴이 환해졌다.

"와아. 그렇구나. 확실하지?"

"지금으로서는 그렇게밖에 생각할 수 없어. 따라서 우리는 이제부터 그렇게 가정하고 움직인다."

서흑수를 보는 당이환의 얼굴은 의혹으로 가득했다.

'만약 이 녀석 말이 사실이라면? 그럼 이 녀석의 능력이 엄청나게 뛰어나다는 소리. 도대체 정체가 뭐지? 세옥이 말로는 거지꼴로 장원 앞에 굴러다니다가 고용됐다던데. 하지만 거지꼴로 다니기에는 너무 뛰어나.'

그가 서흑수를 노려보았다.

'네 정체가 뭐냐?'

서흑수는 당이환의 눈빛을 무시하고 질문했다.

"당 대협, 다른 적당한 대안이 없으시다면 제 생각대로 움직여 주십시오."

당이환은 거부하려고 했다.

'네 녀석 말대로 모든 것이 되도록 놔둘까 보냐? 그 아이는 조금 늦게 찾더라도 일단 네 정체부터 알아봐야겠다. 내가 반대하면 어떻게 나올 거냐?'

그가 막 반대를 하려고 할 때 고세옥이 말했다.

"엄마가 정말 고마워할 거야."

당이환이 헛기침을 했다.

"험험. 지금은 화련이의 딸을 찾는 일이 급하지. 일단 네 말대로 하기로 하지."

서흑수가 말했다.

"그런데 당 대협, 땅 좀 파십니까?"

"땅?"

"시체 묻어야지요. 이들은 당문의 독에 중독되어 죽었습니다. 놈들이 본다면 대번에 누구 짓인지 알 겁니다. 그런 흔적을 남겨둘 수는 없습니다."

"크흠. 그렇지. 그럼 땅이나 파세."

"당 대협은 세옥이와 함께 땅을 파서 이것들을 처리한 후 먼저 출발하십시오."

"뭐? 자네는 땅을 안 파고?"

"저는 도원표국에 잠깐 들렀다가 곧바로 뒤쫓아가겠습니다."

"거기는 왜?"

서흑수가 씩 웃었다.

"뒤처리가 조금 남았습니다."

다음날 아침 도원표국 총표두는 개운한 기분으로 일어났다.

"사천신투 같은 골칫거리가 사라지니 이젠 아침이 상쾌하구나. 간밤에 무슨 일이 터졌는지 걱정할 필요도 없고."

기분 좋은 얼굴로 옷을 차려입던 그는 바닥에 떨어진 종이 뭉치를 발견했다. 그는 종이 뭉치를 주우며 말했다.

"응? 내 방에 웬 쓰레기가……."

종이 뭉치를 잡던 자세 그대로 그의 몸이 굳었다.

그의 손등으로 동그란 햇빛이 들어오고 있었다. 총표두의 눈이 햇빛이 새어 들어오는 곳을 돌아보았다. 그의 방문에는 종이로 발라놓은 부분이 있었다. 거기에 구멍이 뚫려 있었다.

그는 제법 꼼꼼한 성격이다. 더구나 무공이 높아 주변 지형지물의 변화를 쉽게 감지한다.

"저런 구멍은 어제까지만 해도 없었어."

그는 자연스럽게 그 구멍의 크기와 바닥에 떨어진 종이 뭉치의 모양을 비교했다. 상황은 명확했다.

그의 얼굴이 굳었다.

"고수의 솜씨군. 누구지?"

그의 무공으로 종이 뭉치를 던져 종이 문을 뚫으라고 하면 얼마든지 할 수 있다.

하지만 그는 어제 아무런 기척도 느끼지 못했다. 종이가 뚫린 것보다 그것이 더 중요했다.

"아무리 내가 잠들었다고 하더라도 이런 일을 모르다니. 이게 종이 뭉치가 아니라 암기였다면 꼼짝없이 죽었겠군."

그는 긴장한 얼굴로 종이를 펴보았다. 종이에는 숯으로 쓴 깨알 같은 글씨가 적혀 있었다. 그것을 읽던 총표두의 얼굴이 굳었다.

총표두는 방문을 박차고 나갔다. 그는 곧바로 국주를 찾았다.

"형님, 나 좀 봅시다."

국주는 지난밤에 술을 잔뜩 먹고 곯아떨어졌다. 하지만 명색이 고수인 그는 총표두의 목소리를 듣고 눈을 떴다.

"아우. 으음. 새벽부터 왜 그러나?"

총표두가 방문을 열고 들어왔다.

"형님, 우리 이야기 좀 해야겠습니다."

"이야기라니?"

"표국에 관한 이야기이지요."

국주가 손을 흔들었다.

"표국은 어차피 아우에게 넘기기로 하지 않았나."

"형님이 표국에 몹쓸 짓을 한 것에 대해 이야기합시다."

그 말에 국주가 침상에서 기어나와 의자에 앉았다.

"내가 좀 방만하게 경영한 것은 알고 있네. 하지만 그건 이미 이야기가 다 끝났을 텐데?"

"그것 말고 또 있잖습니까?"

"어허. 도박판에 표국의 수익금을 처박은 것도 다 이야기했잖은가?"

총표두가 고함을 쳤다.

"그것 말고 또!"

"왜 화를 내는지 나는 모르겠네."

"사천신투에 대해서 할 말이 없습니까?"

국주가 움찔거렸다.

"사, 사천신투는 잡혔잖은가?"

"그를 아시오?"

"모르지. 내가 알 리가 있나?"

"그럼 같이 가서 표물을 확인합시다."

"표물을 확인하다니? 그걸 왜 확인해?"

"그것이 진짜 금불상인지, 아니면 납으로 만들어놓고 그 위에 금을 씌워놓은 것인지 확인해 봅시다."

국주의 얼굴이 푸르죽죽하게 변했다.

"이, 이보게. 아우. 지금 나를 의심하는 건가? 나를 못 믿나?"

"확인해 보자는데 무슨 딴소리이십니까?"

"정말 해야겠나?"

총표두의 얼굴은 단호했다.

"반드시 해야겠습니다."

국주의 얼굴에 포기의 빛이 떠올랐다.

"어떻게 알았나?"

"사천신투를 잡은 협객이 이 쪽지를 줬습니다."

총표두는 조금 전에 주운 쪽지를 국주에게 내밀었다. 국주가 그 종이에 적힌 내용을 읽어보고는 한숨을 쉬었다.

"휴우, 미안하네."

총표두도 안타까운 얼굴로 말했다.

"형님, 도대체 왜 그랬습니까? 내가 평생 모은 돈을 다 받기로 했잖습니까?"

"나는 그걸 크게 불려서 돌아올 생각이었네."

"크게 불리다니요?"

"내가 도박에서 잃은 것은 밑천이 모자라서야. 항상 끗발이 붙으면 밑천이 모자랐거든. 도박은 밑천이지. 그래서 가능한 많은 밑천을 만들어서 크게 따려고 했네. 그렇게 돈을 만들어서 그동안 손해를 입힌 것을 모두 갚으려고 했네. 진짜네."

총표두는 어이가 없었다.

"그게 가능하다고 생각했습니까?"

"물론이지. 내가 운이 부족해서 잃은 것이 아니거든. 그저 밑천이 조금 모자라서……."

"그 배상금을 지불하면 표국이 망한다는 생각은 하지 못했습니까?"

"며칠만 도박을 하면 모두 되찾을 수 있었네. 그래서 그랬네. 정말이네."

총표두가 바닥을 쿵 소리가 나도록 밟았다.

"변명은 그만두십시오!"

국주는 할 말이 없었다. 총표두의 눈치만 힐끔거렸다.

총표두가 국주의 방문을 거칠게 열고 걸어나왔다.

바깥에는 표국의 표사들이 잔뜩 서 있었다. 그들은 총표두가 아침부터 심각한 얼굴로 걸어가자 무슨 일인가 싶어 따라왔던 사람들이다.

국주와 총표두의 목소리는 컸다. 표사들은 이제 도원표국에서 무슨 일이 있었는지 모두 알았다. 모두의 얼굴이 분노로 가득 차 있었다.

표사 하나가 외쳤다.

"총표두님, 저 배신자를 쫓아내야 합니다!"

다른 표사들이 아우성쳤다.

"그렇습니다. 쫓아내야 합니다."

"거지로 만들어서 쫓아내겠습니다."

총표두가 고개를 가로저었다.

"그래도 나의 형님이고 표국의 국주다."

총표두가 뒤돌아서서 국주를 보고 말했다.

"형님이 생활하기에 부족하지 않은 돈을 드릴 테니 그걸 가지고 떠나십시오."

"무슨 소리냐? 내 지분을 넘기는 대가는 그것보다 훨씬 많다. 이제 와서 딴소리를 하려고?"

"형님이 표국의 돈을 빼돌려 도박장에 처박은 것은 잊으셨습니까? 원래 주기로 한 돈을 다 주고, 횡령한 돈을 다시 돌려받을까요? 그 돈을 전부 돌려받으면 형님은 알거지가 되도 부족합니다."

국주의 얼굴이 실룩거렸다.

"그, 그렇지만……."

"보십시오. 표사들은 형님을 당장 쫓아내기를 바라고 있습니다."

"그래도 자네가 총표두 아닌가? 곧 국주가 될 테고. 그러니 우리 인정을 생각해서 그러지 말고 한몫 주게나."

"표사들이 바로 도원표국 자체입니다. 제가 제 돈에서 적당히 챙겨 드릴 테니 그걸 가지고 가십시오."

국주는 이제 자기 지분을 주장할 수 없다는 것을 깨달았다. 하지만 그는 나름대로 해결 방법을 가지고 있었다.

'그 돈을 밑천으로 도박장에서 불리면 되겠지. 밑천이 좀 작지만 운만 따라주면 되니까.'

도박은 마약이다. 중독되면 답이 없다.

총표두는 표사 몇 명을 데리고 관청을 찾아갔다. 표국은 도둑놈과 강도를 상대한다. 그 특성상 치안을 책임지는 관청의 관리들과 상당한 친분이 있다.

"허허. 어서 오시게. 이번에 도원표국 국주가 되신다는 소리는 들었다네."

"그것 때문에 대인에게 부탁이 있습니다."

"말씀하시게나. 내가 선물을 대신해서 들어줄 터이니."

"사천신투를 만나게 해주십시오."

"응? 사천신투? 그자를 왜 만나려고 하는가?"

"우리 표국에서 도둑질을 하려던 자입니다. 그 일로 묻고 싶은 것이 있습니다."

"하긴, 그렇지. 그럼 만나봐야지."

관리가 난처한 얼굴로 말했다.

"그런데 말일세. 그자는 입을 다물고 아무 말도 하지 않고 있다네. 지금까지 뭘 훔쳤는지 늘어놓고 끝이라네."

"그래도 만나보고 싶습니다."

"뭐, 자네가 원한다면 그렇게 해주지. 돈 드는 일도 아닌데. 따라오게."

총표두는 관리를 따라가서 사천신투를 보았다. 사천신투는 감옥 속에서 큰대 자로 뻗어서 자고 있었다.

총표두는 사천신투에게 다가가 그를 발로 툭툭 쳤다.

사천신투가 갑자기 눈을 번쩍 떴다.

"으아악!"

공포에 질린 그는 주변을 둘러보다가 안도의 한숨을 쉬었다.

"휴우. 나 아직 안 죽었구나."

총표두가 사천신투에게 질문했다.

"네가 사천신투냐?"

사천신투는 누가 자신에게 질문하는지도 잘 알았다.

'도원표국의 총표두군. 지금 부정하면 매만 버는 짓이겠다. 어차피 죄는 실컷 불어놓았으니 하나쯤 더해진다고 해서 무슨 탈이 나려고. 어서 이놈을 쫓아내고 나중에 여기서 도망칠 궁리를 해야지.'

"그렇다."

"너에게 물어볼 것이 있다."

"홍. 나는 너의 표국의 일은 모른다."

"형님이 너에게 도둑질을 의뢰했음은 이미 알고 있다."

"홍. 그걸 알면 다 아는 것인데 뭘 또 물어보겠다는 것이냐?"

"누가 너를 잡았느냐?"

사천신투가 흠칫했다.

"무, 무서운 놈이지."

"놈이라고 하지 마라. 그분은 우리 표국의 은인이다. 은인의 신분이 무엇이냐?"

"젠장. 그걸 내가 어떻게 알아? 난 그냥 잡혔고, 맞았고, 또 맞고, 하여간 더럽게 맞았다. 그놈이 얼마나 무섭게 웃으면서 나를 때렸는지 알아? 감옥에 내 발로 들어가면 살려준다고 하기에 그냥 자수했다. 그게 끝이다."

총표두는 고개를 끄덕였다.

'역시 누군가 있었군.'

그는 다른 방향으로 접근했다.

"그럼 은인께서는 어떻게 생겼느냐?"

"생긴 거? 새파랗게 젊은 놈이 여자깨나 울리게 생겼다."

"젊어?"

"젊지. 이십대로 보였으니까."

"그리고?"

"체격도 제법 탄탄하고. 눈썹은 짙고 눈이 크고, 코도 오뚝하고… 뭐 그렇게 생겼다."

"그려볼 수 있겠나?"

사천신투는 순순히 막대기를 가지고 바닥에 그림을 그렸다.

"이렇게, 이렇게, 대충 이렇게 생겼다."

다 그려진 그림을 본 총표두가 고개를 갸웃거렸다.

"이것만 가지고는 알 수 없군."

"나는 도둑놈이지 화공이 아니야. 아는 것은 이제 없어. 그러니 좀 가라. 니네 표국은 다시 쳐다도 안 볼 테니까."

총표두는 사천신투에게서 더 이상 정보를 알아내지 못하고 표국으로 돌아왔다.

실망한 얼굴로 표국에 들어서는 그의 눈에 사방을 두리번거리며 돌아다니는 마구간지기 노호식이 보였다.

"노 노인, 뭘 찾는가?"

노호식이 총표두를 보고 인사했다.

"아, 총표두님. 다른 게 아니라 왕삼을 찾고 있습니다."

"왕삼?"

"그저께 보셨잖습니까? 국주가 잘라 버리려고 하는 것을 총표두 어른이 말려주신 덕에 데리고 있게 된 그 왕삼 말입니다. 할 일이 많은데 어디서 게으름 피우고 있는지 보이지가 않습니다."

"아, 그 친구 말이군. 아마 떠났나 보지. 그는 그냥 잠시 머물던 사람……."

총표두의 얼굴이 딱딱하게 굳었다. 그는 잠시 마주쳤던 서흑수의 얼굴이 기억났다. 그리고 그 얼굴이 사천신투의 그림과 제법 비슷하다는 것을 깨달았다.

"왕삼, 바로 그가……."

第五章

남궁진미는 무림맹에서 바쁜 걸음을 옮겼다. 그녀의 얼굴은 약간 상기되어 있었다.

그녀는 어느새 검선의 거처로 달려갔다. 거기에는 노인 한 명이 검선과 반갑게 이야기를 나누고 있었다.

남궁진미가 그 노인에게 달려들며 소리를 질렀다.

"할아버지!"

그녀는 그대로 노인에게 포옥 안겼다.

노인이 남궁진미의 등을 토닥였다.

"허허. 우리 진미. 그동안 잘 있었니?"

무림의 어르신들 사이에서 생활하느라 나름대로 스스로를

채찍질하던 남궁진미가 어리광을 피웠다.

"웅. 할아버지도 나 보고 싶었어?"

"녀석. 당연하지. 그나저나 이제 열아홉이나 된 녀석이 아직도 애처럼 굴고 있으니."

"헤헤헤. 할아버지니까."

옆에서 검선이 말했다.

"허허. 현천이 네 녀석에게 저런 귀여운 손녀딸이 나오다니. 이건 정말 무림의 기사로 기록될 일이야."

남궁진미가 그때서야 남궁현천의 품에서 빠져나오며 인사를 했다.

"안녕하세요?"

"그래그래. 나야 항상 안녕하지."

하얀 수염을 기른 남궁현천이 검선을 향해 퉁명스럽게 말했다.

"지석이 형. 나니까 이런 손녀를 얻었지. 형 같으면 가능할 줄 알아?"

남궁현천이 검선을 부르는 호칭을 들은 남궁진미는 당황했다.

'혀, 형이라고?'

검선이 대답했다.

"이놈아, 내가 장가를 못 가서 손녀를 못 낳았지. 장가만 갔으면 네놈 부럽지 않은 손녀가 있었을 거야."

남궁현천이 유쾌하게 웃었다.

"하하하. 아무리 잘난 아이를 얻어도 우리 진미만은 못할걸? 우리 진미는 칠룡삼화 중 하나라고."

남궁진미는 자기 할아버지가 이렇게 유쾌하게 말하는 것을 오랜만에 보았다.

'우리 할아버지 평소엔 참 근엄하셨는데. 오늘은 영 이상하시네. 검선 할아버지가 그만큼 좋으신 걸까? 그리고 두 분 나이 차이가 꽤 나시는데 형이라니…….'

검선이 자신만만하게 말했다.

"내가 비록 손자 손녀는 없지만 제자가 하나 있지."

"그 제자 얼마나 잘났기에? 무림에서 검선의 제자라고 나서는 녀석은 본 적이 없는데?"

"내 제자 녀석이 아직 세상을 배우는 중이라서 그래. 하여간 최고로 진국인 녀석이지."

남궁현천이 관심을 보였다.

"지석이 형이 원래 허풍을 잘 치기는 하지만 그래도 헛소리는 안 하지?"

"이놈아. 어른보고 헛소리라니."

"같이 늙어가는 처지에 따지기는. 이제 내 명성도 형 못지않다고."

"내가 바로 검선이다, 검선."

"사람들이 진실을 몰라서 그렇지. 웃으면서 사람 패는 형은 광선이야, 광선."

"많이 컸구나. 다 죽어가는 놈 살려놓았더니. 평생 형님으로 모신다고 맹세하던 때가 엊그제 같은데."

"그때야 내가 젊었을 때고, 형은 한창 잘나갈 때니까. 지금은 상황이 다르지."

"어쭈. 한번 붙어볼까?"

"됐수. 내가 이제 와서 이겨서 뭐 하려고. 그보다도 지석이 형."

검선이 고개를 팩 돌렸다. 하얗고 기다란 수염이 나풀거리며 삐치는 모습에 남궁진미는 웃음을 억지로 삼켜야 했다.

"흥. 왜 그러냐?"

"제자가 그렇게 잘났어?"

검선의 얼굴이 환해졌다. 언제 삐쳤냐는 듯이 웃었다.

"하하하. 당연하지. 세상에 그런 놈이 없다."

"그럼 우리 진미 어때?"

"응? 진미?"

"우리 진미도 잘나기는 정말 잘났거든. 이 아이가 남자로 태어났으면 천하제일도 노렸을 거야."

"진미. 귀여운 아이지."

"그러니까 둘이 한번 만나게 해볼까?"

"나야 좋지. 하지만 선택은 내 제자가 하는 거야."

"내 말이 그 말이야. 선택은 우리 진미가 하는 거지."

두 노인의 대화를 듣는 남궁진미는 조금씩 달아오르는 뺨을 가렸다.

'잘생겨야 되는데.'

*　　　*　　　*

마교 교주 주관의 회의 시간에 장로 한 명이 보고했다.

"교주님, 큰일 났습니다."

"남들은 교주 하면 좋은 줄 알고 부러워하는데 말이야."

"예?"

"허구한 날 큰일이 터지니 이 짓도 이제 지겨워서 못해먹겠군. 그래, 이번에는 또 무슨 일인데?"

"아, 예. 검선이 나타났습니다."

마교 교주가 얼굴을 실룩거렸다.

"검선? 아직도 안 죽었대?"

"저희도 놀랐습니다."

"젠장. 그 노괴물은 진짜 오래 사는구만. 그래서 지금 어디 굴러다니고 있대?"

"무림맹으로 들어갔습니다."

마교 교주가 의자에 몸을 파묻었다.

"무림맹? 미치겠군. 이십 년이나 무림을 떠나 있었으면 계속 그냥 푹 쉬지. 이제 와서 무림맹은 왜 들어가?"

"당연히 무림맹을 돕기 위해서라고 판단됩니다. 이번 일로 무림맹 놈들의 전력이 상당히 강화될까 걱정입니다."

마교 교주가 손을 내저었다.

"무림의 일이 무슨 애들 장난인 줄 알아? 그 노괴물이 강하기는 오부지게 강하지만 그거 하나 추가됐다고 전력 강화는 무슨 전력 강화야?"

"하지만 그는 검선입니다."

"검선은 여기서 내가 제일 잘 알아. 붙어봤으니까."

교주는 그 말을 하고 나서 흠칫했다.

'아차. 이 말은 하는 게 아닌데……'

장로들이 눈을 말똥말똥 뜨고 교주를 쳐다보았다.

"붙어보셨습니까?"

"커허엄. 내가 아주 젊었을 때 붙어봤지."

장로들이 조그마한 목소리로 수군거렸다.

"졌나 보다."

"졌을 거야."

"진 게 틀림없어."

"이겼다면 입에 침이 튀기도록 자랑하셨겠지."

교주가 탁자를 세게 치며 호통을 쳤다.

"시끄럽다!"

장로들이 일제히 입을 다물었다.

교주는 뭔가 변명을 하고 싶었다.

"내가 그 노괴물을 만난 때는 아직 이십대로 무공이 조금 부족했다. 그때는 사부님의 후계자로 정해진 것도 아니었으니 아는 무공도 지금보다 좀 약한 것들이었지. 그런데 그 노괴물은 그 당시에 사십대였다. 내가 새파란 나이에 무림에 명성이 자자하던 노괴물과 붙어서 살아 돌아왔으면 대단한 거지. 암."

장로들이 다시 수군거렸다.

"사십대라면 아직 검선이라는 무림명을 얻기 전이지?"

"검선도 아닌 사람한테 진 거네?"

교주가 다시 변명했다.

"사실 그때 내가 다른 놈과 싸움을 한 직후였거든. 지금 남궁세가에서 가주질 하고 있는 남궁현천을 깨놓은 직후였다고. 다 이겨서 목을 치기 직전이었지. 그런데 그놈과 싸우느라 내공이 좀 많이 소모된 상태였어. 그 노괴물이 비겁하게 하필 그 순간에 나타난 거야. 사실 내가 멀쩡한 상태로 그 노괴물하고 붙었으면 절대로 지지 않았을 거야."

장로들은 교주의 인상이 점점 나빠지는 것을 보고 얼른 공손히 대답했다.

"그러시겠지요."

교주가 호통을 쳤다.

"지금 다시 붙는다면 내가 그 노괴물을 이긴다. 확실히 이

겨. 그럼 된 거야!'

　　　　　　＊　　　＊　　　＊

 무림맹 수뇌부의 회의는 매일 이루어진다.
 군사 제갈관우가 검선을 그 회의에 끌어들였다. 명분은 간단했다.
 '검선이 최대한 무림맹의 일에 개입하게 해야 합니다.'
 반대하는 사람은 없었다.
 검선이 무림맹 수뇌부에 참여한 것은 아니다. 그는 그저 참관인 자격으로 회의실 구석에 앉아서 차를 즐겼다.
 회의에서는 예전에 나왔던 문제들이 다시 거론되었다. 그들은 먼저 맞아 죽은 시체로 발견된 황보헌앙의 이야기를 논의했다.
 "흐음. 그럼 그 사건에 대해서는 아직도 밝혀진 것이 없군."
 "그렇습니다. 안타까운 일입니다."
 "계속 노력을 해주게나. 그리고 다른 건 뭐가 있지?"
 "전에 말씀드린 실종 사건이 있습니다."
 무림맹주 혁천세가 귀찮은 일에서 빠져나가기 위해서 검선을 팔았다.
 "그런 사소한 건 자네가 알아서 해도 되지 않나? 난 어서 회의를 끝내고 어르신과 차라도 한잔했으면 하는데."

검선이 구석에서 손을 흔들어주었다.

"천세야, 나는 신경 쓰지 말고 느긋하게 해라. 뭐 바쁜 일 있다고 내 핑계냐?"

머쓱해진 혁천세가 제갈관우에게 말했다.

"자세히 설명하라는 뜻이었네. 말해보게나."

"예. 부녀자 연쇄 실종 사건에 대해 우리 무림맹 차원에서 조사가 들어가기로 지난번에 결정되었습니다."

"알고 있네. 그랬지."

"그 조사단 편성에 대한 것과 또 그들이 어떻게 활동할 것인지 그 방향에 대한 논의를 할 필요가 있습니다."

"그거야 자네들이 알아서 잘……."

구석의 검선이 어느새 제갈관우의 곁에 다가와서 말했다.

"부녀자가 납치돼? 어떤 나쁜 놈들이 그런 짓을 했어?"

제갈관우는 깜짝 놀랐다. 그는 검선이 움직이는 기척을 느끼지 못했다. 말 그대로 검선이 옆에서 솟아나는 것만 같았다.

'허억. 역시 검선.'

무림맹주 검왕 혁천세는 조금 다른 관점에서 그것을 보았다.

'어르신의 무공은 여전히 대단하군. 하지만 옛날에 보여주시던 움직임과 별 차이는 없는 것 같은데? 그동안 수련을 별

로 안 하셨나? 아니면 무공 수련이 벽에 막히셨는지도 모르지.'

혁천세는 옛날에 검선의 일초지적도 되지 못했다. 하지만 그는 지금 검왕이다. 예전과는 무공 보는 기준이 다르다.

'안타까운 일이군. 그때 그대로라면 지금은 나보다도 한두 수 처지실 텐데.'

검선이 제갈관우에게 따졌다.

"너 지금 나 무시하는 거냐? 어른이 질문을 했으면 대답을 해야 할 거 아냐?"

제갈관우가 급히 말했다.

"아직 밝혀진 것은 별로 없습니다."

"밝혀진 것이 없는데 엉덩이 무거운 무림맹이 왜 나서?"

"실력있는 경호무사를 거느린 여자들도 납치된 것으로 보아 무림 세력이 개입된 것이 아닐까 추측하고 있습니다. 그래서 관부의 요청을 받고 우리도 움직이기로 했습니다."

"그동안 알아낸 거 있으면 자세히 늘어놔 봐라."

"예, 알겠습니다."

제갈관우는 실종자들이 살던 곳과 사라진 곳, 그리고 그들과 관련해서 수집한 여러 정보들을 장시간에 걸쳐서 설명했다.

무림맹 장로들은 그 이야기를 듣는 것이 지겨웠다.

'내가 명색이 무림의 유명한 고수인데 이런 사파 잡배들의

짓거리에 대한 것까지 듣고 있어야 하다니.'

'나의 시간 일각이 얼마나 값어치가 높은데.'

'검선께서 듣고 계신데 중간에 나갈 수도 없고.'

'젠장. 금방 끝날 줄 알고 뒷간에 안 들렀더니. 이러다 오줌 싸겠다.'

제갈관우의 이야기가 끝나고 나자 혁천세가 미안한 마음에 검선에게 말했다.

"어르신, 들으셨다시피 그 일은 알려진 것이 워낙 없습니다. 하지만 조사단을 만들어서 비슷한 짓을 곧잘 저지르는 사파 몇 곳을 족쳐 보게 하겠습니다. 그럼 금방 누구 짓인지 드러날 겁니다."

"천세야."

"예."

검선의 얼굴은 심각했다.

"아무래도 자잘한 사파 짓이 아닌 것 같다."

"예?"

"꽤 큰 놈이 개입한 것 같다."

사람들이 고개를 갸웃거렸다. 혁천세가 질문했다.

"왜 그렇게 생각하시는지요?"

검선이 무림 지도를 손가락으로 짚었다.

"황보헌앙이라는 사람이 여기서 맞아 죽었다며?"

"그렇습니다만 갑자기 그 이야기는 갑자기 왜……."

"실종자 중에 오혜련이라는 아가씨 말이야. 그 아가씨가 황보헌앙이 죽은 이 길을 지나가지 않았을까?"

"예? 하지만 그 아가씨의 여행 경로는 이쪽 길입니다. 이쪽이 빠른데 왜 굳이 그쪽으로 돌아간다는 말입니까?"

"모르지. 뭔가 피하고 싶은 것이 있는지. 너도 알다시피 내가 옛날에 배교의 잔당 토벌한다고 사천을 좀 많이 헤집고 다녔잖아! 그래서 이쪽 길을 좀 아는데, 그 아가씨, 여기서 출발하고 나서 곧바로 샛길로 빠지면 이 길로 지나가게 되거든?"

사람들의 얼굴이 굳었다. 제갈관우가 급히 서류와 지도를 뒤적이며 자료를 확인한 후에 말했다.

"사천 오가장의 오혜련이라는 아가씨가 그 길을 지나갔을 가능성이 있기는 있습니다."

"거봐라."

제갈관우가 즉시 반대 의견을 내놓았다.

"하지만 겨우 그 정도만 가지고 두 사건에 연관이 있다고 보기는 어렵습니다. 설사 그 길로 지나갔다고 하더라도 시간이 문제가 됩니다. 황보헌앙 대협이 살해당한 시간은 그야말로 순식간이었습니다. 하필 그때 그녀가 그곳을 지나갔다는 추측에는 무리가 있습니다."

"아니야. 냄새가 나."

"무슨 냄새가……."

"그 아가씨가 지나가는데 나쁜 놈들이 나타났다. 이쪽은 산길은 산길인데 시야가 아주 탁 트여 있어. 마침 우연히 먼 곳을 지나가던 협객 황보헌앙이 그걸 발견하고 구해주려고 나섰다. 그런데 오히려 역으로 당했다. 그런 냄새. 그렇게 생각하면 둘이 마주칠 수 있는 범위가 훨씬 넓어지거든."

검선은 사태를 꽤 정확히 짚고 있었다.

혁천세가 웃었다.

"하하하. 어르신, 그런 일이 일어날 가능성이 얼마나 있겠습니까? 너무 억측이십니다."

"천세야, 가능성이 아무리 적어도 이건 꼭 조사해 봐라."

"차라리 다른 곳을 조사하는 데 더 투자하는 것이……."

"이게 사실이라면 뭘 의미하는지 모르겠냐?"

사람들이 서로의 얼굴만 쳐다보았다. 혁천세가 조심스럽게 질문했다.

"어떤 의미인지요?"

"무림 전체에서 납치가 벌어지는 것으로 봐서 이 일을 저지르는 놈들의 규모는 작지 않을 거다. 그렇다면 이런 납치 일은 보통 부하들이 하지, 우두머리가 나서지는 않는다."

"그거야 그렇지요. 그쯤은 우리도 판단하고 있습니다."

"그리고 그 부하 놈이 우연히 만난 황보헌앙을 때려죽였다. 일개 하수인이 검으로 베어 죽였다고 해도 놀라울 거야. 그런데 그냥 때려죽였다."

사람들의 안색이 일제히 변했다.

검선의 얼굴도 이제 제법 심각해졌다.

"여자나 납치하는 하급 부하 놈들조차 황보헌앙을 때려죽일 만큼 대단한 무력을 가졌다고? 만약 사실이라면 그런 놈들의 힘이 어느 정도인지 짐작할 수 있겠느냐?"

제갈관우가 외쳤다.

"말도 안 됩니다. 그렇게 강력한 무림문파가 존재한다면 우리가 모를 리가 없습니다."

"왜 없어? 마교 있잖아."

"허억. 검선께서는 그럼 이 일이 마교가 저지른 짓이라고 생각하시는 겁니까?"

"그거야 나도 모르지. 중요한 것은 마교가 할 수 있다면 이게 불가능한 일은 아니라는 거지."

"마교가 이런 짓을 하고 다닌다면 문제가 심각해집니다. 현재 우리의 힘으로는 마교를 이길 수 없습니다."

"차라리 마교의 짓인 게 나아."

"예?"

"만약 마교가 아니라 어떤 다른 놈이 내 말대로 이런 일을 저지르고 다닌다면……."

혁천세가 긴장한 목소리로 뒤를 이었다.

"마교 못지않은 강력한 적이 음지에 숨어서 음모를 꾸미고 있다는 뜻이군요."

검선이 고개를 끄덕였다.

"그래. 그러니까 아무리 가능성이 낮아도 꼭 조사해 보라고 하는 거다. 이건 정말 조사해 볼 가치가 있어. 그런 놈들이 정말로 존재한다면 그건 정말 큰일이거든."

제갈관우는 여전히 부정했다.

"그런 자들이 있다면 절대로 우리의 감시망을 피할 수 없습니다. 불가능합니다."

검선은 자기 의견을 굽히지 않았다.

"그러니까 더 무섭지. 만약 놈들이 실제로 존재한다면 그런 힘을 가지고도 우리 등 뒤에 숨어 있을 수 있다는 소리니까."

이미 장로들의 안색에서 핏기가 사라진 지 오래다. 사실의 가능성이 낮더라도 검선이 말하는 것의 의미는 너무 컸다.

혁천세가 말했다.

"다들 들었다시피 이번 일은 아무리 가능성이 낮아도 꼭 조사해 볼 필요가 있군. 장로 분들은 어떻게 생각하시오?"

이 분위기에서 반대하는 장로가 있을 리 없다. 그 반응에 만족한 무림맹주 혁천세가 다시 말했다.

"결론이 났군. 그럼 적당한 조사단을 긴급히 편성해서 움직이는 걸로 합시다."

회의가 끝난 후, 혁천세와 검선은 조용한 정자에 앉아 차를 마셨다. 그들의 차시중은 남궁진미가 맡았다.

혁천세가 질문했다.

"그런데 어르신, 부녀자 납치 사건에 왜 그리 깊은 관심을 보이셨는지요?"

"내 옆구리가 하도 시리다 보니 여자 문제에 대해서는 저절로 귀가 기울여지는구나."

"컥!"

"허허. 농담이다, 농담."

혁천세는 그걸 그저 농담으로 듣지 못했다.

'어르신께 적당한 여자를 소개해 줘야 하나? 하지만 도대체 누가 검선의 짝이 될 수 있을까? 더구나 어르신 나이가 얼마나 많은데……'

맹주는 머릿속에 떠오른 잡생각을 즉시 털어버렸다. 그는 다른 쪽으로 화제를 돌렸다.

"그나저나 대단하셨습니다. 황보헌앙 살인 사건과 부녀자 납치 사건 같은 서로 상관없어 보이던 두 일에서 그런 것을 끄집어내시다니요. 더구나 샛길까지 고려하시다니."

"대단은 무슨. 별거 아니다. 어차피 하나의 가능성에 불과한 거니까."

"별거 아니라니요. 우리는 벌써 여러 날을 토의했지만 아무도 생각해 내지 못한 것입니다. 가능성이나마 찾아낸 것이 어디입니까?"

검선이 씩 웃었다.

"사실 내 제자 녀석에 비해 별거 아니라는 뜻이지. 내가 설마 머리보다 칼이 먼저 튀어나가는 너희들에 비해 별거 아니라고 했겠나?"

혁천세는 순간 말문이 막혔다.

'어르신의 자랑 좋아하는 성격도 변하지를 않았군.'

그는 억지로 입을 열었다.

"어르신의 제자가 제법 잘났나 봅니다?"

"내 제자? 아주 잘났지."

"얼마나 잘났습니까?"

"내가 머리 굴리는 솜씨가 이렇게 늘어난 것도 다 내 제자 덕분이니까."

"예?"

"그 녀석 어린 시절부터 꿈이 천하에서 제일가는 협객이었어. 천하제일협객이 되기 위한 것들은 다 배우려고 드는데, 그중에서 가장 심혈을 기울인 것은 무공이고, 그 다음이 어떤 사건에서 실마리를 찾아내는 기술이었지."

"실마리요?"

"사건이 터지면 어떤 악당이 그 일을 했는지 알아내야 하기 때문에 필요한 기술이라나? 내가 의심스러운 악당을 전부 다 족쳐 버리면 된다고 해도 듣지를 않더군."

"그래서 그걸 가르치시느라 이런 솜씨가 생기셨습니까?"

"아니, 내가 그걸 가르치지는 않았어. 녀석이 알아서 책을 보고 배우더군. 그런 쪽으로 구할 수 있는 책은 거의 다 봤다네. 하여간 그 녀석 공부하는 거 상대해 주다 보니 나도 어느새 이런 재주가 생기더군. 사실 아주 여러 해 그 짓을 했거든."

"하하, 책으로 공부한다고 해서 그런 기술이 생기겠습니까?"

"생겨. 그 녀석은 결국 흙바닥이 파인 것을 보고 꽃사슴 두 마리가 지난밤에 부부싸움한 것까지 알아냈다."

"하하하. 여전히 허풍을 잘 치십니다."

"허풍이라니. 아까 나를 봤잖은가? 자네도 알다시피 내가 원래 이렇게 똑똑했던 것은 아니거든."

혁천세는 그 말을 제대로 믿지 않았다.

'어르신의 제자 자랑은 그 끝을 모르겠군.'

검선도 다 믿으라고 한 말은 아니다.

'꽃사슴 이야기는 허풍이 좀 심했나? 하지만 그 녀석이 실마리 잘 찾아내는 건 사실이니까. 내가 녀석 때문에 지력이 향상된 것도 사실이고.'

"하여간 내 제자 녀석은 그것 외에도 잡다하게 많이 공부했는데 그래도 무공과 그 기술 연마에 가장 집중했어."

혁천세가 말했다.

"알겠습니다. 그렇다고 치지요. 그런데 어르신, 조사단 말입니다. 어떻게 편성하는 것이 좋겠습니까?"

"그거야 자네가 알아서 할 일이지. 두 가지만 명심하면 되네. 충분한 무력을 갖추는 것과 오늘 당장 출발하는 것."

"예? 충분한 무력은 알겠는데 왜 오늘 당장 출발해야 합니까? 이런 일에 능숙한 전문가들을 모으고 장비 준비를 하려면 시일이 좀 필요합니다."

"납치된 사람들 빨리 찾아야지. 조사를 서두를수록 그만큼 빨리 찾겠지."

"허. 그것도 그렇군요. 그럼 요새 맹에 머물고 있는 화산의 백현우 장로를 불러서 오늘 당장 출발시키겠습니다. 그 친구가 이런 일에 재주가 제법 있습니다."

남궁진미는 맹주의 시중을 자주 든 덕분에 무림의 일을 비교적 자세히 알고 있다. 머리까지 좋은 그녀는 지금 두 사람의 대화가 무슨 소리인지 파악하고 있었다.

'큰 건수의 냄새가 나.'

그녀가 공손히 말했다.

"소녀, 부탁이 있어요."

혁천세는 그녀를 아낀다. 검선은 그녀를 제자의 짝으로까지 생각하고 있다.

혁천세가 웃으며 말했다.

"무슨 부탁인데 그러느냐?"

"그 조사단에 소녀도 참가하고 싶어요."

'이건 어쩌면 엄청나게 큰일을 밝혀내는 기회가 될지도 몰

라. 나도 참가하고 싶어.'

검선이 말했다.

"진미야, 어쩌면 크게 위험해질지 모르는 일이다."

"무림에 발을 들여놓은 이상 위험은 언제나 따르는 것. 소녀 그것을 감수하고라도 이번 조사단에 참가하고 싶어요."

혁천세가 말했다.

"무림인이 명예를 원하는 것을 누가 탓할 수 있을까? 그것은 지극히 당연한 일. 알았다. 내가 명색이 맹주인데 너 하나 더 추가하는 것이 뭐 어렵겠느냐? 그리러무나."

남궁진미가 환히 웃으며 인사했다.

"맹주님, 고마워요."

조사단은 빠르게 편성되었다. 화산의 장로로서 무림맹에 머무르고 있던 춘풍검 백현우가 그 책임자로 임명되었다. 그는 이런 쪽에 유능한 중년 무사 한 명만을 이 일에 끌어들였다.

그 중년 무사가 질문했다.

"백 대협, 왜 저만 부르셨습니까?"

"자네가 어때서? 이런 일에는 경험 많은 자네면 충분하지."

"하지만 겨우 우리 두 명이라니요."

"우선 시간이 없네. 그리고 이런 일이 사람 많다고 좋은 건 아니지. 적게 움직일수록 기동력을 얻게 되잖은가. 그리고 만에 하나."

"만에 하나 뭐 말씀이십니까?"

"첩자가 끼어들 위험이 줄어들지. 자네라면 믿을 만하니까."

"예? 첩자를 의심하십니까?"

"설마 이 일에 첩자가 끼어들겠나 싶기는 하네. 하지만 조심해서 나쁠 건 없지. 인원이 필요하면 그때그때 무림맹 지부에서 조달하면 그만이야. 그게 나아."

"뭐, 그러시다면야……."

"그리고 우리 둘로 끝은 아니야. 하나가 더 있어."

둘이 대화를 하고 있는 곳에 남궁진미가 찾아갔다.

"백 할아버지, 안녕하세요?"

무림맹의 상당수 노인들이 그러하듯이 그도 남궁진미를 귀여워한다.

"허허. 진미 왔구나."

"예. 잘 지내셨어요?"

"그럼. 그럼. 그보다도 너, 이번 일에 참가하고 싶다며?"

남궁진미가 방긋 웃었다.

"예. 백 할아버지를 따라다니면서 이번 일에 도움이 되고 싶어요. 열심히 할게요."

백현우의 얼굴에 걱정이 깃들었다.

"하지만 만에 하나 위험할지도 모른다. 이 일에는 황보헌 앙 대협의 사망 사건이 연관되어 있다."

"백 할아버지만 믿어요. 그리고 제 무공도 그리 낮지 않으니 조금은 도움이 될 거예요."

백현우가 고개를 끄덕였다.

"하긴. 네 무공은 후기지수들 중에서 발군이지. 그럼 우리 귀여운 진미의 도움을 좀 받아볼까?"

"네!"

그녀가 웃으며 백현우의 일을 도와주기 시작할 때, 이번에는 하북팽가의 팽도천과 제갈세가의 제갈무한이 다가왔다.

팽도천이 백현우에게 포권을 했다.

"백 대협, 저도 이 일에 참가하고 싶습니다."

제갈무한도 질세라 말했다.

"저도 참가하고 싶습니다."

백현우가 눈살을 찌푸렸다.

"네 녀석들. 정말 이 일을 돕고 싶은 거냐?"

"물론입니다. 제 도법으로 조사단을 지키겠습니다."

"제가 바로 제갈세가 출신입니다. 조사에는 제갈세가의 사람이 하나쯤 포함되어 있어야 하지 않겠습니까?"

백현우가 코웃음을 쳤다.

"다른 목적은 없고?"

두 사람은 당황했다.

"순수한 제 마음을 알아주십시오."

"무림 정의를 위해서입니다."

백현우가 피식 웃었다.

"녀석들. 좋을 때구나. 알았다. 네 녀석 둘이 더 추가된다고 해서 달라지는 건 없을 테니까. 진미야, 너는 어떻게 생각하느냐?"

그의 질문에 팽도천과 제갈무한이 긴장했다.

남궁진미는 웃음을 지었다. 하지만 머릿속에는 다른 생각을 하고 있었다.

'이것들이 또 달라붙네. 귀찮아라.'

"저는 좋아요."

두 남자의 얼굴이 환해졌다.

"감사합니다, 남궁 소저!"

"제가 지켜 드리겠습니다, 남궁 소저!"

중년인이 그 모습을 보고 백현우에게 속닥였다.

"백 대협, 최소한으로 가신다더니 잠깐 사이에 수가 많이 늘었습니다."

"허허. 이거 내 입으로 방금 말해놓고 쑥스럽구먼. 괜찮네. 설마 저 녀석들이 무슨 일을 저지르겠나? 다들 신분이 확실한데. 그냥 이대로 가세나."

* * *

서흑수 일행은 만에 하나 있을지 모르는 추적자들을 피하기 위해서 산을 탔다.

고세옥이 투덜거렸다.

"형, 그냥 오가장에 빨리 가는 게 낫지 않아?"

"아니, 놈들이 우리가 그리로 간다고 확신하지 못하게 해야 해."

당이환이 말했다.

"네 생각에는 문제가 있다. 내가 그놈들을 다 죽였다. 그들이 돌아오지 못하면 결국 의심하게 된다. 그러니 그들이 그 사실을 알기 전에 먼저 들이치는 것이 낫다."

"두 가지 이유 때문에 안 됩니다."

"두 가지라니?"

"첫째. 죽은 놈들이 돌아가지 않는다면 그 배후의 놈들이 의심하기는 합니다. 하지만 그건 단지 추측. 더구나 우리가 죽인 놈들은 아는 것이 거의 아무것도 없었지요."

"맞는 말이다. 오가장 이야기도 대장 놈이 자기 나름대로 조사를 해서 알아낸 거니까."

"맞습니다. 따라서 놈들은 정보가 샜다는 확신을 할 수 없습니다. 그런 상황이라면 소미를 함부로 옮기지 않습니다. 잘 숨겨둔 상태로 놔두고 경비만 강화하는 게 낫습니다."

"어째서 그렇지?"

"우리가 그놈들에 대한 정보가 없듯이, 그놈들도 우리가 어디서 뭘 하는지에 대한 정보가 없습니다. 우리가 산을 타고 이동하면 그놈들은 우리가 오가장에 얼마나 가까이 갔는지 모릅니다. 아니, 오가장 쪽으로 가고 있는지조차 모릅니다."

"그럴듯한 이야기야."

"소미와 구소라 아가씨는 너무 예쁘지요. 그게 그들에게 짐이 됩니다. 공연히 데리고 돌아다니다 만에 하나 남들 눈에 뜨이면 그들이 그렇게 원하는 비밀 유지는 물 건너갑니다. 지금까지의 놈들의 행동 양상을 보면 그냥 잠잠해질 때까지 숨겨두는 것을 택할 겁니다."

"자네 말은 항상 그럴듯해서 반박하기 곤란하군. 좋네, 그럼 두 번째 이유는 뭔가?"

"우리가 서두르다가 잘못하면 놈들보다 더 빨리 움직일 위험이 있습니다."

"무슨 소리지?"

"우리가 오가장에 갔을 때 소미가 아직 그곳에 도착하지 못했을 가능성이 있습니다. 오가장이 아니라 그 근처 어딘가에 있을지도 모르는 다른 목적지라도 마찬가지입니다. 소미가 오기 전에 우리가 도착해 버리면 아무것도 알아내지 못합니다."

"그럼 더 좋지 않나? 기다렸다가 오는 것을 잡아채면 되니까. 난 아무래도 우리가 서두르는 게 좋다는 생각이 드는군."

"아니지요. 우리도 어차피 오가장이 목적지라고 확신하지는 못하는 상황입니다. 그 인근의 어디일 가능성이 더 높습니다. 그러니까 오가장에서 기다려서 잡을 수는 없습니다."

"하긴……."

"오히려 실수로 우리의 정체가 드러나면 끝장입니다. 그럼 소미를 다른 지역으로 옮길지도 모르거든요. 여기서 소미가 다른 지역으로 간다면 일이 몇 배는 어려워집니다."

"흐음. 이야기가 그렇게 되는 건가?"

"그러니까 우리는 산을 타고 움직여야 합니다. 아무도 우리가 어디로 가는지 못하도록. 산은 우리의 속도를 적당히 늦춰줄 겁니다."

"그럼 좀 쉬엄쉬엄 가도 된다는 건가?"

"아닙니다. 너무 늦지 않게 가야 합니다. 그래서 서둘러야지요. 한가하게 놀면서 갈 시간은 없습니다."

"알았네. 서두르지."

서흑수는 주저앉아서 다리를 주무르고 있는 고세옥에게 말했다.

"그러니까 너도 일어나라."

고세옥이 힘겹게 일어섰다.

"알았어. 누가 안 일어선대? 간다고, 가."

당이환이 그 모습을 보면서 생각했다.

'이류에서 일류로 막 들어서고 있는 세옥이가 체력의 한계

를 느끼고 있다. 하지만 흑수 이자는 너무 멀쩡하군.'

"자네 힘들지 않나?"

"힘듭니다. 하지만 소미를 생각하며 참고 있습니다."

'그 말을 믿어야 할까? 아니야. 평소에 움직이는 모습으로 봐서는 일류 정도의 무공을 가진 것으로 보이지만 그걸 확신할 수는 없지. 더 고수일 가능성이 있어. 젊은 놈이 내 상대가 될 리는 없지만 이자의 정체가 너무 수상하군.'

당이환은 서흑수에 대한 의심의 눈길을 거두지 않았다. 서흑수는 그 눈길을 느끼고 일부러 말했다.

"소미를 찾는 시간이 늦어지면 마님께서 걱정하십니다."

"험험. 일단 움직이도록 하지."

*　　　*　　　*

고소미가 탄 마차의 문이 열렸다. 마차 밖은 깊은 밤이었다.

세 아가씨는 겁을 먹고 꼼짝도 하지 않았다. 잠시 후에 마차 밖에서 누군가 말했다.

"나와라. 도망칠 생각은 꿈도 꾸지 말고."

세 명 모두 조심해서 마차에서 내렸다. 마차 바깥에는 무사 몇 명이 버티고 서 있었다.

고소미가 주변을 둘러보았다. 작지 않은 장원이었다. 건물들이 몇 채 보였다. 낯설었다.

'수유현은 아니네?'

주변에는 돌아다니는 사람 하나 없었다.

그녀가 혹시나 하는 마음에 질문했다.

"여기가 어디예요?"

무사 한 명이 대답했다.

"네가 알 필요도 없고 알아서도 안 된다. 질문은 허용하지 않는다."

그들은 세 아가씨의 등을 떠밀어 건물 한곳으로 들여보냈다.

그곳에는 몇 명의 사람들이 기다리고 있었다.

풍채 좋은 노인이 말했다.

"오느라 수고했다. 이리 와서 눕도록 해라."

세 아가씨가 바짝 긴장했다. 고소미가 떨리는 목소리로 말했다.

"누, 눕다니. 누가 그런 짓을 할 줄 알고!"

무사 하나가 호통을 쳤다.

"감히 누구 앞에서 함부로 말하는 거냐! 죽고 싶으냐!"

고소미가 찔끔했다. 그 모습을 보고 풍채 좋은 노인이 씁쓸하게 웃었다.

"진찰을 하고자 하는 것이다."

"진찰? 난 안 아파요."

"그런 진찰이 아니다. 어서 누워라. 다른 짓은 하지 않으마."

고소미는 무사들을 노려보았다. 무사들이 검을 잡으며 위협적인 자세를 취했다.

구소라가 냉큼 자리 한곳에 드러누웠다.

"저, 전 누웠어요."

천기연도 그녀의 옆에 드러누웠다.

혼자 서 있게 된 고소미는 기가 죽었다.

노인이 말했다.

"네 친구들은 다 누웠구나. 너도 그만 눕지 그러냐?"

고소미가 쏘아붙였다.

"흥. 나는 쉽게 지지 않아요!"

그녀는 그 말을 하고 구소라의 곁에 누웠다.

"이건 진 게 아니에요. 그냥 진찰받으려고 누운 거예요."

노인이 웃으면서 손짓을 했다. 의원이 얼른 그의 곁으로 다가왔다.

"저 끝의 아이부터 확인해 보거라. 이미 진찰받은 아이들이지만 그건 그리 정확하지 않았을 테니까."

진찰이라는 말에 고소미의 머리에 번뜩 떠오르는 것이 있었다.

'내가 요새 진찰받은 건 한 번뿐이야.'

"제갈유의! 제갈유의도 한통속이죠?"

노인이 잠시 망설였다.

'하긴, 이제 안다고 해서 이 아이들이 할 수 있는 일은 없겠지.'

"의원의 이름은 모른단다. 하지만 우리를 위해서 일을 한 의원이 너희들이 사는 근처에 하나 있었지."

고소미는 속으로 웃었다.

'거지가 손광태 그놈과 제갈유의 사이를 알아. 내가 알려 줬으니까. 손광태는 몰라도 제갈유의는 거기서 오래 해먹은 의원이니까 아직 있을 거야. 거지가 제갈유의를 조사하면 우리 위치를 알아낼지 몰라.'

거기까지 생각한 그녀는 걱정이 들었다.

'그런데 거지 이게 싸움만 잘하고 머리는 돌이면 어떡하지? 하여간 거지 이건 속을 썩여요, 속을 썩여.'

노인이 의원에게 다시 명령했다.

"뭐 하느냐? 어서 진찰하지 않고."

의원이 고개를 숙이고는 천기연에게 다가가 맥을 잡았다. 그는 그것 외에 그녀의 눈동자와 혈색, 기타 체형 등을 두루 살폈다. 심지어 침을 찔러 반응을 보기까지 했다. 제갈유의 때보다 훨씬 진지한 모습이었다.

마침내 천기연에 대한 진찰을 끝낸 의원이 일어서서 노인에게 보고했다.

"삼음지체가 틀림없습니다."

그 말에 서 있던 노인이 만족한 얼굴로 수염을 쓰다듬었다.

"좋군. 그럼 그 옆의 아이를 확인해 보아라. 보고에 의하면 오음지체라고 하였다."

의원이 이번에는 구소라를 진찰했다. 천기연과 같은 방법으로 진찰하던 의원이 갑자기 소리를 질렀다.

"헉!"

의원의 반응에 노인이 긴장했다.

"왜 그러느냐? 보고가 틀렸더냐?"

"그, 그렇습니다."

"괜찮다. 아랫것들 일하는 것이 그렇지. 그럼 쓸데없이 잡아왔다는 소리구나. 이거 정말 곤란한데?"

"그것이 아니오라……."

"그게 아니면?"

"유, 육음지체이옵니다."

노인의 눈이 커졌다. 그의 입에서 낮은 웃음소리가 흘러나왔다.

"후후후. 오음지체로 알았더니 육음지체? 인급과 지급의 차이는 크지. 좋구나, 아주 좋아. 그 의원의 실력이 모자라서 체질을 낮춰 보았다는 소리군."

노인이 눈에 욕심이 서렸다.

"그럼 저 아이는 어떠냐? 보고에 의하면 저 아이는 육음지체라 하였다."

의원이 이번에는 고소미를 진찰했다. 이번에도 의원의 얼굴이 딱딱하게 굳었다.
 "유, 육음지체가 아닙니다. 이건……."
 노인이 기대에 가득 찬 얼굴로 질문했다.
 "무엇이더냐?"
 "칠음지체로 추정됩니다."
 "추정? 추정이라니? 네가 어찌 음지체를 정확히 진찰해 내지 못한다는 말이냐?"
 "죄송합니다. 육음지체보다 높은 음지체는 진찰해 본 적이 없어서 확신하지 못하였습니다."
 "네가 알아낸 것을 확실히 말하여라."
 "아마도 칠음지체가 아닌가 하옵니다."
 "틀림없느냐?"
 "어쩌면, 만에 하나이지만 팔음지체일지도 모른다는 생각이 듭니다."
 노인의 얼굴이 환해졌다.
 "으하하하. 팔음지체? 지급의 최고봉 아니더냐? 지금까지 확보한 것들 중에 최고로구나."
 "하나 단지 아주 작은 가능성일 뿐인지라……."
 "괜찮다. 최소한 칠음지체. 그것만 하더라도 극히 희귀한 것. 운이 좋다면 기대하지도 않았던 팔음지체. 하늘이 우리를 돕는구나. 크하하하!"

한참 웃던 그는 정색을 하고 의원에게 질문했다.

"혹시 영약을 먹은 흔적은 없더냐? 만약 천년하수오나 만년삼왕 같은 영약을 먹었다면 일을 그르치게 된다."

"그런 진귀한 영약은 거대 문파에서도 목숨처럼 소중히 여기는 것입니다. 하나가 등장하면 무림이 다 들썩거리는데 이런 평범한 여자들이 먹었을 리가 없습니다."

"그래도 확실히 해야 한다."

"진찰을 한 결과로는 특별한 내공을 느끼지 못했습니다. 저 아이에게 약간의 내공이 있으나 그런 영약을 먹어서 생겼다고 보기에는 너무 미약합니다. 제가 보기에는 잠깐 수련하다 만 것처럼 보입니다."

"하긴. 천년하수오는 고사하고 백년하수오라고 하더라도 일반인이 먹을 리가 없겠지."

"저… 백년하수오는 약효가 너무 어정쩡합니다. 그런 것을 먹고 내공 수련을 하지 않았다면 진단해 내기가 쉽지 않습니다. 더구나 음한지체라면 그 약효가 쉽게 사라지지도 않는데… 하지만 그것 역시 워낙 진귀한 준영약인지라 일반인이 먹을 가능성은 없습니다."

"그래. 자네 말이 맞다. 내 걱정이 지나친 거였다. 보통 사람이 백년하수오를 얻었다면 천하에 손꼽히는 부잣집 사람이 아닌 다음에야 무림문파에 파는 것이 정상이니까."

"당연한 일입니다."

노인이 세 여자에게 질문했다.

"너희들 중에 혹시 백년하수오를 먹은 아이가 있느냐?"

세 명 모두 고개를 도리도리 흔들었다.

노인이 주변에 서 있던 무사들에게 명령했다.

"좋다. 그럼 걱정거리는 없군. 이 아이들에게 음식을 줄 때는 분량을 조절하여 정확히 주도록 하여라."

의원이 설명했다.

"어차피 초기에는 급에 상관없이 같은 것을 먹이라는 지시를 받았습니다."

"알고 있다. 하지만 그 분량도 중요하니 특별히 신경을 쓰라는 뜻이다. 처음에는 그것이 가장 중요하니."

무사들이 일제히 대답했다.

"알겠습니다!"

진찰이 끝나자 사람들이 모두 그 방에서 나갔다. 문은 단단히 잠겼고, 그곳에는 세 명만 남게 되었다.

고소미가 노인과 의원의 대화를 곰곰이 생각해 보더니 말했다.

"소라야, 육음지체니 팔음지체니 하는 게 뭔지 알아?"

"몰라. 그런 걸 어떻게 알아?"

"기연이 너는?"

"저도 몰라요."

"음. 이건 내 추측인데, 그거 아무래도 무림인의 체질 같아."

구소라가 관심을 보였다.

"무림인?"

"어. 무슨 지체니 하는 건 무림인들이 쓰는 말이거든. 너도 알다시피 내가 무공을 조금 배웠잖니?"

"흥. 나처럼 예쁜 여자는 무공 잘할 필요가 없어."

"요년이. 하여간 내 말은 말이야, 그 사람들 이야기하는 거 보니까 우리 체질에 대해서 듣고 아주 좋아했거든?"

"그래서?"

"우리 체질이 뭔가 좋은 건가 봐. 아무래도 우리 잡아먹으려는 거 아닌가 보다."

구소라의 얼굴이 환해졌다.

"정말?"

"그러니까 저렇게 좋아하지. 아무래도 우리 체질을 보고 납치한 건가 봐."

"아, 다행이다. 난 나의 미모 때문에 납치된 건 줄 알고 겁먹었지 뭐니. 그럼 인급이니 지급이니 하는 건 뭐야?"

"내가 그걸 어떻게 아니? 자기네가 나누는 등급인가 보지."

구소라는 안도감이 들자 갑자기 불만이 생겼다.

"쳇. 나는 육이고 너는 칠 아니면 팔이라며? 소미 이년이

나보다 숫자가 더 높다니. 말도 안 돼. 이건 뭔가 잘못됐어."

옆에서 천기연이 조그맣게 말했다.

"저는 삼인데요?"

구소라가 무안한 얼굴이 되었다. 그녀는 얼른 말을 돌렸다.

"아, 그런데 음식은 뭘 주려고 그렇게 중요하다고 했을까?"

"몰라. 사람이 먹을 수 있는 걸로 주겠지. 기왕이면 맛있는 거면 좋겠다."

그녀의 궁금증은 금방 풀렸다.

그녀들이 갇힌 곳은 사방이 꽉 막히고 높은 곳에 조그마한 창이 난 방이다. 방의 넓이는 한 변이 삼 장 정도로 꽤 컸다.

고소미가 벽을 여기저기 눌러보았다. 벽은 튼튼하게 만들어져서 꿈쩍도 하지 않았다.

그녀는 문도 살짝 흔들어보았다.

밖에서 거친 목소리가 들렸다.

"무슨 일이냐!"

깜짝 놀란 그녀가 다른 두 여자 쪽으로 쪼르르 도망치며 대답했다.

"아무것도 아니에요."

그녀들이 현재 상황에 대해서 의논하고 있을 때 문이 덜컥

열렸다.

무사 세 명이 음식 그릇을 하나씩 들고 들어왔다.

마차에서 이동하는 동안에는 마른 음식만 먹어왔다. 음식처럼 생긴 것을 보는 것도 오랜만이다. 겉보기에 그럴싸한 음식을 보고 세 사람은 저도 모르게 침을 삼켰다.

무사들 뒤에 따라온 풍채 좋은 노인이 말했다.

"자기 몫의 음식은 쌀 한 톨 남기지 마라. 남기는 아이에게는 벌을 내리겠다."

무사들이 그릇을 하나씩 넘겨주고는 노인의 뒤에 서서 공포 분위기를 조성했다.

구소라가 음식 냄새를 맡아보더니 조그맣게 투덜댔다.

"밥에서 약 냄새 나잖아."

음식 생긴 것은 평범했다. 하지만 입맛을 돋우는 향기 대신 한약 냄새가 진동했다.

고소미가 한 젓가락 먹어보더니 혀를 쩝쩝거렸다.

"쓰다."

그렇다고 안 먹을 수는 없다. 마른 음식 몇 조각으로 버티면서 여기까지 온 그녀들은 배가 너무 고팠다. 무사들이 공포 분위기를 조성할 필요도 없었다.

고소미가 인상을 쓰며 음식을 집어먹었다. 다른 두 아가씨도 그걸 보다가 젓가락을 들었다. 일단 먹기 시작하자 술술 잘 넘어갔다.

구소라가 음식을 급히 먹으며 투덜댔다.

"쩝쩝. 배가 고프니까 먹기는 하는데, 꿀꺽. 이건 아니라고 봐."

고소미도 오랜만에 구소라와 의견 일치를 보았다.

"맞아. 냠냠. 우리처럼 예쁜 여자가 먹을 음식이 아니야. 냠냠. 이따위 건 우리 식충이 거지한테 한번 먹여보고 싶은데."

마음을 크게 다친 천기연은 옆에서 아무 말 없이 음식만 먹었다.

第六章

남자 하나가 보고를 받고는 화들짝 놀랐다.

"뭣이? 도원표국에 정보 조작을 하러 갔던 놈들이 증발했어?"

"예. 소식이 완전히 끊어졌습니다."

"어떻게 된 일이냐?"

"그게… 아무래도 들킨 것 같습니다."

"들키다니. 누구에게?"

"당연히 당이환에게……."

남자가 소리를 버럭 질렀다.

"뭐가 어쩌고 어째?"

"죄, 죄송합니다."

"이게 죄송으로 끝날 일이냐? 지존께 그자의 추격은 없을 거라고 보고드렸는데. 놈이 쫓아오다니."

"놈에게 이런 능력이 있을 줄은 몰랐습니다."

"나도 상상도 못했다. 당이환. 검법이 뛰어나다고 알려졌기에 그렇게만 믿었는데. 소문이 오히려 부족한 자였구나. 생각보다 훨씬 대단해."

"그럼 이제 어떻게 할까요?"

"수유현에서 데려온 것들은 잘 보관하고 있겠지?"

"물론입니다. 그런데 이제 어떻게 하시겠습니까?"

"뭘?"

"만약 당이환 그놈이 추격해 온다면 그것들을 더 안전한 곳으로 옮겨야 하는 것 아니겠습니까?"

"아니, 그대로 둔다."

"예?"

"공연히 움직이다가 실수하면 놈에게 새로운 정보만 주는 꼴이다."

"그렇기는 합니다만 놈이 여기까지 추격해 온 것을 보니 불안합니다."

"괜찮다. 놈이 정보를 알아내야 얼마나 알아냈겠느냐? 정보 조작하러 간 놈들은 아는 것이 거의 없다. 그놈들을 아무리 쥐어짜 봐야 나오는 건 없어. 그러니 일단 그대로 둔다."

"그래도 그냥 놔두는 것은 아무래도 불안합니다. 뭔가 대책을 세워야 합니다."

"바보 같은 놈."

"예?"

"지급이 포함된 것들을 갑자기 옮기면 당연히 지존께 보고가 들어간다. 그럼 지존께서 당이환이 추격해 오고 있는 것을 알게 되신다."

"그거야 당연히 그러지 않겠습니까?"

"너는 모르겠지. 젠장. 내가 모든 정보를 확실히 차단했다고 그렇게 자신있게 보고했다. 이제 와서 실수를 했다고 밝혀지면 어떻게 되겠느냐? 날 죽일지도 모른다."

부하의 눈 깊은 곳이 반짝였다.

'이 사람이 죽으면 이 자리는 내 것이 될까?'

화를 내던 사람은 부하가 무슨 생각을 하는지 눈치 챘다.

'나라도 같은 생각을 했겠지.'

"그렇게 되면 처벌이 나 하나로 끝나지는 않는다. 내 직속 부하인 너도 온전하지는 못해."

부하의 얼굴이 질려갔다.

"마, 맞습니다."

"그러니 그냥 둔다."

"알겠습니다."

"최악의 경우에도 그곳에는 그 사람이 있다. 그의 무공 앞에서는 당이환도 별것 아니야."

     ＊ ＊ ＊

그들은 산길을 빠른 속도로 통과하여 결국 오가장이 있는 동네에 도착했다.

서흑수가 먼 곳에서 오가장을 보며 말했다.

"지난번과 같은 이유로, 이번에도 오가장에는 저 혼자 들어갑니다."

당이환이 인상을 썼다.

"끄응. 그럴 수밖에 없겠지."

"그동안에는 약속된 장소에 숨어 계십시오."

서흑수가 걸어가는 뒷모습을 보며 당이환이 투덜댔다.

"혼자 다 해먹으려는 것 같아."

고세옥이 말했다.

"그래도 누나들만 찾으면 되죠 뭐."

당이환이 고세옥을 보며 생각했다.

'이 녀석 자질이 꽤 대단하단 말이야. 가르치는 맛이 나. 어디 이 녀석 실력을 좀 더 높여서 화련이에게 점수나 따볼까?'

"우리는 검 수련이나 하자. 오늘은 새로운 초식을 가르쳐 주마."

고세옥의 얼굴이 환해졌다.

"네!"

서흑수는 장원의 문지기를 통해 총관을 찾아갔다. 총관이 그를 보며 말했다.
"우리 장원에서 일하고 싶다고?"
"예. 지나가다가 여비가 떨어졌거든요."
"흠. 우리는 일꾼이 별로 필요하지 않네."
"다른 일꾼의 반값에 일해 드리겠습니다."
"반값이라고 해도……."
"그럼 먹고 자는 것만 해결해 주시면 일을 해드리겠습니다. 사실 이런 큰 장원에서 꼭 일해보고 싶었습니다."
총관의 눈빛이 변했다.
"먹고 자는 것만으로?"
서흑수는 총관이 의심하지 않게 하기 위해서 조건을 하나 걸었다.
"그냥 떠나는 날 여비만 조금 챙겨주시면 됩니다. 더는 바라지 않겠습니다."
그는 의심스러운 눈초리로 서흑수를 쳐다보았다.
"어디 몸에 문제가 있는 건 아니고?"
서흑수가 팔을 걷어 알통을 보여주었다.
"힘깨나 씁니다."
총관이 잠시 생각하다가 말했다.

"그 정도면 거의 거저나 다름없는 조건이군. 어디 일단 며칠 써볼까? 자네 이름이 뭔가?"

"왕삼입니다."

그는 그렇게 몸값을 깎아서 채용되었다.

서흑수는 첫날부터 다른 사람들과 함께 짐을 나르고 땅을 파는 일을 했다. 그는 조금도 게으름 피우지 않으며 이 일 저 일을 도왔다.

그러면서 장원 곳곳을 살폈다.

'규모가 제법 크군. 사람도 많아. 여기 어디에 소미를 숨겼어도 찾아내기 쉽지 않겠는데?'

오가장의 총관이 그의 일하는 모습을 보고 감탄했다.

"왕삼이 자네 일하는 솜씨가 보통이 아니군. 너무 싼값에 고용한 것 같아서 미안해지는데?"

서흑수가 환히 웃었다.

"하하하. 그럼 좀 더 챙겨주시든지요. 더 주신다면 저야 고맙지요."

얼굴은 웃고 있었다. 속은 별로 웃을 기분이 아니다. 오히려 바짝 긴장한 상태다. 하지만 그럴수록 더 웃어야 했다.

'살기에 지배된 상태로는 소미를 구할 수 없으니까. 아니, 그 상태가 되면 절대로 소미를 구해서는 안 되니까. 젠장.'

총관은 미안한 마음이 들었다.

"그럴 수 있었다면 처음부터 제대로 된 보수를 주고 자네를 뽑았겠지. 아니, 애초에 다른 친구들을 내보내지 않았겠지."

서흑수의 귀가 쫑긋거렸다.

'돈이 모자라? 당 대협에게 들은 바에 의하면 오가장은 돈이 많다고 했는데?'

그는 이곳에서 발견하는 정상적이지 못한 것은 사소한 것도 모두 의심했다.

언제나 돈 문제는 절대로 사소한 것이 아니다.

'돈이 왜 부족해졌을까?'

서흑수의 입가에 미소가 떠오르다 빠르게 사라졌다.

'어쨌든 죽은 놈이 거짓말을 하지는 않았구나. 여기에는 뭔가 있어. 일단 헛다리를 짚은 건 아니야. 틀림없이 있어. 소미를 찾을 실마리가.'

"그럼 대신에 좀 쉬어가며 일하게 해주십시오."

"하하. 자네가 알아서 나서놓고는 그게 무슨 소리인가? 걱정 말게. 자네는 이미 자기 몫의 일을 하고도 남았으니까. 쉬엄쉬엄하라고."

서흑수가 머리를 긁었다.

"총관님, 남는 시간에 장원이나 좀 구경해도 될까요? 사실 제가 이런 큰 장원은 처음 보거든요."

"우리 장원처럼 크고 화려한 곳은 흔하지 않지. 다들 구경해 보고 싶어서 안달이 나 있어. 당연히 나야 그렇게 해주고 싶지. 하지만 여기는 그냥 돌아다니면 곤란하다네. 잘못하면 무인들에게 걸려서 매를 맞을 수 있다네."

"그럼 총관님이 간단한 심부름이라도 시켜주시면 되지요. 총관님 핑계로 왔다고 하면 되잖습니까?"

총관이 손뼉을 쳤다.

"아, 그렇지. 뭐가 좋을까?"

"장원에 쓰레기가 많이 보입니다."

"그래. 그럼 장원 곳곳에 떨어진 쓰레기라도 주워보게나. 예전엔 안 그랬는데 요사이 잡무사들이 좀 들어와서 어질러 놓은 것이 많거든."

서흑수의 눈 깊은 곳이 다시 반짝였다.

'요사이 들어온 잡무사?'

마음 같아서는 총관에게 그들에 대해서 묻고 싶었다.

'총관은 어디까지 믿어야 하지? 아니야. 이 장원의 사람은 누구도 믿을 수 없어. 서두르지 말자. 직접 알아내야 시간이 걸려도 더 안전해.'

그는 조급해지려는 마음을 최대한 억제했다. 오히려 느긋한 마음을 가지려고 애썼다.

'시간은 많아. 서두르다 실수하면 소미는 못 구해.'

"그럼 저는 쓰레기나 줍겠습니다."

"그래. 쉬엄쉬엄하라고. 힘쓸 일이 생기면 내가 다시 자네를 찾겠네. 그리고 무사들이 가지 못하게 막는 곳은 무리해서 들어가지 말고. 큰일 나네."

"하하. 저도 그런 눈치는 있습니다."

적당한 핑곗거리를 얻은 서흑수는 오가장에 굴러다니는 쓰레기들을 주우며 돌아다니기 시작했다.

그는 쓰레기 하나하나도 허투루 보지 않았다.

'이 쓰레기를 버리는 놈들은 새로 들어온 자들. 자, 뭘 버렸나 볼까? 이건 먹다 뱉은 고기 조각. 아직 상태가 좋은 천 조각. 응? 이건?'

서흑수가 땅바닥에서 새로운 물건을 주웠다.

'깨진 그릇. 파편들의 형태로 보아하니 이건 멀쩡한 것을 던져서 깨뜨린 거다.'

그는 한 가지 결론을 내릴 수 있었다.

'이놈들. 배가 불렀다. 그것도 원래는 배고프던 놈들이 갑자기 배불러져서 주체를 못하고 있다. 사치를 부릴 줄 몰라 멀쩡한 것들을 버리고 새것으로 채우는 중이다. 제대로 잡았다.'

그의 몸속 깊은 곳에서 살기가 올라왔다. 그것을 누르기 위해서 웃음을 짓고 상황을 최대한 즐겁게 생각했다.

'좋아. 소미와의 거리가 가까워졌다. 여기 있을 가능성도 있어. 그럼 어디 있을까?'

그는 장원을 돌아다니며 사람을 가둬두기 좋은 건물을 짐작해 보았다. 그런 곳은 쉽게 찾을 수 있었다. 너무 쉽게, 너

천하제일협객 185

무 많이 찾을 수 있다는 것이 문제였다.

'건물들이 진법에 의해서 배치되어 있다. 젠장. 이렇게 되면 누군가를 숨길 곳이 너무 많은데?'

그는 그중에서도 좀 더 의심스러운 건물 쪽으로 걸어갔다. 기척이라도 느껴보기 위해서였다. 그때 그를 부르는 목소리가 있었다.

"이봐요. 당신, 거기서 뭐 하는 거예요?"

서혹수는 누가 자신을 보고 있는 것은 알고 있었다. 다만 그녀가 그에게 말을 걸 거라고 생각하지는 못했다.

그는 자연스럽게 발밑의 쓰레기를 하나 더 주웠다. 그리고는 여자를 돌아보았다.

"저 말입니까?"

"그래요. 거기 당신 말고 누가 있어요?"

서혹수는 여자를 재빨리 관찰했다.

'무공을 익힌 손. 옷은 화려하지 않지만 허리띠의 재질은 비단. 금전적으로 여유가 있지만 그걸 대놓고 자랑하지는 않는 성격. 하지만 그래도 남이 알아줬으면 하는 마음이 비단 허리띠를 선택하게 했군. 돈이 부족해졌다는 장원 안에서 누가 이렇게 행동할까? 이 장원 장주의 가까운 인척일 가능성이 높다. 아마 딸이나 조카겠지.'

"누구신데 저를 부르십니까?"

"우리 장원에 있으면서 내가 누구인지도 몰라요?"

"오늘 처음 들어와서요."

"그렇군요. 저는 오혜란. 이 장원의 둘째 딸이에요."

서흑수가 얼른 고개를 숙였다.

'역시.'

"그러십니까? 저는 오늘부터 임시로 장원에서 일하기로 한 왕삼이라고 합니다."

서흑수는 이름을 대며 오혜란의 안색을 살폈다.

'왕삼은 흔한 이름이니 반응이 없는 것이 정상이지. 이런 흔해 빠진 이름을 듣고 나를 의심할 수는 없다.'

서흑수는 오혜란에게서 딱히 의심스러운 점은 찾지 못했다. 하지만 의심하지 않아도 되는 근거 역시 찾지 못했다. 그는 일단 오혜란을 주의를 기울일 우선순위의 아래쪽에 놓았다.

'두고 보면 알겠지.'

오혜란이 고개를 갸웃거렸다.

"우리 장원에서 일한다고요?"

'새로 사람을 고용할 만한 돈의 여유가 없을 텐데?'

그녀는 그것을 차마 입 밖에 꺼내 말하지는 못했다. 남이 아는 것이 창피했다.

서흑수는 그녀가 뭘 이상하게 생각하는지 깨달았다. 의심받지 않기 위해서 재빨리 설명했다.

"예. 식사와 잠자리 정도만 제공받으면서 며칠 일하기로 했습니다."

그녀는 비로소 납득했다.

"아, 그렇군요."

그녀의 태도로 서흑수는 새로운 사실을 짐작해 냈다.

'장원에 돈이 없다는 것을 이 아가씨도 아는군. 철부지 아가씨는 아니라는 뜻. 오히려 나를 고용한 것을 보고 장원의 돈 문제를 걱정했다.'

서흑수에게는 모든 것이 수상해 보였다.

'왜? 보통 이 나이대의 부잣집 아가씨는 돈 쓰는 일에만 관심이 있지. 왜 장원에 돈이 얼마나 남았는지를 알고 있을까? 그리고 왜 나를 고용하는 데 들어가는 돈을 걱정할까?'

오혜란이 질문했다.

"그런데 여기서 뭐 하고 있는 거예요?"

"예. 총관님의 지시를 받고 쓰레기를 치우고 있습니다."

오혜란이 투덜거렸다.

"쳇. 맞아요. 요새 쓰레기가 늘었어요. 알았어요. 그럼 계속 수고하세요."

"예. 열심히 치우겠습니다."

서흑수는 걸어가는 오혜란의 뒷모습을 보며 생각했다.

'저렇게 돈 생각을 많이 한다면, 아마 돈을 쓰는 자와 갈등이 있겠지. 저 아가씨에게서 관심을 놓지 말아야겠군. 잘하면 뭔가 걸려들지도 모르니까.'

서흑수는 더 이상 쓰레기를 주울 필요를 느끼지 못했다. 쓰레기에서 얻을 수 있는 정보는 충분히 얻었다. 지금은 다른 정보가 필요했다.

  '그럼 이제 이 장원에서 누가 저 아가씨의 적인지 알아보도록 할까?'

  서흑수는 그때부터 장원의 여러 일꾼들과 안면을 트며 돌아다녔다.

  사람 좋은 그는 다른 일꾼들과 쉽게 가까워졌다. 그는 사람들과 간단한 잡담을 하며 필요한 정보를 모았다. 그 과정에서 한 사람에게 하나씩만 질문했다. 한 명에게 여러 가지를 물어 상대가 눈치 채게 하는 짓은 하지 않았다.

  장원에 사람은 많았다. 한 사람이 한 가지만 대답해 줘도 그가 원하는 정보는 빠르게 수집되었다.

  "혜란 아가씨? 착한 아가씨야."

  "새로 들어오신 마님과는 사이가 나쁘지. 하긴, 누가 마님을 좋아할까?"

  "이건 자네만 알고 있게나. 사실 장주 어르신이 마님을 어느 기방에서 데려왔다는 소문도 있다네. 뭐, 하도 아름다운 분이라서 그런 소문이 퍼지는 거겠지만……."

  "새 장주 어르신은 마약에 푹 빠져서 장원 일에는 신경도 쓰지 않으셔."

  "장주 어르신의 얼굴에 있는 그 큰 세 개의 점이 바로 마약 때문에 생긴 거라는 소문도 있다네. 하지만 그럴 리가 있나. 하하하."

"원래 무사들 외에 새로운 무사들이 많이 들어왔어. 마님께서 불러들이셨다고 하더군."

"원래 장원에 있던 무사들이야 당연히 혜란 아가씨 편이지. 하지만 그 무사들 상당수를 돈 문제로 해고했으니 안타까운 일이지."

"혜란 아가씨도 참 안됐지. 의지하던 언니가 실종된 후로 무거운 짐을 혼자 들고 있거든."

언니의 실종 이야기를 들었을 때, 서흑수는 이 사람에게 질문을 더 해야 한다는 것을 깨달았다.

'자연스러운 질문이니까.'

"언니가 실종됐습니까?"

"혜련 아가씨라고, 혜란 아가씨 언니가 있거든. 그런데 최근에 바깥에 일을 보러 나갔다가 돌아오지 않았어. 사람들을 풀어서 찾고 있는데 찾을 수가 없지. 혜련 아가씨도 착한 분인데 안타까운 일이지."

서흑수는 그 사건에 대해서 더 이상 질문하지 않았다. 질문해도 필요한 답을 얻지 못한다는 것을 알았다.

'뭔가 있다. 걸리적거리는 존재를 제거한 걸까? 아니면 다른 의미일까? 어쨌든 한번 했다면 또 할 수도 있겠지. 그 순간을 노릴 수 있다면 얻는 것이 있을 거야.'

하지만 그는 그 욕심은 금방 버렸다.

'아니야. 다시 습격을 언제 할지 알 수 없어. 소미를 찾는 데 시간을 무한정 쓸 수는 없어. 그래도 혹시 모르니까 그녀 주변의 움직임을 주의하자.'

서흑수는 그날 낮에는 더 이상의 움직임을 자제했다.

'오늘은 여기까지. 너무 캐묻고 다니면 결국 의심하는 자가 나올 거야.'

대신에 그는 밤을 노렸다. 어차피 해가 떨어지고 나면 더 이상의 일감은 없다. 또한 어둠은 그의 몸을 감추어준다.

그날 밤에, 장원의 이슥한 방에서 밀담이 이루어졌다.

장주의 아내 정미화가 한쪽에 앉아 있었다. 그녀의 현재 나이는 서른 살. 그녀는 무척이나 육감적인 몸에 선이 고운 얼굴을 한 미녀다.

방 안에는 그녀 외에 몇 명의 남자가 더 있었다.

그 남자들 중 하나가 말했다.

"도원표국으로 간 녀석들은 여전히 실종 상태입니다."

정미화가 고운 눈썹을 찌푸렸다.

"도대체 무슨 일이 생긴 건가요?"

"조사해 봤지만 알 수가 없습니다. 마치 땅에 꺼진 듯 사라졌습니다."

서흑수는 당이환과 고세옥을 시켜 시체들을 파묻었다. 당연히 남은 흔적이 없다.

"철저히 조사한 건가요?"

"마님께서 아시다시피 우리는 공개적으로 그걸 조사할 처지가 못 됩니다."

"당했을 가능성은요?"

"만약 당문제일검과 정면으로 충돌했다면, 몰살의 가능성도 있습니다."

"당문제일검. 당이환의 무공이 그렇게 강한가요?"

"물론입니다. 그는 당문제일검입니다."

"하지만 당문은 독과 암기로 유명하잖아요?"

"독과 암기를 내세우는 곳에서 검으로 인정받았으니 얼마나 대단하겠습니까? 그 외에 독과 암기에도 일가견이 있다고 알고 있습니다. 상대하기 껄끄럽습니다."

"좋아요. 그럼 그들은 당문제일검에게 당했다고 치고, 그 일에 보내진 자들은 우리 일을 얼마나 알고 있지요?"

"걱정 마십시오. 돈으로 고용된 사파 놈들이 뭘 알겠습니까? 아무것도 모릅니다. 다만 대장 녀석은……."

"대장이 뭔가 알고 있다는 건가요?"

"이번 일이 있은 후에 그의 행적을 조사했습니다. 그랬더니……."

"그랬더니요?"

"아무래도 그놈은 자기를 고용한 돈이 오가장에서 나왔다고 추측하는 것 같습니다."

"뭐라고요?"

"걱정하지 마십시오. 그것이 그가 아는 유일한 것입니다. 그나마도 확실한 건 아닙니다."

정미화가 탁자를 강하게 내려쳤다.

"그것은 작지 않아요. 어째서 그런 실수를 했나요? 흔적을 남기지 않는 것이 조건임을 누구보다도 잘 알면서!"

"죄송합니다. 사람을 부리려다 보니 어쩔 수 없이 그렇게 되었습니다."

"흥. 이 일에 대한 문책이 있을 거예요. 하지만 그보다 당이환에 대한 처리가 우선이겠네요. 그가 뭔가 알아냈다면 이쪽으로 오겠지요?"

"경비에 만전을 기하고 있습니다. 만약 당이환이 근처에 나타난다면 즉시 알 수 있습니다."

"좋아요. 이번에는 실수하지 말아요. 그럼 오늘 이야기는 이것으로 끝난 건가요?"

"예."

"알았어요. 그럼 한 분만 남고 가서 쉬세요."

그녀의 말이 떨어지자 사내들이 서로 침을 꿀꺽 삼키면서 정미화를 쳐다보았다.

정미화가 요염하게 웃으며 지금까지 보고한 남자를 가리켰다.

"오늘은 당신……."

남자의 얼굴이 환해졌다.

"감사합니다, 마님!"

"당신을 선택하려고 했는데 실패했으니 그만두기로 하지요."

남자의 얼굴이 실망으로 가득 찼다.

정미화는 그 옆의 다른 남자를 가리켰다.

"대신에 당신을 선택하겠어요."

그 남자가 벌떡 일어서며 말했다.

"만족시켜 드리겠습니다."

나머지 남자들이 방에서 쫓기듯이 나간 후, 정미화와 남자는 옷을 벗고 침상으로 들어갔다.

서흑수는 지붕 속에 숨어서 그 모습을 지켜보며 생각했다.

'젊은 여자의 무공이 나쁘지 않아. 뭐, 그다지 뛰어나지도 않지만.'

정미화가 때린 탁자에는 작은 손바닥 자국이 흐릿하게 만들어져 있었다.

'소미는 얼마나 큰 규모의 일에 말려든 걸까? 상관없어. 일이 크면 클수록 시간은 많이 벌게 되니까.'

그는 천장에서 조용히 빠져나갔다.

'소미의 위치를 말하면 즉시 덮치려고 했지만 언급조차 안

하는군. 공연히 건드렸다가 이들도 아무것도 모르면 소미가 위험해. 오늘은 이만 물러서자.'

그의 생각은 나름대로의 근거를 가지고 있었다.

'도원표국에 잠입했던 놈들을 쥐어짰지만 나오는 것은 이 장원의 이름이 고작이었어. 그만큼 철저하게 움직이는 조직이라면 정미화를 쥐어짠다고 해서 꼭 소미의 위치를 알 수 있다는 보장은 없어.'

다음날 낮에 서흑수는 일을 하는 틈틈이 장원에 새로 들어왔다는 무사들을 살폈다.

'행실은 개판. 제대로 된 놈들이 아닌 건 어젯밤의 감시로 예상한 일이지. 하지만 실력도 그냥 그런 수준이군. 전부 돈으로 샀다는 뜻이겠지.'

장원을 조심스럽게 정탐하다 보니 어느새 오후가 됐다. 그리고 그때부터 장원의 분위기에 변화가 생겼다.

서흑수는 상황을 알기 위해 총관에게 달라붙었다.

"총관님, 무슨 일이 생겼습니까? 분위기가 꽤 어수선하네요?"

바쁘게 돌아다니던 총관이 서흑수를 보더니 반갑게 말했다.

"왕삼 자네 마침 잘 왔네. 지금 따로 하는 일 없지?"

"저야 아시다시피 잡일이나 하러 고용된 건데요 뭐."

"그래. 그럼 자네 지금부터 나 좀 따라다니게."

"알겠습니다. 그런데 무슨 일인지 알아야 더 잘 따라다니지 않겠습니까?"

"손님들이 좀 오셨는데 접대하느라 할 일이 많다네. 혼자서는 손이 좀 모자라."

'손님? 누굴까? 놈들과 관계된 자들일까?'

"총관님께서 이렇게 움직이실 정도면 상당히 귀한 손님들인가 보지요?"

"귀하다말다. 무림맹에서 온 손님들이니까."

무림맹이라는 말에 서흑수가 멈칫했다.

'무림맹? 위험할까? 아니야. 무림맹에서 내 얼굴을 아는 자는 없어. 괜찮아.'

그의 안색은 곧바로 환해졌다.

"와아. 무림맹. 말로만 듣던 무림맹요?"

"그렇지. 바로 그곳에서 중요한 손님들이 오셨다네."

"장주님과 잘 아는 분들인가 보지요?"

"아니라네. 다른 일로 오셨다네."

'다른 일? 무슨 일?'

"다른 일이라니요?"

"최근에 우리 장원의 혜련 아가씨가 실종됐는데, 그 일을 조사하기 위해서 특별히 오셨다네."

서흑수의 눈이 반짝였다.

'사건 직후가 아니라 이제 와서 무림맹에서 실종 사건을 조사해? 왜? 어떤 상황이 변해서?'

"다행이네요. 역시 무림맹이네요."

'가만, 무림맹이 언제부터 명문세가가 아닌 이런 장원의 실종 사건을 직접 조사했지?'

서흑수의 머릿속에서는 오만 가지 추측이 떠올랐다. 하지만 그의 입에서는 평범한 대화가 흘러나왔다.

"무림맹에서 이렇게 나서서 도와준다면 아가씨도 금방 찾을 수 있겠네요."

"제발 그러기를 바란다네."

"그런데 어떤 분들이 오셨는지요?"

"자네가 들으면 알겠나?"

"맞습니다. 제가 듣는다고 뭐 알겠습니까?"

"그냥 대단히 유명한 분들이 오셨다고만 알게나."

유명한 사람들이라는 말을 들은 서흑수는 확신이 들었다.

'뭔가 다른 목적이 있어.'

그래서 그는 마음이 불편해졌다.

'곤란해. 무림맹 놈들이 어설프게 덤벼들면 소미가 위험해. 무슨 짓을 하는지 지켜봐야겠군.'

할 일은 결정했다. 다만 그 방법이 문제다.

'나를 이길 정도의 고수가 왔을 리는 없어. 하지만 잠입해서 대화를 엿듣기도 곤란해. 그것까지 눈치 채지 못할 하수가 왔다고 기대하는 건 욕심이야. 실력 좋고 예민한 자라면 엿듣는 것을 눈치 챌 수 있어. 역시 몰래 감시하는 건 위험해.'

서흑수가 환히 웃었다.

"총관님, 무림맹 분들 접대하는 일은 제가 열심히 도와드릴 테니 걱정하지 마십시오."

"걱정은 무슨. 자네는 그저 나 따라다니면서 짐이나 좀 나르면 되네. 여하튼 가세나."

무림맹에서 방문한 무인은 다섯 명이다. 총관은 그들을 맞아 예를 다해 접대했다. 장원의 좋은 방을 내주고 신경 쓴 음식을 제공했다. 서흑수는 그런 총관의 곁을 따라다니며 손님들의 짐을 날랐다.

어차피 가볍게 여행하는 무인들의 짐은 많지 않았다. 다섯 명의 짐을 서흑수 혼자 지게에 짊어지었지만 그다지 어색해 보이지 않았다.

서흑수가 무림맹 무인들을 재빨리 훑어보고 생각했다.

'무공이 대단해 보이는 노인이 하나. 무공을 숨기지도 않고 있어. 아마 이 사람이 이들의 대표겠지. 중년 남자가 하나. 보조 역할인가? 여기까지는 괜찮은데……'

그는 팽도천과 제갈무한을 쳐다보았다.

'젊은 무인 둘. 비싼 옷을 입은 것으로 보아 신분이 낮지는 않아. 무공이야 저 나이 또래 수준이니 무시하고. 하는 짓이 어수룩한 것을 보면 잔심부름이나 하면서 따라다니겠지. 그래, 처음부터 잔심부름을 위해서 데려왔을 수 있어. 그런데 말이야.'

서흑수가 남궁진미를 힐끗 보았다.

'이 아가씨는 왜 따라왔지?'

그는 팽도천과 제갈무한 쪽으로 다시 시선을 돌렸다. 그들이 남궁진미의 뒤를 졸졸 따라다니는 것을 보고 생각했다.

'예쁜 아가씨는 어디서나 대접이 좋지. 그리고 무공이 저 애송이 둘보다는 훨씬 높아 보여. 이 정도면 간단한 신분이 아닐 거야. 그런데 왜 이런 번거로운 조사 작업에 따라왔을까? 그것도 이런 소규모의 조사단에. 혹시 무림맹은 뭔가 아는 걸까? 아니면 그저 우연일까?'

그는 그 문제를 고민하느라 남궁진미를 너무 오래 쳐다보았다. 결국 시선을 돌리던 남궁진미와 눈이 마주쳤다.

남궁진미가 예쁘게 미소를 지으며 말했다.

"저에게 무슨 할 말이 있으신가요?"

서흑수는 즉시 고개를 꾸벅 숙였다.

'실수다.'

"아, 아닙니다. 너무 아름다우셔서 그만……."

서흑수가 애송이로 평가한 둘 중의 하나, 팽도천이 화를 버럭 냈다.

"감히 천한 것이 남궁진미 소저에게 불경한 마음을 품어?"

다른 애송이 제갈무한이 질세라 검을 재빨리 뽑았다.

"네가 무슨 죄가 있겠느냐? 네 눈이 죄지. 그것을 베어버리겠다."

서흑수는 이들의 관계를 알 수 있었다.

'역시. 이 여자가 후기지수 중에서도 손에 꼽힌다는 그 여자. 삼화 중에 최고라는 남궁진미로군. 그리고 여자에게 반한 애송이 두 마리. 게다가 애송이들은 오냐오냐하고 큰 철부지. 두 마리는 무시해도 좋겠지.'

그는 애송이 두 명이 자기 일에 방해가 되지 않을 거라고 판단했다.

눈을 달라고 하지만 않았다면 이들에게 관심도 없을 뻔했다.

"죄송합니다. 제가 워낙에 무식한지라 무림의 예의에 어두워서 실수를 했습니다."

팽도천이 신이 나서 외쳤다.

"남궁 소저께서 너를 용서치 않을 것이니!"

남궁진미가 고운 이마를 찌푸렸다.

"팽 공자."

그녀가 말을 걸어주자 팽도천이 환한 얼굴로 대답했다.

"예, 남궁 소저."

"얼굴 한번 봤다고 눈을 파다니. 너무하신 것 아니에요?"

그녀의 싸늘한 말에 팽도천이 더듬거렸다.

"지, 진짜로 판다는 것이 아니라……."

그는 빠져나갈 구멍이 하나 생각났다.

"남궁 소저, 저는 단지 호통만 쳤습니다. 눈을 판다는 것은 제갈 형이 한 말입니다."

제갈무한이 인상을 썼다.

'젠장. 내가 진짜 눈을 팔 리도 없는데. 다른 년들은 이렇게 크게 나서주면 무척 좋아했는데. 역시 이름값을 한다고 까다로운 년이군.'

인상 쓴 시간은 짧았다. 그는 얼른 얼굴을 폈다.

"저도 그냥 과장해서 말한 것뿐입니다. 제가 무슨 사파도 아니고, 무공도 모르는 사람 눈을 왜 파겠습니까? 하하하."

남궁진미가 찬바람이 부는 목소리로 말했다.

"앞으로는 쓸데없는 짓 하지 마세요."

고개 숙인 서흑수는 즐거웠다.

'이것 봐라? 제대로 배운 아가씨잖아? 거기다 고맙게도 빌붙을 건더기를 주네.'

그는 얼른 남궁진미 앞에 가서 허리를 더 깊이 숙이며 말했다.

"아가씨, 제 눈을 구해주셔서 감사합니다. 눈을 잃었다면 저는 아마 굶어 죽었을 겁니다."

그 말에 눈을 판다고 했던 제갈무한의 얼굴이 다시 일그러졌다.

남궁진미가 사과했다.

"아니에요. 오히려 우리가 더 미안하죠. 괜찮으니까 그만 일어나세요."

서흑수가 얼른 허리를 편 후에 말했다.

"오가장에 계시는 동안 잡다한 심부름은 제가 도맡아 하겠습니다. 믿고 맡겨주십시오."

"그렇게까지 해주실 필요는 없어요."

"아닙니다. 이건 제가 고마워서 하는 일입니다. 정말입니다."

"하지만……."

이번 일의 조사 책임을 맡은 사람은 화산파의 장로 백현우다. 그가 남궁진미의 말을 끊었다.

"어차피 여기 있는 동안 심부름할 사람을 요청할 생각이었는데 잘됐군. 이보시오, 총관. 그를 내줄 수 있겠소?"

총관은 조금 당황했다.

"하지만 이 친구는 어제 채용한 사람이라……."

"그거 더 잘됐군. 우리는 조사차 이곳을 방문했지. 그에게 허물을 덮어줄 만큼 친한 사람이 없을 테니까 우리로서는 최적의 사람이로군."

"그야 그렇지만……."

"나는 이 사람을 원하오만?"

일개 장원의 총관이 화산파 장로의 말을 계속 거부할 수는 없다. 총관이 할 수 없이 고개를 숙였다.

"알겠습니다. 마음대로 쓰십시오."

서흑수가 환히 웃었다. 그는 팔뚝을 들어 보이며 말했다.

"실망시켜 드리지 않겠습니다. 제가 이래 봬도 힘깨나 쓰는 놈이거든요."

백현우가 그의 몸을 보더니 문득 생각난 듯이 질문했다.

"자네, 무공을 익혔나?"

서흑수의 심장이 차가워졌다.

'안목이 예상 이상이다. 철저히 숨겼는데 알아보았다. 어디까지 알아본 걸까?'

심장의 온도와 반대로 얼굴은 더 환해졌다.

"하하하. 그럼요. 저는 육합권을 대성했습니다. 건달 한두 놈쯤은 해장거리도 안 됩니다."

제갈무한이 비웃었다.

"흥. 육합권이라고? 겨우 그런 삼류의 실력으로 감히 우리 앞에서 자랑을 하는 것이냐?"

서흑수는 백현우의 얼굴이 펴지지 않는 것을 눈치 챘다. 그는 얼른 한마디 덧붙였다.

"자랑이라고 하면 그렇지만 그 삼류들 중에서는 제 상대가 없습니다."

총관이 놀라서 질문했다.

"자네, 무공을 익혔다는 말을 왜 하지 않았나?"

"묻지 않으셨잖습니까? 더구나 오가장에는 무서운 무사들이 워낙 많아서 저는 감히 나설 수가 없었습니다."

"하긴, 그렇지."

백현우가 끄덕였다.

"삼류라. 그래. 그럴 수도 있지. 삼류치고는 몸이 제법 단단해 보이기는 하지만. 좋아. 당분간 쓰기에는 적격이겠어."

무림맹 조사단은 오가장을 이리저리 돌아다니며 사람들에게 실종된 오혜련에 대해서 묻고 다녔다. 서흑수는 그 곁에서 잔심부름을 하며 쫓아다녔다. 당연히 조사단이 질문하고 듣는 내용을 그도 고스란히 들을 수 있었다.

하지만 직접 묻지 못하니 입 안이 간지러울 때가 있었다.

'그 이야기는 좀 더 자세하게 물어봐 달라고.'

그가 초조해할 때 보충 질문을 하는 사람은 언제나 남궁진미였다. 그녀가 서흑수의 가려운 곳을 긁어주듯 적당한 질문을 던졌다.

서흑수는 만족했다.

'역시. 그냥 삼화가 된 건 아니군.'

서흑수는 그런 식으로 무림맹 조사단을 한참 쫓아다니다가 갑자기 의문이 들었다.

'이 사람들. 묻는 질문이 이상한데? 오혜련이라는 아가씨 외에 뭔가 더 목적이 있다.'

그러나 그 의문을 해소할 방법이 없었다.

'교묘하게 말을 돌려 질문하는 경우가 있어. 대놓고 묻지 않는 건 이유가 있어서야. 아마도 오혜련의 실종에 대해서 뭔가 실마리를 가지고 있겠지.'

서흑수의 눈이 차가워졌다.

'오혜련의 실종 사건이 소미를 납치한 놈들과 같은 곳에서 저지른 짓이라면?'

서흑수가 백현우의 뒤통수를 보며 생각했다.

'무림맹, 너희들이 알고 있는 것은 뭐지?'

그런 그에게 남궁진미가 말을 걸었다.

"왕삼, 백 대협을 왜 그렇게 뚫어져라 쳐다보는 거지요?"

"아, 하하. 무림의 유명한 분이시라기에 존경스러워서요."

'당장은 캐낼 방법이 없다. 오히려 너무 접근하면 위험해. 무림맹이 알아낸 것이 뭔지는 소미를 찾는 데 실패하면 그때 확인해 보자.'

그가 이 일행에게 달라붙어 잠시 쫓아다닌 결과로 얻은 것은 많았다.

'성과가 크다. 주요 건물들의 세부 구조. 오혜련의 실종과 관련된 자세한 정보. 두 가지를 얻었군.'

밤이 되자 무림맹 조사단은 장원에서 연 간단한 환영 잔치에 참가했다. 서흑수는 그 잔치에 심부름꾼 자격으로 참가했다가 새로운 사실을 깨달았다.

'이런 자리에도 장주가 나오지 않아? 왜?'

잔치는 정미화가 주최하고 있었다.

'비밀이 많은 장원이야. 나야 비밀이 많을수록 좋지. 빈틈도 그만큼 많을 테니까.'

그는 만족했다. 얼굴에 웃음이 떠올랐다.

남궁진미가 그의 얼굴을 보더니 고개를 갸웃거리며 물었다.

"왕삼, 뭐가 좋아서 웃는 거예요?"

서흑수가 즉시 대답했다.

"맛있는 음식을 이렇게 많이 보니 좋아서 어쩔 줄을 모르겠습니다."

"호호. 그래요? 그럼 많이 먹어요."

"예."

서흑수는 음식을 입에 쑤셔 넣으며 정미화를 힐끗 보았다. 그녀도 그를 보고 있었다.

'저 여우가 왜 나를 보고 있지? 뭘 눈치 챈 걸까?'

그는 그날 밤에는 감히 장원을 들쑤시고 다니지 않았다.

'화산 장로 백현우의 예민한 감각을 모두 피해서 움직일 수 있다는 보장은 없어. 오늘 밤은 포기한다.'

하루를 공친다는 것 때문에 속이 다 쓰렸다.

'소미는 뭐 하고 있을까? 내가 구해낼 때까지 고생이나 안 했으면 좋겠는데.'

第七章

고소미와 구소라, 그리고 천기연은 워낙 황당한 말을 듣자 어이가 없었다.

고소미가 질문했다.

"그러니까 우리보고 무공을 배우라고요?"

풍채 좋은 노인이 대답했다.

"방금 말했잖느냐? 너희는 오늘부터 내가 가르치는 무공을 배워야 한다."

"잘 믿어지지 않으니까 그렇지요. 사람을 납치해 놓고 갑자기 무공을 배우라니요."

"너희들에게 선택의 여지는 없다."

그녀들도 자기들에게 선택권이 없다는 것은 안다. 하지만 고소미는 시키면 시키는 대로 듣고 있는 아가씨가 아니다. 괜히 엉덩이에 뿔난 꽃사슴이라고 불린 것이 아니다.

"전 기껏해야 삼류무사의 무공밖에 없는데요?"

"원래 얼마만큼의 무공을 가졌는지는 상관없다. 오히려 무공이 강하면 방해만 되지."

"여기 소라나 기연이는 무공의 무 자도 모르는데요? 특히 소라 얘는 힘쓰는 건 하나도 못해요."

"상관없다."

"그 무공 안 배우면 어떻게 돼요?"

노인이 웃었다.

"허허허. 무공을 배우지 않겠다고?"

노인의 눈빛이 조금씩 차가워졌다. 그걸 본 구소라가 깜짝 놀라 고소미의 입을 막으며 말했다.

"호호호. 그냥 궁금해서 물어본 거예요."

노인이 차가워진 얼굴로 대답했다.

"설마 집으로 돌려보내 줄 거라고 생각하는 건 아니겠지? 너희들을 데려오는 데 큰 희생을 치렀다. 너희들은 반드시 그 값어치를 해야지."

고소미가 구소라의 손을 밀치며 말했다.

"그러니까 배우기 싫다면요?"

"성과가 부족한 아이는 폐기한다."

고소미가 입을 다물었다. 세 사람 모두 폐기가 무슨 뜻인지 안다. 아무리 성질 괄괄한 그녀라고 하더라도 목숨을 가지고 위협하는 데 시비를 걸 만큼 무모하지는 않다.

세 아가씨가 더 이상 따지지 않자 만족한 노인이 말했다.

"그럼 우선 가장 기본적인 동작부터 수련하기로 하자꾸나. 힘들다고 그만두는 것은 용서하지 않는다."

첫날의 수련은 간단했다. 그것을 마치고 노인이 방을 나가고 나자 고소미가 본격적으로 불평했다.

"쳇. 이 사람들 미친 거 아냐?"

"왜? 무슨 지체 어쩌고 했다기에 혹시 무공 가르치려는 거 아닌가 하고 생각은 했잖아."

"넌 무공을 모르니까 그런 무식한 소리를 하는 거야."

구소라가 발끈했다.

"뭐, 무식? 이년이!"

"들기나 해봐. 우리 나이가 몇 살이니? 열아홉이야, 열아홉. 그런데 지금부터 무공을 가르쳐? 언제 고수가 되는데? 토끼 머리에 뿔나면 써먹으려고?"

"뭐, 듣고 보니 이상하기는 하네."

"이상해. 많이 이상해. 뭔가 있어."

"그래도 소미야, 무공 배우는 동안은 안전한 거잖아. 그게 어디야."

"뭐 그렇기도 한데. 뭔지 모르게 불안하네."

*   *   *

 다음날 무림맹의 조사단은 오가장을 떠났다. 떠나기 전에 화산 장로 백현우가 서흑수에게 말했다.
 "내가 여러 사람을 부려봤지만 너처럼 입맛에 맞게 알아서 움직이는 아이는 본 적이 없구나."
 "저야 그저 대협을 위해서 최선을 다했을 뿐입니다."
 "나를 따라 무림맹으로 가지 않겠느냐? 거기서 내 일을 돕는다면 이곳에 있는 것보다는 보람이 있을 거다."
 서흑수는 난처했다.
 '나보고 무림맹에? 위험해. 아무리 등잔 밑이 어둡다지만 너무 위험해. 그리고 나는 소미를 찾아야 한다고. 화산파 장로의 잔심부름이나 하면서 시간을 보낼 수는 없어.'
 "나중에 혹시 무림맹에 가게 되면 꼭 찾아뵙도록 하겠습니다. 하지만 지금은 이곳이 더 좋습니다."
 '무림맹이 뭘 알아냈는지 조사하러 가게 되는 사태가 벌어진다면 이 사람과의 안면이 도움이 되겠지. 하지만 그전에 소미를 찾을 거야. 내가 무림맹에 갈 일은 없어.'
 백현우가 입맛을 다셨다.
 "쩝. 여기 무슨 미련이라도 있는가 보군."
 "그게 참… 아가씨가 혼자 계시니 그냥 보고만 있기가 안

타깝습니다."

"허허. 그 아가씨의 미모가 괜찮기는 했지. 역시 젊은이들이란. 알았네. 혹시 무림맹에 오게 되면 꼭 나를 찾게나."

그들이 오가장에서 멀어진 후에 남궁진미가 질문했다.
"백 할아버지, 어째서 그를 데려가려고 하셨어요?"
백현우가 푸근하게 웃었다.
"진미야, 알아보지 못하겠더냐?"
남궁진미가 잠시 생각하다가 말했다.
"그의 무공은 삼류. 무공을 보고 원하신 것은 아니라고 생각하는데요?"
"허허. 삼류라. 그래, 그의 무공이 그리 높지 않겠지. 겨뤄보지 못했으나 무공이 높은 사람은 그런 일이나 하고 있지는 않을 테니까. 그래도 삼류 정도는 아닐 게야."
"그의 무공이 삼류가 아니라고요? 그래 봐야 고수는 아닐 텐데. 할아버지쯤 되시는 분이 왜 그를 원하셨나요?"
"지난 하루 동안 진미 너는 불편함을 느꼈느냐?"
"특별히 불편한 것은 느끼지 못했어요."
"그는 내가 필요로 하는 것을 미리 준비해 놓고 있더구나. 나는 그야말로 손만 뻗으면 원하는 것을 얻을 수 있었지."
"그럼 그가 눈치가 빠르다는 말씀이세요?"
"눈치가 아니란다. 사람의 마음을 읽은 거겠지."

"사람이 어찌 다른 사람의 마음을 읽는다는 말씀이세요?"

"그에게는 남이 무엇을 하려고 하는지 행동만 보고 미루어 짐작하는 재주가 있더구나."

남궁진미는 갑자기 깨닫는 것이 있었다. 눈이 화등잔만 하게 커졌다.

"혹시 그 말씀은?"

"그렇지. 무인이 남이 어떤 공격을 할지 미리 알아볼 수 있다면 그만큼 대응하기 쉽겠지."

"하면 백 할아버지께서는 그 왕삼이라는 자가 대단한 고수라고 보세요?"

"하하하. 진미야, 그럴 리가 있느냐? 실력이 그리 뛰어나다면 내가 알아보지 못했을 리가 없다. 그 나이에 나에게 무공을 숨길 경지가 되지는 못할 테니까. 아마 일류나 이류무사 정도겠지. 하지만 그 자질이 그토록 뛰어나니 지금부터라도 높은 수준의 무공을 가르친다면 큰 성과를 보이겠지."

남궁진미의 얼굴빛이 나빠졌다.

"수상해요. 왕삼은 육합권만을 익혔다고 했어요."

"무림은 험한 곳. 그도 나름대로 사정이 있겠지. 어쩌면 정말 육합권만 익혔을지도 모르지. 하지만 자질이 뛰어난 사람은 육합권이 아니라 삼재검법만으로도 위력을 발휘할 수 있단다. 누가 무슨 무공을 배웠는지만으로 실력이 가려진다면 무인이 서로 비무를 할 이유가 없지 않겠느냐?"

"그럼 그를 데려가시지 않고 왜 그냥 오가장에 놔두셨어요? 억지로라도 데려가서 제자로 삼으시면 왕삼도 좋고 백 할아버지도 좋잖아요?"

백현우가 아쉬운 표정으로 말했다.

"십 년만 일찍 만났다면 그리했을 게다. 하지만 우리 화산에는 고수가 많다. 지금부터 그를 가르쳐서 얼마나 대단한 경지에 이르겠느냐? 그저 나를 따라오면 몇 수 가르칠 생각이었지. 하지만 내 욕심이었던 게야. 그는 오가장에 남지 않았느냐? 인연이 아니었던 게지."

남궁진미가 잠시 서흑수를 생각해 보았다.

'왕삼이란 자가 그렇게 대단했던가? 내 안목은 아직도 많이 모자라구나.'

그녀가 부족해서가 아니다. 백현우도 무공을 숨기는 서흑수의 실력을 제대로 알아보지 못했다.

남궁진미는 다른 의심이 들었다.

"백 할아버지, 왕삼이 수상해요."

"왜? 무공을 숨기고 있어서?"

"예. 이상하잖아요."

"겨우 그 정도 무공을 숨기는 것이 뭐가 그리 이상하겠느냐? 정미화라던 그 젊은 부인의 무공도 능히 일류무사라고 할 만했는데."

"하지만……."

백현우는 서흑수가 정말 마음에 들었다. 마음이 가니 저절로 핑곗거리를 만들어냈다.

 "무림에 무공 몇 수 숨겨두는 사람은 많다. 그가 아주 고수인데 하수인 척하는 것도 아니고 겨우 몇 수 숨겨두는 것 정도로 의심하지는 마라. 그건 그가 그만큼 험한 삶을 살았다는 증거이니까."

 "네."

 남궁진미는 순순히 대답했지만 의심을 풀지는 않았다.

 '왕삼이 아무래도 수상하지만 백 할아버지를 너무 거스를 순 없지.'

 무림맹 조사단이 떠나고 나서 서흑수는 그가 주워들은 것을 다시 정리했다. 그는 머릿속에서 새로운 가정을 하나씩 만들고, 또 부수는 작업을 반복했다.

 멍하니 앉아서 생각에 잠긴 모습이 꼭 일은 안 하고 졸고 있는 것으로 보였다.

 그 모습이 지나가던 오혜란의 눈에 띄었다.

 "이봐, 당신!"

 서흑수가 즉시 일어서며 대답했다.

 "예, 아가씨."

 "당신, 왜 놀고 있어요?"

 서흑수가 사람 좋게 웃었다.

"무림맹 분들이 막 떠나셨습니다. 그래서 잠시 쉬고 있었습니다."

오혜란의 눈이 반짝였다.

"아, 당신이 그분들을 도와줬죠? 이름이?"

"왕삼입니다."

"좋아요. 왕삼, 백현우 대협에게서 이야기를 들었어요. 당신 무공을 익혔다면서요?"

"그래 봐야 육합권 정도입니다.

오혜란이 조금 실망했다.

"육합권? 검법은 모르나요?"

"삼재검법이나 육합검법도 조금 쓰기는 하지만 그래도 제대로 배운 건 육합권입니다. 오히려 어설픈 삼류무사의 검보다 제 주먹이 더 낫습니다."

오혜란이 잠시 생각하다가 말했다.

"당신 실력이 제법 괜찮을 거라고 백 대협께서 말씀하셨다면서요?"

서혹수는 왜 그녀가 자신에게 관심을 가지는지 깨달았다.

'총관님에게 들었나 보군.'

"과분하게도 삼류치고는 괜찮을 거라고 평가해 주셨습니다."

"그분께서 그리 말하셨다면 실력이 나쁘지 않겠네요. 그런데 그분이 같이 가자고 하는 걸 거절했다면서요?"

"예."

"왜 그랬죠?"

"여기가 편해서요."

오혜란은 그 말을 그대로 믿지 않았다.

'젊은 남자의 머릿속에는 여자 생각밖에 없다더라. 우리 장원 최고의 미녀는 나니까 당연히 내 생각이 나서 못 떠난 거겠지. 일꾼 주제에 눈은 있어가지고.'

오혜란은 기분이 조금 좋아졌다.

'이 사람은 온 지 얼마 되지 않으니 아직 매수됐을 리 없어. 그 유명한 백 대협께서 그렇게 평가하셨다면 삼류보다는 훨씬 나은 실력일 거야.'

"좋아요. 당신 실력을 믿겠어요."

"감사합니다."

"당신, 내가 누군지 알죠?"

"당연히 압니다. 이 장원의 작은 아가씨. 오혜란 아가씨 아니십니까?"

"그럼 당신은 내가 명령을 내리면 그대로 해야 한다는 것도 잘 알겠네요?"

서흑수가 웃었다. 속으로는 당황했다.

'뭘 시키려고?'

"당연합니다."

"그럼 날 따라와요."

"예? 무슨 일이신지……."

"따라와 보면 알아요."

서흑수는 영 내켜하지 않는 듯한 표정을 지었다. 하지만 속마음은 달랐다.

'나에게 장원의 깊은 곳을 다시 안내해 준다면 고마운 일이지.'

오혜란은 서흑수를 데리고 한 건물 쪽으로 걸어갔다.

서흑수는 그곳을 잘 안다.

'여기는 그 여자가 머무는 곳인데?'

그저께 밤에 집중적으로 조사한 건물이기에 더 잘 안다.

오혜란은 그 건물로 성큼성큼 다가갔다.

건물 앞을 지키고 있던 무사가 하나가 문 앞을 막았다.

"무슨 일이십니까?"

오혜란이 뾰족한 목소리로 말했다.

"정미화 나오라 그래요."

무사가 고개를 가로저었다.

"아무도 들이지 말라는 말씀이 있으셨습니다."

"흥. 내가 들어가겠다면?"

무사가 피식 웃었다. 명백한 비웃음이었다.

"저를 때려눕히고 들어가시지요, 아가씨."

오혜란이 발끈했다.

"그렇게 나오겠다? 좋아요. 왕삼!"

서혹수는 뒤에서 돌아가는 분위기를 보니 황당했다. 그는 이제 그녀가 왜 자기를 데리고 왔는지 알 수 있었다.

'자기편인 무사가 아무도 없었어? 불쌍한 아가씨군.'

서혹수는 이 기회를 사양하고 싶은 생각이 조금도 없었다.

'그럼 이 아가씨를 핑계로 놈들을 조금 자극해 볼까? 나를 이 아가씨의 사람으로 알 테니 내가 고가장에서 왔다고는 상상도 못하겠지.'

"예, 아가씨. 말씀하십시오."

"나를 위해서 이자를 때려눕혀요."

서혹수는 긴장한 얼굴로, 하지만 속마음은 기대를 잔뜩 가지고 대답했다.

"알겠습니다, 아가씨."

'예쁜 아가씨. 뭐든 좋으니까 나에게 새로운 실마리를 달라고.'

서혹수가 무사에게 다가섰다.

"아가씨 명령이니 좀 물러서지?"

무사가 크게 웃었다.

"으하하하. 겁도 없구나. 어디서 주먹질이나 조금 배웠느냐?"

그는 자기 검을 슬쩍 잡았다.

"목이 베이고 싶으냐?"

서흑수는 무사의 검을 잡는 움직임을 보고 그의 실력을 짐작했다.

'삼류. 실력이 좋아서 문을 지키는 게 아니다. 무공이 약해서 귀찮은 일을 떠맡은 경우다. 사람을 죽여봤을까?'

"벨 용기는 있고?"

무사의 얼굴이 차가워졌다.

"저 여자의 편에 붙은 네 미련함을 탓해라."

그에게서 살기가 흘러나왔다.

서흑수는 그 기운을 느끼며 생각했다.

'죽여봤군.'

그들의 대치에 오혜란은 조금 놀랐다.

'왕삼이 정말로 칼을 든 저놈과 싸우려고 하네?'

그녀는 하도 열받은 상태라서 정미화에게 따지러 왔다. 하지만 쉽게 정미화를 만날 거라고 생각하지는 않았다. 그렇다고 손 놓고 있기에는 너무 분했다.

마침 새로 들어온 일꾼이 삼류치고는 괜찮다는 소문을 들었기에 그를 만난 김에 호위 삼아 데려왔다. 그런데 성질대로 내린 명령을 서흑수가 너무 충실히 수행하고 있었다.

생각보다 일이 커지자 그녀는 일단 싸움을 말리려고 했다.

"잠시만!"

무사가 그녀를 힐끗 보았다.

'이년이 난처해지게 하라고 하셨지.'

그는 즉시 칼을 획 뽑았다.

"이미 늦었다. 네가 자초한……."

그는 말을 끝까지 하지 못했다. 어느새 서흑수의 주먹이 그의 턱을 후려쳤다.

"켁!"

무사가 고개까지 뒤로 젖히며 나동그라졌다. 그의 몸이 부딪친 문이 덜컹 열렸다.

서흑수가 오혜란을 보고 웃으며 말했다.

"싸움은 그저 선빵이죠."

오혜란의 얼굴이 환해졌다.

"왕삼, 당신 세군요?"

"하하하. 이런 놈은 한주먹이면 됩니다."

무사가 그의 주먹에 맞아 쓰러지면서 문을 부순 것은 서흑수가 의도한 결과다.

'아가씨도 목적을 이루고, 나도 아가씨 핑계로 놈들을 좀 건드려 보고.'

문이 활짝 열린 곳으로 신이 난 오혜란이 걸어 들어갔다.

문 안쪽에는 정미화와 몇 명의 무사들이 있었다.

갑작스러운 침입에 놀란 무사들이 검을 뽑았다.

"누구냐!"

"여기가 어디라고 감히!"

기가 산 오혜란이 소리쳤다.

"내가 내 집을 돌아다니는데 감히라니!"

무사들은 할 말이 없었다. 엄밀히 말해서 그들은 고용된 입장이다. 실제로 고용한 사람이 누구냐와는 별도로, 명목상으로는 오가장에 고용되어 있다.

정미화가 무사들에게 말했다.

"검을 넣어요. 우리 조카가 할 말이 있어서 이 숙모를 찾아왔나 본데."

오혜란이 더 발끈했다.

"흥. 난 당신을 숙모로 인정하지 않아."

"인정하지 않아도 해야지. 난 가주님의 여자이니까."

"당신이 의숙부의 뭐든 상관없어!"

"아무리 내 조카라지만 정말 버릇없는 아이라니까. 가정교육을 어떻게 받았는지 원."

"당신에게 그런 말을 듣다니. 하여간 당신, 당신이 전 무사님과 관 무사님을 해고했어?"

"아아, 그거? 내가 해고했지."

"당신이 무슨 권리로 그들을 해고해?"

"조카, 그들은 봉급을 많이 받고 있었어."

"우리 오가장을 오랫동안 지켜주신 분들이야. 당연히 좋은 대우를 받으셔야지."

"조카가 잘 모르나 본데 오가장은 지금 돈이 모자라. 그러니 그런 사람 몇 자르면 효과가 크지."

"흥. 그 돈으로 당신은 저 쓰레기 같은 무사들을 더 많이 고용하고?"

"호호호. 그 두 명에게 주는 돈이면 이런 무사들을 몇 명이나 더 고용할 수 있단다. 장원 경영은 원래 그렇게 하는 거야."

"웃기지 마. 당신 말을 듣는 사람들만 뽑는 거잖아? 우리 장원 무사들은 자르고 당신 말만 듣는 놈들을 새로 뽑는 거잖아!"

그들의 이야기를 듣던 서흑수는 일이 어떻게 돌아가는 건지 눈치 챘다.

'오호라. 이건 또 처음 듣는 이야긴데? 그러니까 저 여자가 장원을 장악하는 작업 중이었단 말이지?'

그 이유 정도는 충분히 짐작할 수 있었다.

'좋아. 아마 확실한 거점이 필요했겠지. 사천의 오가장은 나름대로 이름이 알려진 곳이니 남들의 의심을 사지 않는 적당한 거점이 됐겠지.'

오혜란이 소리쳤다.

"내가 용납하지 않겠어! 이 장원을 당신 마음대로 하도록 두지는 않아!"

정미화가 비웃었다.

"오호호홋. 그럼 어떻게 하려고? 이제 장원의 무사들 중에서 누가 네 말을 듣지?"

오혜란이 두 주먹을 꽉 쥐었다.

"뭐가 어쩌고 어째?"

"호호호. 내가 뽑은 무사들이 남은 오가장 무사들보다 수가 더 많아. 오가장의 무사들은 다 내 눈치를 보는 자들만 남았어. 사사건건 걸고넘어지던 두 놈까지 잘라 버렸으니 이제 네 편은 없어."

"이, 있어!"

정미화가 서흑수를 힐끗 보았다.

"아하. 새로 들어온 저 하인? 소문은 들었어. 삼류무사 정도 실력은 있다며? 문을 지키던 녀석을 때려눕힌 걸 보니 그 말이 맞겠지. 하지만 저 하인 하나만 믿고 나와 싸우겠다고? 조카, 싸움은 얼굴로 하는 게 아니야."

"웃기지 마!"

정미화의 눈빛이 독해졌다.

"조카, 당장 저 하인의 목이 떨어지는 것을 보고 싶어?"

오혜란은 분노로 몸이 다 떨릴 지경이었다.

"이, 이익!"

그 모습을 보는 서흑수는 잠시 갈등했다.

'이 아가씨가 나보고 지금 싸워달라고 하면 어떻게 해야 하지? 일단 내가 죽거나 부상당하는 건 안 돼. 내 몸 상태가 나빠지면 소미를 구할 때 문제가 생길 수 있어. 다치지 않고 져야 해. 그렇다고 그냥 항복하는 건 지금 상황에서 이 아가

씨에게 못할 짓인데? 이것 참 난처하네.'

그는 고민할 필요가 없었다.

오혜란이 눈물을 뚝뚝 흘리며 말했다.

"두고 봐. 난 이대로 물러서지 않아!"

서흑수가 생각했다.

'나보고 싸워달라고 할 수가 없었겠지. 죽어달라는 거나 마찬가지라고 생각했을 테니까. 착한 아가씨야.'

오혜란은 건물 바깥으로 걸어나가면서 눈물을 훔쳤다. 그녀의 등 뒤를 향해 정미화가 높은 목소리로 말했다.

"오호호홋. 말로는 뭘 못하겠니?"

서흑수는 정미화를 힐끗 보았다. 둘의 눈빛이 마주쳤다.

정미화는 뜨끔했다.

'이 남자. 눈빛이 살아 있다.'

서흑수가 정미화를 향해 씩 웃어주고는 오혜란의 뒤를 따라갔다.

정미화가 그런 서흑수의 뒷모습을 보며 입맛을 다셨다.

"괜찮은 남자군."

무사 하나가 정미화에게 말했다.

"조용히 처리할까요?"

"아니. 저 남자, 우리 쪽으로 회유할 거야. 마음에 들었어."

그녀는 서흑수의 눈빛을 다시 생각했다. 몸이 후끈 달아올랐다.

'힘도 좋을까?'

오혜란은 울면서 걸어갔다.
"흐흑. 언니, 걱정 마. 난 포기하지 않아."
서흑수는 그녀의 곁을 말없이 따라 걸었다.
오혜란이 눈물을 소맷자락으로 쓱쓱 닦고는 말했다.
"왕삼, 고마워요."
서흑수가 미소 지었다.
"제가 필요하면 얼마든지 부르십시오."
오혜란은 서흑수의 그 미소가 보기 좋았다. 마음이 조금 위로가 되었다.
'그래도 내 상대로 일꾼은 안 돼. 나에게는 지금 고수가 필요해. 아주 고수가.'
다시 눈물이 솟았다.
"왕삼, 당신은 왜 고수가 되지 못한 거예요?"
"저야 열심히 한다고 했는데 자질이 모자랐나 봅니다."
"당신이 고수였다면, 저 여우 같은 년을 쫓아낼 수 있었을 텐데. 나를 도와서 장원을 지켜줄 수 있었을 텐데."
서흑수는 쓴웃음을 지었다.
'이 아가씨. 어느 정도 고수를 생각하는 걸까? 어설픈 고수 혼자서는 정미화가 거느린 무사들 전부를 꺾지는 못하는 걸 알기는 하는 걸까? 아마 모르겠지.'

오혜란은 그의 쓴웃음을 다른 의미로 해석했다.

"미안해요. 당신이 약한 건 당신 탓이 아닌데."

"괜찮습니다, 아가씨."

오혜란이 서흑수에게 웃어주었다.

"그래도 왕삼, 당신이라도 있어서 다행이에요. 내 편인 무사는 이제 당신밖에 없어요."

서흑수는 모른 척하고 질문했다.

"다른 무사들은 어디 갔습니까?"

"다 잘렸어요. 정미화 그년이 다 해고했어요. 남은 무사들은 잘리지 않기 위해서 그년의 눈치만 봐요. 그래서 내 편인 무사는 왕삼밖에 없어요."

"해고되기 전에 막으셨으면……."

오혜란의 눈에서 눈물이 다시 샘솟았다.

"언니랑 나는 어렸어요. 어려서 장원의 일을 알 수 없었어요. 아빠가 돌아가시고 나서 의숙부에게 그렇게 위임됐거든요. 언니가 스무 살이 돼서 자격이 생긴 후 장원의 상태를 알아봤을 때는, 이미 무사들이 다 해고된 뒤였어요."

서흑수는 이곳의 일이 어떻게 돌아가는지 깨달았다.

'그게 실종 원인일까?'

"그럼 언니 분께서는……."

"언니는 어떻게든 무사들을 다시 모아서 힘을 되찾으려고 했어요. 오가장에서 해고된 무사들과 연락해서 그들을 다시 모으고 있었어요. 하지만, 하지만 아는 분에게 도움을 청하러 가던 언니가 실종돼 버려서… 흐윽. 흑."

서흑수는 그녀에게 민감한 문제를 그만 묻기로 했다. 어차피 더 묻지 않아도 필요한 정보는 모았다.

'장원을 되찾으려고 시도하다가 제거됐군. 안 좋아. 납치 목적이 이렇게 명확하다면 소미 때와는 달라. 살아 있다는 보장을 할 수 없군.'

"언니는 돌아오실 겁니다."

말이라도 그렇게 해주는 수밖에 없었다.

오혜란이 눈물을 글썽거리며 왕삼을 보고 말했다.

"그렇죠?"

"물론입니다. 꼭 돌아오실 겁니다."

'살아 있기만 하다면 소미를 구할 때 같이 구해낼 수 있을 텐데.'

그는 단순히 고소미를 구하는 선에서 끝낼 생각이 없었다. 고소미를 납치한 곳이 어디든 확실히 박살 내버릴 생각이다. 문제는 아직도 소미의 소재를 알지 못한다는 데 있다.

'이 아가씨의 언니까지 실종됐다면 소미가 이 장원에 있을 확률은 거의 없어. 그녀를 납치해서 여기 둘 리는 없으니까. 좋아. 내가 이 장원을 좀 본격적으로 뒤지다가 들켜도 놈들은 크게 의심하지 않겠군. 도둑놈으로 위장하면 되니까. 아예 오늘 밤에 의심나는 곳은 전부 뒤져 보자. 뭔가 새로운 실마리

가 나올지 모르니까.'

그가 오늘 밤의 작전 계획을 고민하고 있는 사이에 오혜란이 다시 눈물을 닦고 환히 웃으며 말했다.

"왕삼, 고마워요. 날 도와줘서."

서흑수는 일꾼의 명분으로 오가장에 고용됐다. 오혜란과 헤어진 그는 장원의 잡일을 도와줌으로써 자신의 존재 가치를 증명했다.

일부러 이 일 저 일 돌아가며 도와주었다. 그러면서 그날 밤에 침입할 건물들을 하나씩 확인했다.

한참 일을 하고 있는 그에게 정미화가 다가왔다.

"이봐, 왕삼."

서흑수는 이 여자를 어떻게 대해야 옳을지에 대해서 잠시 생각했다.

'난 오혜란 쪽으로 인식된 상태. 그럼 이 여자를 무시해야 할까? 아니야. 대번에 잘라 버리겠지. 남아 있을 명분이 없어져. 그때는 정말로 오혜란이란 여자에게 반해서 붙어 있는 척이라도 해야 하잖아.'

가짜로 여자를 좋아하는 척하고 싶지는 않았다. 그는 다른 궁리를 했다.

'아니야. 손쉽게 잘라 버릴 수 있는데도 나에게 직접 왔다는 뜻은? 방법이 있겠군.'

그가 정미화를 향해 웃어 보였다.

"부르셨습니까, 마님?"

정미화는 서흑수의 태도에 만족했다.

"호호호, 왕삼. 그대는 오혜란 쪽 사람이 아니었나?"

"저야 돈 많이 주는 사람 편이지요."

"돈? 의외인데?"

"돈 싫어하는 사람은 없습니다."

"그건 그래. 그런데 그대가 돈을 많이 받을 자격이 있을까?"

"그건 마님이 판단하실 일입니다. 마님이 주시는 돈이 적다면 저는 계속 혜란 아가씨 곁에 있겠지요."

"왕삼, 나는 그대를 자를 수 있어. 내 무사들을 시켜서 손봐줄 수도 있고."

서흑수가 흰 이를 드러내며 웃었다.

"그러실 거라면 저를 찾아오시지 않았겠지요."

잠시 서흑수를 보던 정미화가 큰 소리로 웃었다.

"오호호홋! 왕삼, 마음에 들어. 당신이 현명하게 판단하고 행동하면 그에 따르는 대가가 있을 거야."

"얼마나 생각하시는지……."

"호호홋. 돈은 넉넉히 줄 테니 걱정하지 마. 그리고 일만 잘한다면 다른 보상도 있지."

정미화가 몸을 가볍게 흔들었다. 그녀의 풍만한 가슴이 서흑수의 앞에서 출렁거렸다.
　서흑수가 침을 꿀꺽 삼킨 후 정미화에게 고개를 꾸벅 숙였다.
　"마님, 실망하지 않으실 겁니다."

　오혜란은 서흑수를 위해서 먹을거리를 조금 챙겼다.
　'왕삼은 내 편이니까.'
　음식을 들고 즐거운 마음으로 서흑수를 찾아가던 그녀는 걸음을 멈췄다. 그녀가 본 것은 정미화에게 고개를 숙이는 서흑수였다. 정미화는 의기양양하게 웃고 있고 서흑수는 그녀 앞에서 숙이고 있었다.
　오혜란은 이런 모습을 충분히 많이 보았다. 오가장의 무사로 있다가 정미화 개인에게 넘어간 무사들은 언제나 저런 모습을 보였다.
　오혜란의 눈에서 다시 눈물이 솟구쳤다. 그녀가 소리쳤다.
　"왕삼, 당신까지… 너무해!"
　서흑수는 입맛이 썼다. 오혜란이 다가오고 있는 것은 알았지만 연기를 그만둘 수 없었다. 그는 고소미를 구하기 위해서 할 수 있는 모든 것을 할 생각이다.
　'저 아가씨, 오해하겠네.'
　마음이 편치 않았다.

오혜란은 장원을 뛰쳐나갔다. 이제 그녀는 정말 의지할 사람이 없었다.

"총관 아저씨는 무공을 모르잖아. 태도도 애매하고. 다른 사람들은… 무공을 아는 사람 중에 내 편은 이제 아무도 없어. 왕삼만… 왕삼만 남았었는데……."

장원에서 아직 그녀 편인 사람들은 많았다. 그러나 그들은 무공을 모른다. 평소라면 몰라도 정미화와 싸움이 붙게 됐을 때는 오히려 그녀가 보호해 줘야 하는 사람들이다.

장원 바깥을 목적없이 걷는 그녀에게 검을 찬 무사 한 명이 다가왔다.

"혜란아."

오혜란은 자신을 부르는 소리에 깜짝 놀라서 돌아보았다. 그녀의 얼굴이 환해졌다.

"관 아저씨!"

중년의 무사가 그녀를 보고 웃었다.

"녀석, 이제 다 큰 줄 알았는데 아직 울보로구나."

오혜란은 다시 눈물이 솟았다.

"흐윽. 미안해요, 관 아저씨. 전 아저씨하고 관 아저씨가 해고되는 거 막지 못했어요."

그는 오늘 해고된 오가장의 무사다. 그리고 오혜란이 어렸을 때부터 곁에서 지켜본 사람이다.

"네 잘못이 아니다. 손쓰기에는 너무 늦은 거니까."

"그래도. 그래도."

"그것보다 우리, 어디 가서 차라도 한 잔 하자꾸나."

오혜란이 눈물 흐르는 눈으로 웃었다. 의지할 사람을 보자 기뻤다.

"네!"

그들은 작은 찻집에 자리를 잡았다. 그리고 그곳에서 관유정이 말했다.

"혜란아, 혜련이가 준비하던 일을 알고 있니?"

언니 이야기에 오혜란은 또 눈물이 솟았다. 하지만 그녀는 억지로 참고 말했다.

"네. 해고된 무사들을 다시 불러들이는 거였죠. 하지만 언니는……."

"혜련이는 그 일을 꽤 많이 진행시켜 놓았단다. 꽤 많은 무사들과 연락이 됐지."

"하지만 저는 아무것도 몰라요. 언니가 그런 일을 했다는 것만 알아요."

"내가 안다."

"예?"

"전가 녀석하고 내가 그 일을 계속 추진했지. 이제 너도 자세한 것을 알아야 할 때가 왔구나."

오혜란의 눈이 커졌다.

"저, 정말이세요?"

"내가 거짓말을 할 리가 있니?"

"아, 아저씨."

"녀석, 또 우는구나. 이제 울보 아니라며?"

"그래도 눈물이 나는 걸 어떻게 해요?"

"하여간 용기를 내라. 무사들이 모두 돌아오더라도 명분이 필요하단다. 네가 나서서 그 여우 같은 년을 쫓아내겠다고 하면, 우리들이 너의 힘이 되어주마. 무사들만 모두 돌아오면 그 여우 년의 무사들 정도는 얼마든지 무찌를 수 있으니까."

"네. 고마워요, 아저씨."

'아직, 내가 의지할 수 있는 사람이 많아.'

그녀는 곱게 자란 열아홉이다. 마음을 기댈 사람이 필요했다.

그들이 대화를 나누는 찻집 바깥쪽 벽에 서흑수가 기대고 서 있었다.

서흑수가 조용히 웃었다.

"그것참. 계획은 좋지만 정미화의 배후가 문제야. 이 아가씨, 몸조심해야겠는데?"

그날 밤, 서흑수는 장원의 곳곳을 뒤지고 다녔다.

그의 움직임은 은밀했다. 아무도 그가 돌아다니는 것을 눈치 채지 못했다.

그가 과감해진 것은 이곳에 고소미가 없다는 확신이 들었기 때문이다.

'소미가 없다면 나를 감지할 만한 고수가 있을 가능성도 없어. 그리고 설사 내 움직임을 들켜도, 놈들은 내가 소미를 찾아온 거란 확신까지는 못하겠지. 조금 위험하지만 움직여야 해!'

그는 좀도둑으로 위장하기 위해서 복면까지 쓰고 있었다.

어디를 뒤져야 할지는 이미 낮에 돌아다니면서 충분히 확인해 두었다. 그러나 그곳을 모두 뒤져도 성과는 없었다.

'혹시나 했지만 소미는 없군. 그리고 실마리도 없어.'

그는 마지막으로 정미화의 거처에 숨어들었다. 지붕 속에 들어간 그는 그곳에서 꼼짝도 하지 않았다.

'뭔가 얻어낼 곳은 결국 여기밖에 없군.'

지루한 시간이 흐르고 나서 정미화가 그곳으로 들어왔다. 그를 따라온 무사들도 몇 명 있었다.

문을 닫고 나자 정미화가 화를 냈다.

"그년이 감히 무사들을 모으고 있다고?"

무사 하나가 대답했다.

"오혜련이 모으던 오가장의 무사들입니다. 그들이 이번에는 오혜란에게 접근하고 있습니다."

"그것들이 오면 버틸 수 있어?"

"오가장의 정예들이 돌아온다면 우리 힘으로는 어렵습니다."

"당신들, 그것밖에 안 돼?"

"죄, 죄송합니다."

정미화가 손톱을 물어뜯으며 생각에 잠겼다. 그녀의 눈빛이 독해졌다.

"제거해야겠어."

"오혜란을 말입니까?"

"그래. 제거해야겠어. 오혜련을 납치한 그 사람들이 다시 움직이면 되잖아."

지붕 속에 숨어 있던 서흑수의 눈이 반짝였다. 그의 심장 박동이 조금 빨라졌다.

'그래. 그놈들을 끌어내라. 너희 같은 깃털 말고 몸통을 데려오라고. 어서 데려와서 내 앞에 바쳐라.'

무사 하나가 고개를 가로저었다.

"불가능합니다. 그들에게 우리 쪽에서 먼저 연락할 수는 없습니다."

"왜 없어? 비상 연락이 가능하잖아?"

"비상 연락을 해도 그들이 그 내용을 확인하고 필요하다고 결론을 내린 후에만 움직입니다. 당연히 이런 일로는 움직이지 않을 겁니다."

"지난번에는 움직였잖아?"

"그때는 오혜련이 삼음지체라서 움직인 것 아닙니까?"

지붕 속에 숨은 서흑수의 눈이 조금 가늘어졌다.
'호오. 삼음지체? 그 아가씨도 아직 살아 있겠군. 구해내면 혜란 아가씨가 좋아하겠어.'

"이년은?"
"오혜란은 삼음지체는 고사하고 일음지체도 되지 않습니다. 그걸 그들도 압니다. 움직일 리가 없습니다."
"그까짓 삼음지체가 뭐 대단하다고 그런 것에 목숨을 거는지 모르겠어."
"어쩌겠습니까? 아쉬운 건 우리 쪽인데요."
"알았어. 그럼 우리가 직접 처리하자."
"예?"
"우리가 직접 제거하자고."
무사가 다시 난처한 얼굴로 말했다.
"우리 무사들이 일을 벌였다가 목격자라도 나오면 뒷감당은 어떻게 하시려고……."
"누가 당신들 손으로 직접 하래?"
"그럼 혹시……."
"살수를 고용해야지. 돈은 얼마든지 내겠어."
무사들이 고개를 끄덕였다.

"좋은 생각이십니다. 마침 이곳에 청부를 받을 만한 살수 몇이 와 있다고 들었습니다."

"그건 어떻게 알았어?"

"사파의 일을 우리가 모르면 누가 알겠습니까? 그들에게 의뢰를 할까요?"

"그래, 당장 의뢰해. 최대한 빨리 처리해 달라고 해."

"알겠습니다."

"그럼 그 일은 됐고."

정미화의 눈에 색기가 흘렀다.

"오늘은 누가 내 뜨거운 밤을 채워줄 수 있을까?"

무사들이 침을 꿀꺽 삼켰다.

서흑수는 지붕에서 조용히 빠져나왔다.

"오혜란 그 아가씨, 큰일 났군. 이거 구경만 할 수도 없고. 그나저나."

서흑수가 혀를 찼다.

"쳇. 그 개자식들을 불러서 혜란 아가씨를 습격하게 해줬으면 정말 고마웠을 텐데."

중얼거리던 서흑수가 차갑게 웃었다.

"좋아. 그렇다면 부를 수밖에 없는 상태로 만들어주지."

第八章

다음날 오혜란은 다시 장원을 벗어났다. 그녀는 무사 관유정을 만나기 위해서 길을 걸었다.

그녀는 기운이 났다.

"장원을 찾을 수 있어. 그년을 쫓아낼 수 있어. 모든 것을 정상으로 돌릴 수 있어."

신이 나서 걸어가던 그녀가 걸음을 멈추었다.

어느새 다섯 명의 남자가 그녀를 포위하고 있었다.

그녀는 주변을 둘러보았다. 아무도 돌아다니는 사람이 없었다.

겁이 와락 났다.

그녀가 인적이 특별히 드문 곳을 돌아다닌 것은 아니다. 주변에 사람이 없는 순간을 골라 그들이 나타난 것이다.

다섯 명의 남자들 중에서 가장 젊은 사람이 앞으로 걸어나오며 질문했다.

"오혜란?"

"그, 그런데요?"

남자가 웃었다.

"흐흐흐. 그럼 좀 죽어주지?"

오혜란이 뒤로 주춤주춤 물러섰다. 그러나 도망칠 곳이 없었다. 완전히 포위된 상태였다.

"누, 누구세요?"

"난처하게 하지 마. 돈 받고 사람을 죽인다면 누구겠어? 예쁜 아가씨가 너무 뻔한 것을 묻잖아? 그나저나……."

젊은 남자가 혀로 입술을 핥았다.

"정말 대단한 미녀인데? 죽이지 말고 일단 납치해서……."

옆에 있던 중년인이 재빨리 그의 말을 끊었다.

"소막주님. 이것은 소막주님께서 받은 첫 번째 살인 청부입니다."

"알아. 하지만 이런 미녀는 찾기가 쉽지 않잖아."

"그러니까 꼭 죽여야 합니다."

"그래도……."

그가 못내 아쉬워하자 중년인이 한숨을 쉬었다.

"휴우. 미녀를 좋아하는 소막주님의 취향은 저도 이해합니다. 남자라면 당연하겠지요."

"그렇지? 유혼 자네도 이해하지?"

"하지만 첫 번째 임무를 실패하면 막에 돌아가서 고개를 들지 못합니다. 후계권에도 문제가 생깁니다. 아마 막은 다른 자에게 넘어갈 겁니다."

소막주의 얼굴이 파르르 떨렸다.

"그건 안 되지. 새 막주가 되는 놈은 후환 제거를 위해서 날 죽일 거잖아."

"그렇지요. 그러니까 이 여자를 꼭 죽여야 합니다. 어서 손을 쓰시지요."

중년인이 소막주의 손에 검을 쥐어주었다.

"그래도 막상 이런 미녀의 피를 보자니 이거 원… 왜 이렇게 예쁜 여자에 대한 청부를 받은 거야?"

"무공을 모르는 여자라기에 받은 것뿐입니다. 소막주님이 첫 청부를 더 쉽게 수행하실 수 있도록 신경 썼습니다."

"일부러 찾아낸 거야?"

"각 접수처를 지날 때마다 적당한 청부가 없는지 찾았습니다. 마침 우리가 여기를 지날 때 딱 알맞은 청부가 들어왔습니다. 이런 기회는 흔치 않습니다. 그러니 어서 기쁜 마음으로 죽이십시오. 눈 한 번 질끈 감으면 됩니다."

소막주가 영 아쉬운 듯이 오혜란을 쳐다보았다.

"이봐, 아가씨. 미안해. 하지만 나도 먹고살아야지. 아가씨가 이해해. 살수들이 다 그렇지 뭐."

오혜란의 얼굴은 파랗게 변했다.

"두, 두 배를 주겠어요. 청부금의 두 배를 주겠어요."

그녀에게 그런 돈은 없다. 하지만 일단 살고 보는 것이 더 급하다.

소막주는 그 말에 넘어가지 않았다.

"이봐, 아가씨. 설사 열 배를 준다고 해도 안 돼. 이건 그냥 청부가 아니라 내 딱지를 떼는 임무거든."

겁먹은 오혜란의 눈에서 눈물이 흘렀다.

"이렇게 죽을 수는 없는데… 언니도 찾아야 하는데……."

"마음 아프게 그러지 말고 그냥 죽어."

"누, 누가 나 좀 도와줘요!"

"아가씨, 미안해."

소막주가 검을 들고 오혜란에게 다가갔다. 오혜란의 다리가 덜덜 떨렸다.

그때 서흑수의 목소리가 조용히 울렸다.

"미안하면 하지 마라."

사람들의 고개가 소리난 방향으로 휙 돌아갔다. 서흑수가 그들의 바로 근처에 뻐딱하게 서 있었다.

이들 중에서 가장 놀란 것은 중년인 유혼이다.

'내가 기척을 느끼지 못했어. 고수다!'

다른 살수들도 놀라고 있었다. 철부지 소막주만 그게 뭘 의미하는지 몰랐다.

'내가 원래 무공이 약해서 가까이 온 것도 몰랐나 보네. 쳇. 어디서 천년하수오나 만년삼왕이라도 하나 안 떨어지나? 간단히 고수 되게.'

오혜란이 느낀 것은 놀람이 아니라 반가움이다.

"왕삼!"

그녀는 정말 지옥에서 부처님을 만난 것처럼 반가웠다.

그녀의 왕삼이라는 외침에 유혼이 멈칫했다.

'재수없게 이름이 하필 왕삼이야?'

오혜란은 처음에는 무작정 반가워했다. 그러나 곧바로 현재 상황이 어떤지 깨달았다.

'왕삼 혼자서는 못 이겨.'

그녀는 재빨리 머리를 굴렸다. 그리고 외쳤다.

"왕삼, 다른 무사들은 매복시켰구나!"

나름대로 허장성세의 계책을 편 것이다. 그리고 그것이 살수들에게 먹혔다.

'큰일 났다. 이만한 고수라면 부하들을 잔뜩 거느리는 것이 이상하지 않아.'

서흑수가 그녀의 마음을 배신했다.

"저 혼자 왔습니다."

그녀의 얼굴이 와락 구겨졌다. 반대로 살수들의 얼굴이 확퍼졌다.

유혼은 예외였다.

'자신만만하다는 뜻이군. 위험해.'

오혜란이 서흑수를 째려보았다.

"바보 같은 왕삼."

서흑수가 웃었다.

"하하하. 아가씨, 아가씨가 특별히 고용한 저 아닙니까? 살수들은 원래 정면 대결에 약합니다. 저 정도는 제 상대가 되지 못합니다."

"살수들의 특징은 나도 알아요. 하지만 저자들, 저놈보고 소막주라고 했단 말이에요. 그러니까 왕삼 당신보다는 셀 거예요."

서흑수는 소막주를 쳐다보았다. 덤으로 유혼에게도 시선을 주었다. 그의 눈에서 섬광이 번쩍였다.

중년인은 심장이 떨어지는 것 같았다.

'고수다. 잘못하면 소막주가 죽는다.'

그의 임무는 소막주를 보호하는 것이다. 그리고 지금 이 순간은 임무를 완수할 자신이 없었다.

서흑수가 이렇게 강하게 나가는 것은 이유가 있어서다.

'이 상황에서 적당한 수준으로 실력 발휘를 하면 놈들은 내가 오혜란이 특별히 구해놓은 고수로 생각할 거다. 당연히 소미와 연관시키지는 못해. 그럼 놈들이 초조해지겠지.'

그래서 그는 실력을 조금 드러내기로 했다. 그는 주먹을 쓰다듬으며 말했다.

"어이, 살수 놈들. 겁도 없이 아가씨를 노리다니. 도망칠 생각은 버려."

유혼의 얼굴이 창백해졌다.

'이놈, 심상치 않아. 나의 단련된 감각이 위험하다고 말하고 있어. 방법을 찾아야 해.'

그는 머리를 열심히 굴리더니 소리쳤다.

"저놈을 쳐라!"

그가 명령을 내리자 세 명의 살수가 서흑수를 공격했다. 서흑수의 실력을 짐작하기엔 그들의 실력과 안목 둘 다 너무 형편없었다.

서흑수가 웃었다. 곧바로 그의 주먹이 날았다. 처음으로 달려들던 살수가 그 주먹에 맞아 턱이 돌아갔다.

"켁!"

두 번째 살수가 검을 힘껏 뻗었다. 목표는 주먹을 뻗은 서흑수의 등 한복판이다.

서흑수가 허리를 푹 숙였다. 그의 등 위로 검이 허무하게 스쳐 지나갔다.

서흑수는 즉시 뒷발길질을 했다. 볼품없는 동작이었지만 그의 발끝에 뒤에서 공격하던 살수의 배가 걸려들었다. 살수의 허리가 새우처럼 구부러졌다.

"크악!"

세 번째 살수가 그 틈에 서흑수를 노리고 검을 휘둘렀다. 서흑수는 급히 뒤로 물러섰다. 그의 몸을 세 번째 살수의 검이 아슬아슬하게 스쳤다.

서흑수의 옷이 쩍 갈라졌다.

서흑수는 일부러 크게 놀라는 척하며 뒤로 물러섰다.

"헛. 제법이구나!"

유혼은 속지 않았다. 그 틈에 소막주의 팔을 잡아당기며 속삭였다.

"이 틈에 튑시다!"

"무슨 소리야? 너만 나서면 저놈 정도는… 어어?"

유혼이 다짜고짜 소막주를 끌고 도망쳤다.

세 번째 살수는 유혼이 도망치고 있는 줄 몰랐다. 그는 다시 서흑수를 향해 검을 날렸다.

서흑수가 들으라는 듯이 크게 소리쳤다.

"나는 정면에서 날아오는 살수의 검에 당할 만큼 약하지 않다!"

서흑수가 강호에 흔히 전해지는 육합권의 자세로 땅을 밟아 그 찔러오는 검을 피했다. 누가 봐도 아슬아슬하게 피하는 모습이었다.

그는 곧바로 주먹을 쭉 뻗었다. 역시 육합권이었다. 그 주먹이 검을 뻗으며 다가오는 살수의 얼굴을 정확히 때렸다.

"케엑!"

마지막 살수는 얼굴이 뭉개지면서 뒤로 나자빠졌다.

서흑수가 달아나는 두 명을 힐끗 보았다.

'니네 의뢰주에게 소식을 빨리 전해라. 반응 좀 보자.'

세 명의 살수는 이미 숨이 끊어져 있었다.

오혜란은 너무 놀라 입을 다물지 못했다. 그러나 그녀는 곧바로 정신을 차렸다.

"와, 왕삼. 당신 세군요?"

"살수들 정도는 처리할 만큼 셉니다."

"삼류무사라면서요?"

"이 살수들도 싸구려더군요. 그리고 백 대협이 이야기하셨듯이 저는 삼류 수준은 넘어서고 있으니까요. 대충 이류쯤 된다고 보시면 됩니다."

"이류라는 말을 믿으라는 거예요?"

"그럼 일류라고 생각하시던지요."

"상관없어요. 나를 살려줬잖아요. 그런데 왕삼, 왜 날 도와준 거죠?"

"아가씨 편은 저밖에 없다면서요? 당연히 도와드려야죠."

"그 여우에게 넘어간 거 아네요?"

"아아, 그거요? 넘어간 척한 거죠. 제가 잘리면 아가씨가 곤란하잖습니까?"

오혜란의 눈에 다시 눈물이 고였다.

"그랬군요. 그리고 저를 구해줬군요. 전 그것도 모르고⋯ 고마워요. 고마워요, 왕삼."

서흑수가 넉살 좋게 웃었다.

"하하하. 언제든지 불러주십시오."

'그나저나 정말 울보 아가씨로군.'

소막주는 정신없이 달아나다가 갑자기 정지했다. 놀란 유혼이 급히 말했다.

"왜 그러십니까?"

"이봐, 유혼. 우리가 왜 도망쳐야 하는 거야?"

"왜라니요? 당연한 것 아닙니까? 그가 우리보다 강하니까 도망쳐야지요."

"우리는 살수잖아. 살수는 원래 강한 놈들을 암살하는 거 아냐?"

"정면에서는 아닙니다. 우리는 언제나 뒤를 노립니다."

"유혼, 그자가 그렇게 강해?"

"강합니다."

"넌 우리 살막에서도 손꼽히는 살수잖아."

"기척을 느끼는 것은 살수의 기본 중에서 기본. 그걸 제대로 못하면 자기 명을 반도 못 채우고 죽습니다."

"그 이야기는 왜 하는데?"

"전 그자가 다가오는 기척을 느끼지 못했습니다."

"방심한 거 아니고?"

"아무리 쉬운 의뢰물이라고 하더라도 실행 중에 방심하는 짓은 하지 않습니다."

소막주의 얼굴이 구겨졌다.

"그럼 이제 어떻게 되는 건데? 첫 실행을 실패하면 얼굴을 들고 다니지 못한다며? 살막을 물려받지 못한다며?"

"그렇습니다."

"유혼, 뭔가 방법을 생각해 봐. 우리 살막의 일 년 수입이 얼마나 많은지 알아? 나보고 그걸 포기하라는 거야? 더구나 잘못하면 내 목이 달아나. 이건 어떻게든 성공해야 하는 의뢰란 말이야."

"이미 늦었습니다. 첫 임무는 이미 실패했습니다. 다시 한다고 해서 떨어진 체면이 살아나지 않습니다."

"그, 그럴 수가… 뭐 그런 개떡 같은 관습이 다 있어?"

"할 수 없습니다."

"그러지 말고. 유혼. 방법을 좀 생각해 봐."

유혼이 망설이다가 말했다.

"방법이 하나 있기는 있습니다만……."

소막주 장일격의 얼굴이 환해졌다.

"그렇지? 방법이 있는 거지?"

"있기는 합니다만 워낙에 어려운 일입니다."

"괜찮아. 어렵고 자시고 상관없어. 난 살막을 꼭 물려받아야겠어. 무슨 방법인데?"

"오늘 일을 방해한 자 말입니다."

"그래, 그자."

"그자가 충분히 유명한 자라면 변명거리가 됩니다."

장일격이 손뼉을 쳤다.

"그래! 그거야! 살수들의 힘으로는 어떻게 할 수 없는 강자라면 되잖아!"

그의 얼굴이 조금 어두워졌다.

"그런데 정말 그렇게 강한 자일까?"

"그의 나이와 실력으로 추정해 볼 때, 당장은 아니라도 결국 유명해질 겁니다."

"그래, 유혼 말이 맞을 거야. 꼭 그래야 돼. 그러니까 우리는 그가 유명해지기만 기다리면 되는 거지?"

"그게 끝이 아닙니다."

"그럼?"

"그가 유명해진 후, 암살해야 합니다."

장일격의 얼굴이 일그러졌다.

"그놈, 세다고 했잖아."

"그렇습니다."

"쳇, 알았어. 유명해지기를 기다렸다가 살수들을 잔뜩 끌고 가서 없애 버리지 뭐."

"그렇게 쉬운 일이라면 제가 망설이지도 않았습니다."

"또 뭐가 있는데?"

"혼자 하셔야 합니다."

"혼자? 뭘?"

"혼자 그를 암살하셔야 합니다. 그렇게 유명한 놈에게 방해를 받았지만 결국 제거했다. 그런 의기를 보여주셔야 체면을 회복할 수 있습니다."

"에에엑? 내가? 난 한 번도 암살을 해본 적이 없단 말이야."

"방법은 대충 배우셨잖습니까?"

"말 그대로 대충 배웠지."

"아니면 살막은 포기하십시오."

장일격이 잠시 고민하다 중얼거렸다.

"그래도 살아남는 게 중요하니까 포기를 할까?"

"살막을 포기하면 지금의 풍족한 생활은 더 이상 없습니다. 아까도 말했듯이 새 막주가 나오면 그는 후환거리를 제거하려고 들겠지요."

장일격은 어떻게 해야 할지 알 수가 없었다. 하지만 그는 선택의 여지가 없었다. 중원삼대살수단체 중 하나인 살막의 소막주 눈에서 눈물이 다 글썽거렸다.

"미치겠네. 나도 알아. 젠장. 이게 뭐야. 의뢰를 잘못 받아서 완전히 망쳤잖아. 이게 다 유혼 너 때문이야!"

유혼은 그 말을 무시했다. 그는 대신에 다른 문제를 꺼내놓

앉다.

"그럼 의뢰주에게는 어떻게 말하시겠습니까? 임무 실패라고 말하고 배상금을 지불하시겠습니까?"

"흥. 실패했다고 선언하면 끝장이라며? 그 왕삼이라던 놈을 암살할 때까지는 임무 실패 아니야."

"알겠습니다. 그럼 의뢰주에게는……."

"아무 말도 하지 마."

유혼은 입을 다물었다.

'소막주가 살아남으려면 이 방법뿐이야. 그런데 하필 이름이 왕삼이라니. 왕삼이야 워낙 흔한 이름이지만 재수없게.'

오혜란이 서흑수에게 말했다.

"왕삼, 나 좀 도와줄 수 있어요?"

"당연히 도와드립니다. 하지만 무슨 일인지 먼저 알고 싶습니다."

"알았어요. 일단 내 이야기를 먼저 들어보세요."

오혜란은 서흑수에게 자신의 처지를 설명했다. 긴 이야기였다. 말하는 도중에 눈물이 자꾸 솟았다.

"흐윽. 그래서 부모님이 돌아가시고 나서 의숙부가 후견인으로 장원을 맡았어요. 우리는 어렸거든요."

서흑수는 조용히 듣기만 했다.

"몇 년 동안 아무것도 몰랐어요. 그런데 우리가 아는 무사들이 자꾸 안 보이는 거예요. 그게 무슨 뜻인지도 몰랐어요. 그러다 언니가 권리를 찾을 나이가 되고, 그때서야 일이 어떻게 됐는지 알게 됐어요. 그래서 언니가 직접 움직였어요. 해고된 무사들을 다시 찾아다녔어요. 협박을 수없이 받으면서도 계속 그 일을 했어요."

서흑수는 그 사정을 잘 안다.

'그래서 제거됐지.'

오혜란은 언니 이야기를 하자 더 서글퍼졌다.

"언니는, 우리 언니는 올해로 스무 살이 됐어요. 이제 장원을 돌려받을 수 있는 나이가 된 거예요. 의숙부는 문제가 되지 않았어요. 마약에 취해서 제정신이 아니거든요. 하지만 정미화 그년이, 의숙부의 여자라고 들어온 그년이 이미 장원을 장악했어요. 장원에 남은 무사들은 다 그년 편이에요."

오혜란이 눈물을 닦았다.

"언니는요. 그래도 원래 우리 오가장의 무사들을 많이 끌어 모았어요. 오가장의 눈치를 보는 지금 장원의 무사들, 그 사람들은 옛날 무사들만 돌아오면 설득할 수 있어요. 그럼 남은 것은 정미화의 무사들. 그자들을 쫓아낼 수 있어요. 정미화도 쫓아낼 수 있어요. 그러니까."

오혜란이 간절한 표정으로 서흑수를 쳐다보았다.

"왕삼, 그때까지만 나를 지켜주세요."

서혹수가 쓴웃음을 지었다.

"그럴 수 없습니다."

오혜란의 얼굴에 경련이 일어났다.

"왕삼, 당신은 강하잖아요. 내 이야기 다 들었잖아요. 그런데 도와줄 수 없어요?"

"죄송합니다."

"도, 돈 때문에 그래요? 내가 돈이 없어서? 걱정하지 말아요. 장원만 다시 찾으면 돈을 줄게요. 우리 장원 원래는 돈 많아요. 그러니까 좀 도와주세요."

"죄송합니다, 아가씨."

오혜란이 그를 쳐다보다가 갑자기 외쳤다.

"당신! 정미화 그년의 몸뚱이가 탐이 나는 거지요? 그렇지요? 당신도 다른 사람들처럼 그년의 몸뚱이에 넘어간 거지요?"

그녀는 이 말이 무리라는 것을 안다. 서혹수가 정미화에게 넘어갔다면 조금 전에 도와줬을 리가 없다. 하지만 잔뜩 실망한 그녀는 입에서 튀어나오는 대로 말하고 있었다.

서혹수가 웃었다.

"그럴 리가 없다는 것을 잘 아시잖습니까?"

계속 마음의 상처만 받아온 오혜란은 사리에 맞지 않는 반응을 보였다.

"시끄러워요. 듣고 싶지 않아요. 당신, 당신도 똑같은 사람이야. 왕삼, 당신을 해고하겠어요!"

그녀는 왕삼을 해고할 처지가 아니다. 오히려 잘 달래야 한다는 것을 잘 안다. 설사 서흑수가 거절한다고 하더라도 그는 생명의 은인이다. 평소라면 화를 낼 리가 없다.

하지만 지금은 너무 화가 나서 정신이 없었다.

서흑수가 어깨를 으쓱했다.

"할 수 없지요."

그 말이 오혜란의 마음에 깊은 상처를 남겼다.

"너, 너무해. 너무해! 당신 같은 남자. 꺼져 버려!"

오혜란은 눈물을 흘리며 뛰어갔다.

그녀의 뒷모습을 보며 서흑수가 중얼거렸다.

"정말 울보 아가씨라니까."

서흑수는 그때부터 정미화의 주변을 감시하기 시작했다. 살수들에게서 소식이 전해지는 시기를 기다렸다.

하지만 하루 종일 아무 변화가 없었다. 그는 결국 정미화가 있는 건물 지붕에 다시 숨어들었다.

'쳇, 살수 놈들. 왜 이렇게 굼떠? 임무에 실패했으면 얼른 통보를 해야 할 거 아냐?'

그는 살수들이 통보하고 정미화가 반응하기를 기다렸다.

'어서 소식을 듣고, 어서 분노하고, 어서 배후의 놈들을 끌

어들이라고.'

정미화가 무사들에게 질문했다.

"왜 혜란이 그년이 멀쩡히 돌아다니지? 청부는 제대로 한 거야?"

"물론입니다. 확실히 청부했습니다."

"그럼 어떻게 된 거야?"

"아무래도 기회를 보는 것 같습니다. 살수들은 원래 신중하잖습니까?"

"흥. 무공도 제대로 못 쓰는 여자 하나 없애는 게 뭐 그리 힘들다고?"

"그건 그들이 전문가이니 그냥 놔두는 것이 낫습니다. 때 되면 알아서 죽이겠지요."

서흑수는 실망했다. 그는 정미화가 무사 한 명과 잠자리에 들자 지붕에서 조용히 빠져나왔다.

서흑수가 투덜거렸다.

"무책임한 살수 놈들 같으니라고. 실패했다는 보고도 안 하고 날랐다 그거지? 살려준 보람이 없네."

그는 목을 우두둑 소리가 나도록 돌리고 나서 말했다.

"좋아. 이렇게도 안 된다? 그럼 이번에는 정말 안 움직이고는 못 버티게 만들어주지."

서흑수는 깊은 어둠에 몸을 숨기고 장원을 조용히 빠져나갔다.

*　　　*　　　*

　당문제일검 당이환과 고가장의 고세옥은 오가장에서 제법 떨어진 숲에서 노숙을 하고 있었다.
　고세옥이 당이환의 잠자리를 만들면서 투덜거렸다.
　"당 대협, 정말 이게 옳은 방법일까요?"
　당이환이 그를 보고 미소를 지었다.
　"녀석, 뭐가 문제냐?"
　고세옥이 말했다.
　"당 대협께서 계시니 그냥 오가장을 덮치는 것이 낫지 않나요? 혹시 누나가 거기 있으면 당장 구할 수 있잖아요. 설사 없다고 하더라도 의심스러운 놈들을 족치면 행방이라도 알 수 있을지 모르잖아요."
　당이환이 고세옥을 보는 눈길은 조금 따뜻했다.
　"그건 가장 하수가 쓰는 수법이다."
　원래 하수인 고세옥이 발끈했다.
　"하지만 가장 빠르잖아요."
　"고수는 기다릴 줄 알지. 흑수의 계획은 완벽하다. 단 한 가지 문제만 없다면 흠잡을 곳이 없어."
　"한 가지 문제요?"
　"정말로 네 누나에게 시간이 많은지 하는 문제."

"에엑? 아닐 수도 있다는 말이세요?"

"지금까지 알려진 정보에 의해 판단해 보면 그의 말이 옳을 가능성은 높지. 하지만 그는 너무 자신만만해. 그게 조금 꺼림칙해."

'혹시 뭔가 더 알고 있는 것이 아닐까?'

그는 제대로 짚었다. 서흑수는 이십여 명에게 습격당한 후 그들을 몰살시켰다. 하지만 그걸 밝힐 처지가 아니다. 그리고 그 정보가 빠진 상태에서 당이환은 서흑수만 한 확신을 가질 수가 없었다.

고세옥이 걱정 가득한 얼굴로 말했다.

"불안해요. 누나들을 다시 못 볼까 불안해요."

"잡념을 없애는 데는 수련에 집중하는 것보다 좋은 게 없지. 미친 듯이 검을 휘두르다 보면 다른 생각이 들지 않으니까. 그런 의미에서 자기 전에 수련이라도 좀 더 할까?"

고세옥이 검을 잡았다.

"또 봐주시게요? 감사합니다."

당이환은 웃었다.

'가르치는 보람이 있는 녀석이군. 하루 종일 수련하느라 고단할 텐데 다시 검을 잡는구나. 자기 누나 걱정 때문인가? 여하튼 이 일이 끝나면 화련이에게 점수 톡톡히 따겠어.'

갑자기 당이환의 얼굴이 굳었다.

"쉿, 누군가 온다."

고세옥도 긴장해서 검을 들었다.

그들이 노려보고 있는 방향에서 서흑수가 나타났다.

"오늘은 푹 쉬는 게 좋을 거다."

고세옥의 얼굴이 환해졌다.

"흑수 형!"

서흑수가 고세옥의 어깨를 쳤다.

"고생 많다."

"어. 고생 정말 많아. 이거 언제까지 해야 하는 거야?"

"내일은 제대로 고생해라."

"무슨 소리야?"

"놈들을 자극할 필요가 생겼거든."

가만히 듣고만 있던 당이환이 말했다.

"뭔가 알아냈나?"

서흑수는 자기가 그동안 알아낸 이야기를 그 두 명에게 모두 설명했다.

이야기를 다 듣고 나서 당이환이 질문했다.

"그래서 계획은?"

"놈들을 끌어내겠습니다."

"어떤 방법을 쓸 생각이냐?"

서흑수가 씩 웃었다.

"내일, 당 대협께서 세옥이랑 같이 수고 좀 해주셔야겠습니다."

 다음날, 당이환과 고세옥은 숲에서 먹고 자던 생활을 접었다. 그들은 오가장이 뻔히 보이는 객잔을 찾아 자리를 잡고 음식을 잔뜩 시켰다.
 고세옥은 정신없이 음식을 퍼먹었다.
 "쩝쩝. 이거 정말 맛있네요. 나무 열매에 토끼 고기만 씹다가 기름진 요리를 먹으니 끝내주게 좋은데요?"
 당이환이 음식을 기품있게 먹으며 말했다.
 "조심해라. 놈들이 음식에 무슨 수작을 부릴지 모르니."
 고세옥은 신경도 쓰지 않았다.
 "설마 당문제일검이신 당이환 대협 앞에서 독을 쓰는 놈들이 있으려고요?"
 당이환도 그 점에는 동의했다. 그가 음식을 고루 주워 먹어 봤지만 특별히 독기운이 느껴지는 것은 없었다. 그 외에 은밀히 독을 쓸 수 있는 어떠한 것도 주변에 없었다.
 당이환의 젓가락질도 조금씩 빨라졌다.
 "그럭저럭 먹을 만하구나."
 한껏 기품있는 척하고 있지만 그도 그동안 먹었던 이상한 음식들 때문에 껄끄러워진 입 안을 이 기름진 요리로 청소하고 싶었다.
 실컷 배를 채운 그들은 느긋하게 목욕까지 하고는 오가장

주변을 돌아다니기 시작했다.

 그들은 오가장에 들어가지 않았다. 하지만 사람들에게 오가장에 대해서 꼬치꼬치 캐묻고 다녔다.

 서흑수는 오가장을 어슬렁거리면서 돌아다녔다. 손에는 항상 일거리처럼 보이는 뭔가를 들고 있었다. 그 모습을 보고 일하는 중으로 오해한 사람들은 아무도 그에게 다른 일을 시키지 않았다.

 그가 움직이는 영역은 정미화를 감시할 수 있는 곳으로 국한되었다. 설사 시선에서 벗어나더라도 사람들의 움직임을 감지할 수 있는 거리는 유지했다. 담벼락 너머에서 무슨 일이 일어나는지 정도 알아내는 것은 그에게 일도 아니었다.

 그렇게 움직이면 상대가 모를 수가 없다. 정미화가 그를 쳐다보았다. 그녀가 코맹맹이 소리를 냈다.

 "흐응, 왕삼. 무슨 할 말이 있니?"

 서흑수가 목젖이 흔들리도록 침을 크게 삼켰다.

 "마님, 아무것도 아닙니다. 그냥 우연히 마주쳤을 뿐입니다."

 정미화가 서흑수의 얼굴과 몸을 훑어보았다. 그리고 아랫도리까지 쳐다본 후 웃었다.

 "호호호. 왕삼, 몸이 뜨겁니?"

"저, 저는……."

"괜찮다. 너 하는 걸 봐서 내가 식혀줄 테니 나를 위해서 열심히 일해라."

서흑수가 고개를 꾸벅 숙였다.

"열심히 하겠습니다, 마님."

그렇게 대놓고 연기를 해놓은 후로 정미화는 서흑수가 주변을 맴돌아도 신경도 쓰지 않았다.

다른 여자가 신경을 썼다.

서흑수가 정미화를 힐끗거리며 마당을 쓸고 있었다. 그에게 오혜란이 다가왔다. 그녀의 눈은 빨갛게 충혈되어 있었다.

"이봐요, 왕삼."

서흑수가 그녀를 보고 웃었다.

'울보가 왔군.'

"예, 아가씨."

오혜란이 따져 물었다.

"이봐요, 왕삼. 저년의 꽁무니나 쫓아다니니까 좋아요?"

"아가씨, 그런 게 아닙니다."

"흥. 내가 모를 줄 알아요? 오늘 하루 종일 아주 눈을 못 떼잖아요."

"어쩌다 보니 그렇게 된 겁니다."

오혜란은 그 말을 믿지 않았다. 그녀는 왕삼을 보고 계속 머뭇거렸다.

"저기, 왕삼."

"예, 아가씨."

"내가 간밤에 내내 생각해 봤는데……."

"무슨 생각을 하셨습니까?"

"저기, 그러니까 왕삼이 내 목숨을 구해준 거잖아요."

"잊지 않고 계시니 반갑습니다. 저는 몽땅 까먹으신 줄 알았습니다."

"그, 그때는 상황이 그래서……."

"그래서 무슨 생각을 하셨습니까?"

오혜란이 다시 왕삼의 얼굴을 물끄러미 보았다. 그녀의 몸이 가늘게 떨리고 있었다.

"저기, 왕삼. 그러니까……."

서흑수는 그녀가 왜 이런 태도를 보이는지 이해할 수 없었다.

'얼마나 큰 것을 내놓고 협상을 걸려고 이렇게 망설여?'

"말씀하시지 않으면 저는 가보겠습니다."

그녀가 마침내 결심했다.

"왕삼, 나는 정말 당신 같은 고수가 필요해요. 장원을 되찾고 저년을 잡아서 언니가 어디 있는지 알아낼 때까지, 그리고 언니를 되찾을 때까지 당신 같은 고수가 필요해요."

그녀는 어젯밤 내내 고민한 결과 왕삼이 보통 실력의 무사가 아니라는 것을 깨달았다.

서흑수가 웃었다.

"그 이야기는 어제 이미 끝냈다고 생각합니다만?"

"아니, 끝나지 않았어요. 왕삼. 내가, 정미화 그년이 주는 것보다 더 좋은 걸 줄게요."

서흑수의 얼굴이 핼쑥해졌다.

'설마······.'

오혜란이 떨리는 목소리로 말했다.

"나, 나를 줄게요."

서흑수는 그녀가 설마 이런 소리를 할 줄은 몰랐다.

'이 울보 아가씨가 미쳤나?'

모른 척하고 질문했다.

"무슨 말씀이신지 잘······."

오혜란은 일단 말을 뱉어버리자 조금 진정이 되었다. 그녀는 비로소 준비한 말을 할 수 있었다.

"왕삼 당신이 예쁜 여자를 좋아하는 거 알아요. 정미화보다는 내가 더 예쁘잖아요? 내가 더 어리고 더 예뻐요. 그러니까 나를 줄게요. 대신에 장원을 되찾고 언니도 구해낸 후에 주겠어요. 그러니까 그때까지 나를 도와주세요."

그녀는 눈을 반짝이며 서흑수를 바라보았다.

서흑수는 골치가 아팠다.

'이 아가씨. 이야기가 왜 이렇게 흐르나? 밤새 고민해서 내린 결론이 겨우 이런 거야? 몸을 미끼로 걸고 부려먹겠다는 생각이군. 나중에 힘이 생기면 돈을 주고 해결할 생각이겠지.'

그는 오혜란의 눈을 쳐다보았다. 그녀의 눈에서 간절함이 보였다.

'그게 아니라면……'

"상황이 그렇게까지 다급합니까? 몸을 팔 정도로?"

오혜란의 얼굴에서 경련이 일어났다. 그녀는 자기 자존심을 다 버린 줄 알았다. 하지만 몸을 판다는 말을 듣자 어제와는 비교도 할 수 없는 큰 상처를 입었다.

"와, 왕삼. 당신이라는 남자는 정말… 최악이야! 흐흑!"

그녀가 다시 울면서 도망쳤다.

서흑수는 그녀의 뒷모습을 보며 말했다.

"울보 아가씨를 웃게 해줘야 할 텐데."

그가 다시 정미화를 힐끗 보았다. 무사 몇 명이 그녀에게 다가가서 귓속말을 속닥였다. 깜짝 놀란 그녀가 무사들을 자신의 거처로 데리고 들어갔다.

서흑수가 씩 웃었다.

"드디어 낚였군."

그는 사람들의 시선을 피해 건물 지붕으로 조용히 숨어들어 갔다.

정미화가 뾰족한 목소리로 말했다.

"우리를 조사하는 자들이 있다고?"

"그렇습니다. 장원 주변을 돌아다니며 우리에 대해서 묻고 다닙니다."

"오혜란 그년이 불러들인 무사들인가?"

"그건 아닌 것 같습니다."

"몇 명이나 되는데?"

"두 놈입니다. 하지만 그들은……."

"그냥 제거해 버려!"

"예?"

"살수들에게 추가 의뢰를 넣어. 그놈들도 제거해 달라고."

"그게, 곤란합니다."

"왜? 돈이 모자라?"

"그게 아니라, 그 두 놈 중 하나의 신분이……."

"아무리 신분이 대단한 놈도 칼 맞으면 죽잖아."

"그가 바로 당문제일검 당이환입니다."

정미화의 얼굴이 딱딱하게 굳었다.

"그가 왜 여기……."

"아무래도 도원표국 조작 일에 뭔가 실마리를 잡고 나타난 것 같습니다."

정미화가 질린 얼굴로 질문했다.

"그놈, 살수들 가지고는 못 죽여?"

"살수들도 그런 무서운 자에 대한 의뢰는 받지 않습니다. 더구나 당문은 살수들도 손대지 않으려는 곳인데 그는 다른 사람도 아니고 사천당문의 당문제일검 당이환입니다."

"당신들이 직접 처리할 수는 없어?"

"농담하십니까? 우리가 몽땅 몰려가도 상대도 안 됩니다."

정미화가 질린 얼굴로 말했다.

"그렇게 강해?"

"그는 강합니다. 보통 고수와는 차원이 다른 인간입니다. 검으로 경지에 오른 것으로 부족해서 당문의 암기와 독에도 일가견이 있습니다."

정미화가 손톱을 깨물었다.

"그럼 어떻게 하지?"

"아무래도 그들의 도움을 얻어야겠습니다."

정미화의 얼굴이 환해졌다.

"그들이라면 가능해?"

"그들은 강하니까요. 거기다 우리도 모두 움직여야겠지요. 숫자 앞에서는 장사 없습니다."

"그들이 와줄까?"

"당이환이 나타났습니다. 당이환이 그 일을 조사하고 있다고 하면 그건 그들에게도 큰 문제가 됩니다. 해결하기 위해서 나타날 겁니다."

정미화가 비로소 안도의 한숨을 쉬었다.

"그럼 그들에게 연락해. 그들이 알아서 처리하겠지."

지붕 속에 숨어 있던 서흑수의 입꼬리가 올라갔다.

'고맙다.'

그곳을 빠져나가던 서흑수가 잠시 망설였다.

'그런데 울보 아가씨는 어떻게 하지?'

당이환과 고세옥은 하루 종일 사람들에게 질문을 하고 다녔다. 질문의 주제는 주로 오가장의 정미화와 그녀의 무사들이었다.

온갖 안 좋은 소리를 잔뜩 얻어들을 수 있었다. 하지만 말한 사람이 무색하게도 그들은 그 이야기를 모두 한 귀로 듣고 다른 귀로 흘렸다.

그렇게 해가 질 때까지 돌아다닌 후, 당이환이 사람들 들으라는 듯이 말했다.

"세옥아, 오늘 밤은 느낌이 안 좋으니 객잔보다는 관제묘에 가서 하룻밤 쉬도록 하자꾸나."

고세옥도 목소리를 낮추지 않고 대답했다.

"당문제일검이신 당이환 대협께서 그런 곳에서 쉬셔도 되겠습니까?"

"괜찮다. 오히려 그런 곳이 더 안전한 법이다. 일단 저녁을 먹고 좀 쉬었다 가자꾸나."

그들은 그런 내용의 말을 몇 번이나 반복한 후 마을을 벗어났다.

관제묘로 걸어가면서 고세옥이 말했다.

"당 대협, 걸려들까요?"

"물론. 하지만 내가 걱정하는 것은 다른 것이다."

"어떤……."

"놈들이 나의 존재를 알면서도 나타난다는 것은 나를 이길 만큼 충분한 힘을 준비해서 온다는 뜻이다. 쉽지 않은 싸움이 되겠지."

고세옥의 얼굴이 파랗게 질렸다.

"다, 당 대협. 그럼 왜 이 작전을 받아들이신 거예요?"

당이환이 웃었다.

"나는 내 실력을 다 드러낸 적이 없으니까."

"예?"

"놈들은 나의 알려진 실력을 상대할 만큼 준비해 오겠지. 후후. 그게 놈들의 최후다."

고세옥의 얼굴이 환해졌다.

"아, 역시 당 대협… 가만, 그럼 흑수 형도 그걸 알고 있었다는 소리인가요?"

당이환의 얼굴이 심각해졌다.

"흑수는 네가 생각하는 것 이상으로 대단한 녀석이다."
'그래서 녀석이 더 의심이 드는군. 그 녀석은 아군인가? 아니면 적군인가? 정체가 뭘까?

第九章

사십여 명의 무사들이 어둠 속을 은밀히 헤치며 이동했다. 이십여 명씩 두 무리였다.

무사 한 명이 자기들의 대장에게 질문했다.

"대장님, 그가 아무리 당문제일검이라고 하더라도 우리가 이렇게 많이 몰려갈 필요가 있겠습니까?"

무사대장이 피식 웃었다.

"당문이 우습게 보이나?"

"그건 아닙니다. 하지만 그는 무당제일검이나 화산제일검이 아니라 기껏해야 당문제일검입니다."

그들은 두 부대였다. 이십여 명으로 구성된 두 개의 부대가 움직이고 있었다. 그가 가까운 거리에서 움직이는 옆 부대를 가리키며 말했다.

"그런 놈을 잡는 데는 우리 부대만으로도 충분합니다. 저 녀석들까지 같이 갈 필요는 없잖습니까?"

"견문 짧은 놈 같으니라고. 당문제일검이 괜히 당문제일검인 줄 아느냐?"

"그래 봐야 암기와 독을 쓰는 당문 출신 아닙니까? 검을 잘 써봐야 얼마나 잘 쓰겠습니까?"

"적사대가 이미 놈에게 당했다."

"예?"

"적사대가 고가장에서의 임무를 수행하다가 전멸했다. 당시에 그 근처에서 그 정도 위력을 보일 수 있는 고수는 오직 당이환 하나뿐이었다. 그렇다면 범인은 뻔하지."

부하가 질린 얼굴이 되었다. 그뿐만 아니라 다른 부하들의 얼굴에도 공포가 서렸다.

"적사대라면 만만치 않은 놈들이었는데. 이거 아무래도 힘든 싸움이 되겠군요."

"아니, 생각만큼 어렵지는 않을 거다."

"하지만 적사대가 당했다고 하지 않으셨습니까? 그들의 실력은 우리와 큰 차이가 없었습니다."

"우리는 두 부대다."

"그러니 놈을 죽일 수 있겠지요. 하지만 우리 피해가 적지 않을 겁니다."

"우리 외에 지원군이 더 올 거다."

무사의 얼굴이 조금 밝아졌다.

"지원군? 쓸 만한 놈들입니까?"

"실력은 대부분 삼류다."

"삼류… 를 어따 쓰란 말씀이십니까?"

"하지만 그 숫자가 사십여 명이다."

부하들의 얼굴이 비로소 환해졌다.

"하하. 팔십 대 일이라면, 그것도 우리 같은 정예 무사가 사십이나 있다면 이 싸움은 해보나마나겠습니다."

"그렇지. 그러니 걱정하지 마라."

다른 무사 하나가 조심스럽게 말했다.

"하지만 놈이 당문 출신이라면 당연히 독과 암기를 잘 다루지 않겠습니까?"

"그 문제도 고려하고 있다. 그래서 작전 계획을 세웠다. 우리는 오가장의 무사들을 앞에 세워 그의 독과 암기를 먼저 소모시킨다. 그 후에 우리는 힘 빠진 놈을 제거하면 된다."

"하하하. 그것참 좋은 계획입니다."

"쉿!"

무사대장이 갑자기 손가락으로 입을 가렸다. 그는 손짓을 해 다른 무사들을 모두 정지시켰다.

"누군가 있다."

그들의 앞쪽에 한 사람이 서 있었다. 서흑수였다.

무사대장은 긴장했다.

'당이환이 선수를 치는 걸까?'

그는 조심스럽게 손짓했다. 다른 부대까지 포함해서 사십여 명의 무사들이 일사불란하게 움직여 서흑수를 포위했다.

포위가 끝나자 무사대장이 서흑수를 가만히 살폈다.

'젊다. 당이환이 아니다.'

안심한 그가 말했다.

"네놈은 누군데 우리 길을 막고 있느냐?"

서흑수의 목소리는 차가웠다.

"이것은 너희들이 자초한 일이다."

"무슨 헛소리냐? 아니, 상관없다. 죽이고 가면 그만. 뭣들 하느냐. 놈을 없애라!"

서흑수는 살기가 끓어올랐다.

'지겨운 살기. 또 망칠 수는 없어. 어떻게든 제어해야 해. 웃자. 웃는 것 말고는 방법이 없다.'

그는 환히 웃었다. 그의 웃음에 살기가 배어들었다. 입술 양쪽 끝이 귀밑까지 올라갔다. 뾰족한 송곳니 네 개가 드러났다. 야차의 그것처럼 무서운 웃음을 지었다.

"지옥에 온 걸 환영한다."

*　　　*　　　*

고소미는 작은 돌조각으로 벽에다 글씨를 썼다. 그걸 본 구소라가 한마디 했다.

"또 서 대협 욕 새기고 있니?"

"응. 우리 거지 그게 아직도 나를 찾아내지 못했잖아. 게을러터진 바보 거지. 욕먹어도 싸."

"서 대협은 고용된 사람들 중 하나잖아. 덤으로 잘생기기까지 했고. 그런데 왜 서 대협만 못 잡아먹어서 안달이니?"

"내 경호무사잖아. 그러니까 나를 지켜줘야지."

"좋겠다. 내 경호무사는 날 배신하고 납치하는 데 한몫 거들었는데 니 경호무사는 그러지 않아서."

"헤헤. 거지는 절대로 나를 배신하지 않아. 대신에 엄청나게 속 썩이는 인간이야."

"오늘은 또 뭐라고 적었는데?"

"바보 거지. 콱 죽어버리라고 적었어."

* * *

무사대장은 서흑수의 웃음을 보고 질려 버렸다. 그만이 아니라 다른 무사들도 마찬가지였다.

"인간이 어떻게 저런 웃음을……."

"귀신이 아닐까?"

무사대장은 부하들이 동요한다는 것을 깨닫고 긴장했다.

'안 좋다. 겨우 생긴 것 때문에 기가 죽다니.'

무사대장이 호통을 쳤다.

"뭣들 하느냐? 놈은 겨우 한 놈이다. 그냥 더럽게 생긴 놈이다. 제일조. 앞으로 나서!"

무사들이 서로 눈짓을 했다. 일조에 소속된 열 명의 무사들이 한 걸음 앞으로 걸어나갔다.

서흑수는 철검 한 자루를 늘어뜨리고 있었다. 그 자세 그대로 움직이지 않았다. 살기 어린 웃음만 더 짙어졌다.

열 명의 무사들이 침을 꿀꺽 삼켰다.

무사대장이 소리쳤다.

"지금이다. 쳐라!"

열 자루의 검이 사방에서 동시에 서흑수에게 떨어졌다.

무사대장의 얼굴이 환해졌다.

'놈이 빠져나갈 틈은 없다.'

서흑수는 날아오는 열 자루의 칼을 보며 자신의 검을 들어 올렸다. 그의 검이 부드러운 원을 그렸다. 원에서 하나의 흡입력이 일어났다.

그 흡입력은 열 자루의 검이 떨어지는 방향에 영향을 끼쳤다. 검들의 방향이 조금씩 틀어졌다. 그것들은 모두 서흑수의 머리 한가운데를 향해 똑바로 떨어졌다.

서흑수의 검이 원을 그리는 것을 멈췄다. 그의 검은 머리

위에 있었다. 그 위에 열 자루의 검이 얹혔다.

　열 명의 무사들은 당황했다. 서흑수의 검이 열 자루 칼을 받치고 있는 형상이 된 채 움직임이 정지했다.

　무사대장이 놀라서 소리를 질렀다.

　"눌러 죽여!"

　그 명령을 받은 무사들이 검을 내리눌렀다.

　'조금만 더 누르면 자기 칼에 머리가 쪼개질 거야.'

　그러나 그들의 바람과는 다르게 서흑수의 검은 미동도 하지 않았다.

　서흑수의 웃음이 더 짙어졌다. 그 무서운 웃음을 본 무사들은 심장이 쿵쾅거렸다.

　서흑수의 몸이 부드럽게 가라앉았다. 손에 든 검은 반대로 위로 밀어 올렸다. 그의 부드럽고 강력한 힘에 밀린 열 자루 검이 위로 조금 올라갔다.

　그렇게 약간의 공간을 만든 서흑수의 검이 다시 원을 그렸다. 이번에는 수평으로, 크고 깔끔한 원을 빠르게 그렸다.

　검이 그리는 원에는 열 명의 가슴이 있었다. 원에 닿은 가슴 열 개가 쩍 갈라졌다. 그 속의 심장들이 피를 뿜었다.

　열 명의 무사들이 검을 높이 든 채 썩은 통나무처럼 뒤로 넘어갔다.

　서흑수는 그 피를 뒤집어썼다. 그는 여전히 웃고 있었다.

　무사대장이 입을 떡 벌렸다.

"괴, 괴물······."

서흑수가 붉은 피에 뒤덮인 채 살기 진득한 웃음을 지었다.

"말했다. 여기는 지옥이라고."

무사 대장이 고래고래 소리를 질렀다.

"막아. 죽여. 놈을 죽여!"

서흑수가 검을 가볍게 던졌다. 그가 던진 검이 빨랫줄처럼 똑바로 날아가 소리 지르는 무사대장의 가슴 한복판에 손잡이까지 깊이 꽂혔다.

"꺼어억······."

서흑수는 바닥에 쓰러져 있는 시체 한 구에서 검을 빼앗아 들면서 말했다.

"시끄럽잖아."

이제 사십 명의 무사들 중에서 스물아홉이 남았다. 그들이 주춤주춤 물러섰다.

"도망치게?"

서흑수의 몸이 질풍처럼 움직였다. 그가 처음 노린 무사는 막 도망치기 위해서 뒤돌아선 자였다.

날카로운 검이 그 무사의 등을 쩍 갈라 버렸다.

"도망치려는 놈부터 죽는다. 그러니까."

서흑수가 스물여덟 명의 무사들을 보고 말했다.

"살고 싶으면 나를 이겨라."

다른 무사 한 명이 다시 뒤로 물러섰다. 서흑수의 손에서 검이 날아갔다.

무사는 기겁을 하며 검을 휘둘렀다. 그러나 그의 검은 서혹수가 날린 칼을 막아내지 못했다. 허공에 휘두르는 검보다 더 빨리 서혹수의 칼이 그 무사의 가슴에 꽂혔다.

"끄아악!"

서혹수는 조금 전에 죽인 시체의 검을 다시 주워 들었다.

"이제 스물일곱."

무사들의 눈이 독해졌다.

'도망치려고 하면 죽는다.'

'공격하는 수밖에 없어.'

'하지만 누가 먼저 공격하지?'

그들은 도망치지 못했다. 하지만 먼저 나서지도 못했다. 서혹수가 그들에게 다가갔다.

"너희들이 오지 않으면 내가 간다."

그의 몸이 허공으로 솟아올랐다. 그가 다시 떨어지는 곳에는 다섯 명의 무사들이 뭉쳐 있었다.

놀란 무사들이 소리를 지르며 허공에 대고 검을 휘둘렀다.

"으아아!"

"오지 마!"

"이 괴물아!"

서혹수는 무사들이 휘두르는 검을 발끝으로 쳐냈다. 그는 무사들 한복판에 떨어지며 그들 중 하나의 머리를 걷어찼다.

"켁!"

무사 하나는 그 즉시 목뼈가 부러지며 쓰러졌다. 나머지 무사 넷이 급히 검을 휘둘렀다.

서흑수가 더 빨랐다. 그의 검이 무사들의 목을 일제히 날려 버렸다. 네 개의 머리통이 바닥에 굴렀다.

서흑수가 나머지 무사들을 보고 말했다.

"이제 스물둘. 그대로 그렇게 죽음을 기다릴 건가? 아니, 여기는 이미 지옥이니, 너희들은 이미 죽었지."

무사들은 깨달았다.

'저놈을 죽이지 못하면 죽는다.'

그들이 서흑수를 향해 소리를 지르며 달려들었다.

"죽어라!"

서흑수가 검을 늘어뜨린 채 말했다.

"모든 것은."

그의 검이 허공을 베었다. 무사들에게는 마치 검이 쭉 늘어나는 것처럼 보였다.

그 공격에 다섯 명이 피를 뿌리며 쓰러졌다.

"끄아아아!"

서흑수가 말했다.

"너희들이 소미를 납치했기 때문이다. 너희들의 죄를 용서받지 마라. 다른 지옥에 가서라도."

남은 무사 열일곱은 그 틈에 서흑수에게 바짝 접근할 수 있었다. 그들의 검이 사방에서 서흑수를 노렸다.

서흑수가 움직였다. 무사들의 검이 서흑수를 쫓았다.

무사들의 검이 다른 무사 하나를 난도질해서 죽였다. 무사들의 검이 또 다른 무사 하나를 난도질했다. 무사들의 검은 서흑수를 쫓았고, 그들의 검은 동료들을 하나씩 죽였다.

그렇게 무사 다섯이 죽고 나자 그들은 더 이상 검을 휘두르지 못했다. 무작정 검을 휘둘러 봐야 자기네 편만 죽인다는 사실을 깨달았다.

서흑수가 움직임을 멈추고 무사들을 보았다.

"이제 열둘."

무사들이 덜덜 떨었다. 그들은 더 이상 어떻게 할 수 없는 공포에 몸을 떨었다.

무사 하나는 방금 서흑수가 보여준 종류의 보법에 대해서 귀동냥으로 들어본 적이 있었다.

그가 떨리는 목소리로 말했다.

"이 보법은 설마… 컥!"

서흑수의 검이 그의 가슴을 꿰뚫었다.

"알려고 하지 마. 알아도 말하지 마. 그 이름은 너희들에게 허락된 것이 아니다."

서흑수는 자신의 살기가 점점 더 짙어진다는 것을 깨달았다.

'살기의 유혹은 정말 강하군. 충동을 멈추기 어려워. 하지만 참아야 해. 다시는 그런 꼴이 될 수 없어.'

서흑수는 어쩔 수 없이 웃었다. 그의 웃음이 한층 더 괴기스러워졌다.

무사 몇 명이 공포에 질려 소리를 지르며 검을 휘둘렀다.

"으아악. 이 괴물아. 죽어!"

서흑수의 검이 빠르게 그 무사들에게 날아갔다. 그는 가만히 서 있는데 마치 몸에서 여섯 개의 팔이 나타나 검을 찌르는 듯했다.

달려들던 무사 여섯이 그를 스치고 지나가다가 그대로 엎어졌다.

서흑수가 남은 무사들을 보며 귀신처럼 웃었다.

"이제, 다섯 남았네?"

무사들이 부들부들 떨었다. 그들에게 더 이상 싸울 의지 따위는 없었다.

"제, 제발……."

서흑수의 웃음이 더 무서워졌다.

그 시간에 정미화가 보낸 무사들은 관제묘 쪽으로 조심스럽게 접근하고 있었다.

일반 무사들은 그들의 목표가 누구인지 정확히 알지 못했다. 수뇌부의 몇 명만 진실을 알았다.

처음에는 일반 무사들에게 누구를 죽이러 가는지 알려주려고 했다. 그러나 수뇌부의 한 사람이 반대했다.

"당문제일검과 싸우라는 걸 미리 말해준다고? 미쳤군. 그 소리를 듣자마자 다 도망칠 거다."

"하긴. 그것들은 전부 사파에서 긁어모은 놈들이니 당연히 그러겠지."

"그러니까 그냥 조용히 데려가자. 어차피 싸움은 그들이 다 하겠지. 우리가 데려가는 놈들은 머릿수나 채우는 거니까."

수뇌부에서 그렇게 이야기된 덕분에 일반 무사들은 자기들이 누구와 싸우는지도 몰랐다.

어쨌든 그들은 관제묘가 보이는 곳에 조용히 숨어서 서혹수에게 걸려든 무사들이 오기만 기다렸다.

시간이 상당히 흘러도 아무도 나타나지 않았다. 지루해진 무사 하나가 기지개를 켰다.

"으다다다. 언제까지 기다려야 하는 거야?"

누군가가 말했다.

"지루한가?"

"물론 지루하지. 당연한 것을 묻⋯⋯."

무사는 깜짝 놀랐다. 처음 듣는 목소리임을 깨달았다.

그는 벌떡 일어섰다. 다른 무사들도 마찬가지였다.

"누구냐!"

당문제일검 당이환이 그들에게 왼손을 가볍게 흔들었다.

"너희들의 목표."

그의 손에서 암기 세 개가 유성처럼 날아갔다.

세 명의 무사가 즉시 목을 잡고 비명을 질렀다.

"크아악!"

당이환이 무사들 사이로 뛰어들며 검을 휘둘렀다.

"내가 바로 당이환이다. 감히 나를 노려?"

그 소리를 들은 무사들은 화들짝 놀랐다.

"당이환?"

"당문제일검?"

"이건 뭔가 잘못됐어!"

그들은 그 즉시 전투 의지를 상실했다. 하지만 당이환은 용서하지 않았다.

그의 검은 빠르고 강했다. 무사들은 칼 한번 제대로 부딪치지 못하고 수수깡처럼 부러져 나갔다.

당이환이 갑자기 칼질을 멈추었다. 벌써 십여 명의 무사들이 쓰러져 있었다.

당이환이 중얼거렸다.

"젠장. 모두 삼류무사들이군."

무사들의 얼굴에 희망의 빛이 떠올랐다. 그들은 당이환의 입에서 한 가지 말이 나오기를 기대했다.

'혹시 우리 같은 하수들과 검을 섞을 수 없으니 보내주겠다고 하는 건가?'

당이환이 이를 갈았다.

"으드득. 그것도 사파 쪽의 무공. 감히 이런 사파 잡놈들로 나를 잡을 수 있다고 생각했다는 건가? 나를 겨우 그 정도로밖에 평가하지 않았어?"

당이환이 검을 들었다. 그의 검에서 검기가 차갑게 빛을 뿜었다.

"이런 건방진 자식들아. 다 죽여 버리겠다!"

당이환은 검을 휘두르고 암기를 날렸다. 무사들이 썩은 짚단처럼 쓰러졌다.

살아남은 무사들이 비명을 지르며 도망쳤다.

"괴물이다!"

그 소리가 당이환을 더 자극했다.

"도망치지 못한다!"

다섯 명의 무사는 검도 던져 버린 채 땅바닥에 머리를 박고 있었다.

"제발, 제발 살려주십시오."

"목숨만, 목숨만 제발……."

서흑수는 심호흡을 했다.

'살기가 너무 강했어. 지나쳤어. 그럴 필요가 없었는데도 통제하지 못했어. 젠장.'

눈앞에 검을 든 자가 없게 되자 그는 조금씩 진정할 수 있었다. 그의 몸에서 일어나는 살기도 서서히 줄어들었다.

마침내 필요한 만큼의 안정을 겨우 찾은 서흑수가 숨을 크게 내쉬었다.

"휴우."

무사들이 서흑수를 힐끗거렸다.

'휴우. 더 이상 그 무서운 웃음은 짓지 않는군.'

서흑수가 그들에게 말했다.

"고개 들어."

다섯 명이 즉시 고개를 들었다.

서흑수가 그들에게 질문했다.

"니들 어디서 왔냐?"

무사들이 서로의 눈치만 힐끗거렸다.

무사들은 방심했다. 서흑수는 아직 살기에서 완전히 벗어난 상태가 아니었다.

서흑수의 검이 번쩍였다. 첫 번째 무사의 목이 떨어졌다.

다른 무사들의 얼굴이 사색이 됐다.

서흑수가 다시 질문했다.

"니들 어디서 왔냐?"

무사들이 앞 다투어 대답했다.

"구사파에서 왔습니다."

"이광파에서 왔습니다."

"인매문입니다."

"소흑문에서 왔습니다."

서흑수가 인상을 썼다.

'예상은 했지만 역시 전부 사파. 누군가 사파에서 돈으로 고용한 녀석들.'

그가 인상을 쓰자 무사들은 바짝 긴장했다.

"어디로 가는데?"

무사들이 당황했다.

"그, 그것이……."

서흑수가 다시 검을 들었다. 무사 중 하나가 재빨리 말했다.

"대장이 우리를 이끕니다. 목적지는 언제나 대장만 알고 있습니다. 그래서 모릅니다. 진짜입니다."

서흑수가 무사들을 노려보았다. 무사들이 침을 꿀꺽 삼켰다.

서흑수는 이제 뭐든지 묻기만 하면 무사들이 아는 모든 것을 뽑아낼 수 있음을 알았다.

"그럼 누가 너희들의 대장이냐?"

무사들이 일제히 쓰러져 있는 시체 두 구에게 시선을 주었다.

"둘 다 죽었는데요?"

"대협께서 아까 단칼에……."

서흑수는 자기가 또 실수했음을 깨달았다.

'젠장. 살기에 너무 깊이 지배됐었군. 죽이기 전에 대장부터 가려냈어야 하는 건데. 아니, 한 놈은 대장인 줄 알면서도

죽였지. 다른 한 놈이라도 살렸어야 할 것을.'

 후회해도 늦었다. 남은 자들에게서 어떻게든 정보를 뽑아내야 한다.

 '그런데 별로 뽑을 게 없어 보인단 말이야.'

 서혹수가 무사들에게 말했다.

 "너희가 아는 것을 전부 떠들어라. 지금까지 무슨 일을 했고, 앞으로 무슨 일을 할 것인지. 내가 만족할 때까지."

 당이환은 모든 무사들을 죽이지는 않았다. 몇 명은 놓쳤고, 다른 몇 명은 생포했다.

 당이환이 예전의 그 독약병을 꺼냈다. 그리고 수리검으로 그것을 찍으며 말했다.

 "이걸 맞은 놈은 아는 걸 순순히 불게 될 거다."

 그는 그럴 필요가 없었다. 수리검을 맞기도 전에 무사들이 서로서로 나서며 소리를 질렀다.

 "오가장에서 왔습니다!"

 "정미화 그년이 우리를 보냈습니다!"

 "우리는 감히 대협을 공격해야 하는 건 줄 몰랐습니다!"

 "알았다면 오지도 않았습니다. 도망쳤을 겁니다!"

 무사들은 그 외에도 자기네가 아는 것들을 모조리 떠들었다. 한참을 듣고 있던 당이환이 소리를 버럭 질렀다.

 "시끄럽다!"

무사들이 즉시 입을 다물었다.

당이환의 얼굴빛은 어두웠다. 그가 얻어낸 정보들은 기대와 완전히 다른 것이었다.

옆에서 고세옥이 투덜거렸다.

"결국 이놈들은 오가장에 있다는 그 여자에게 고용된 사파 무사들이네요?"

"그렇구나."

"그럼 이제 어떻게 하지요?"

"그 여자를 잡아보면 뭔가 나올지도 모르지."

"여자를 잡아요?"

"그 여자가 뭔가 알기를 기대해야지."

당이환이 몸을 뒤로 휙 돌렸다.

"누구냐?"

서흑수가 걸어왔다.

"접니다."

당이환이 멈칫했다.

"어쩌다가 피범벅이 된 거냐?"

"싸움이 있었습니다."

"싸움?"

"몇 놈이 당 대협을 노리고 접근하고 있었습니다. 그놈들을 공격하다가 피를 뒤집어썼습니다."

"다친 곳은?"

"그놈들은 삼류였습니다."

"다행이구나."

고세옥이 찡그린 얼굴로 질문했다.

"형, 형 말대로 이놈들을 잡아다 심문해 봤는데, 누나에 대해서 하나도 몰라. 그래서 정미화인가 하는 그 여자를 잡아야 할 것 같아."

서흑수가 고개를 가로저었다.

"아니, 그 여자는 아무것도 몰라. 그저 오가장을 먹을 욕심에 이용된 여자일 뿐. 이놈들은 치밀해. 하수인에게 뭔가 알게 해주지는 않아."

당이환이 의심스러운 표정으로 질문했다.

"그걸 어떻게 알았나?"

서흑수는 변명거리는 충분히 가지고 있었다.

"제가 잡은 놈들, 그놈들은 오가장에서 온 놈들이 아닙니다. 그놈들을 조금 건드렸더니 술술 불더군요."

고세옥의 얼굴이 환해졌다.

"그놈들은 뭐 좀 알아?"

"다만 작은 실마리 하나뿐이지만 괜찮은 것을 건졌다."

당이환은 일단 그 문제에 대한 의심을 풀었다.

'나를 공격한 놈들은 모두 삼류였지. 이 녀석과 만난 녀석들도 삼류겠지. 이 녀석 실력이라면 충분히 잡을 수 있어. 운 좋은 놈이군. 너무 운이 좋아. 머리도 너무 좋고. 이 녀석은

모든 것이 너무 좋지.'

그는 서흑수 자체에 대한 의심은 전혀 풀지 않았다.

당이환이 질문했다.

"어떤 실마리지?"

"그놈들이 가장 최근에 머물렀던 곳의 위치입니다."

"그곳에 소미가 있나?"

"소미는 거기 없습니다."

"그럼?"

"소미가 어디 있는지 알 만한 놈이 거기 있지요."

당이환이 고개를 끄덕였다.

"그렇군. 그럼 오가장에 갈 필요가 없다는 소린가?"

서흑수가 정색을 하고 말했다.

"소미를 구하는 데 쓸 시간이 있는 것은 틀림없습니다. 하지만 그 시간을 조금이라도 아껴야지요. 우리는 지금 즉시 출발해야 합니다."

그 의견에 반대할 사람은 하나도 없다.

"형, 나는 찬성."

"나도 동의하네."

*   *   *

오혜란은 자기 방에 들어가 불을 켠 직후 뭔가 어색함을 느졌다.

'뭐지?'

그녀는 잠시 후에 그게 뭔지 깨달았다. 잘 보이는 곳에 못 보던 편지가 한 장 놓여 있었다.

그녀는 그것을 주워 들었다.

편지에는 정미화의 무사들이 대부분 제거되어 있을 거라는 내용이 적혀 있었다. 그리고 옛날 오가장 무사들이 지금 어디에 모여 있는지 등이 적혀 있었다. 심지어 이제 그녀가 해야 할 일까지 적혀 있었다.

그녀는 그 내용을 순순히 믿을 수가 없었다.

"누가 이런 걸 썼을까? 아무래도 수상해. 혹시 정미화 그 여자가 수작을 부리는 거 아닐까?"

그녀의 눈은 어느새 그 편지의 가장 아래쪽까지 읽고 있었다. 그 부분을 본 그녀의 눈이 커졌다.

'착한 울보 아가씨. 아무리 상황이 급해도 아직 다 자라지도 않은 몸을 주려고 하지는 마. 최악이라서 미안해. 내가 원래 좀 그래.'

오혜란의 눈에서 눈물이 뚝뚝 떨어졌다.

"왕삼……."

그녀는 얼른 눈물을 닦았다. 그리고는 종이에 적힌 곳으로 달려갔다.

정미화의 방으로 무사 네 명이 급히 들어왔다.

그녀는 그들을 보고 반갑게 말했다.

"당이환을 확실히 제거했겠지?"

무사 한 명이 질린 얼굴로 말했다.

"당했습니다."

"당하다니?"

"오히려 그에게 습격당해 무사들의 대부분을 잃었습니다."

정미화의 얼굴이 파리해졌다.

"그럴 리가 없어. 나를 도와주던 그들이 있었는데도 졌다고? 이길 수 있다고 했잖아?"

"그들은 구경도 하지 못했습니다. 우리 무사들만으로 당이환과 싸웠습니다. 놈은, 그놈은 정말 괴물이었습니다. 상대도 되지 않았습니다."

정미화가 비틀거렸다.

"그럴 수가. 내가 몇 년 동안 힘들여 모은 무사들이… 그리고 그들이 나를 배신하다니……."

갑자기 그들이 있는 방문이 요란한 소리와 함께 박살났다. 깜짝 놀란 정미화가 소리쳤다.

"누구냐!"

문밖에는 무사들이 잔뜩 몰려 있었다. 정미화는 그들이 누군지 잘 알고 있었다.

"네놈들은 모조리 해고했는데 어떻게⋯⋯."

그들은 그녀가 지난 몇 년간 직접 해고한 무사들이다. 그리고 오혜란의 언니 오혜련이 다시 모은 무사들이다. 그들이 몰려와 있었다. 거기에 더해서 정미화의 눈치만 보던 오가장의 무사들도 함께 있었다.

그리고 그들의 앞에 오혜란이 서 있었다. 오혜란이 말했다.

"정미화, 다 끝났어."

정미화의 눈이 풀렸다. 그녀는 털썩 주저앉았다.

"모든 것이 완벽했는데 어떻게 이런 일이⋯⋯."

그녀의 뒤에서 무사 네 명이 덜덜 떨고 있었다. 그들은 서로 눈치를 보다가 얼른 검을 버리고 무릎을 꿇었다. 완전한 항복 표시였다.

오혜란의 눈에 다시 눈물이 솟았다.

"왕삼, 고마워요⋯⋯."

그녀가 손에 쥔 편지를 조심스럽게 품에 안으며 속삭였다.

"나를 준다는 거. 당신을 이용하려는 마음만 가지고 한 말은 아니었는데⋯ 당신이 돌아오면 내 마음을 말해줄게요. 이번에는 솔직하게⋯⋯."

그녀의 바람과는 다르게 서혹수는 이제 이곳에 없었다. 그는 이미 고소미를 찾으러 떠났다.

*   *   *

풍채 좋은 노인이 말했다.

"똑바로 서서 주먹을 앞으로 뻗어라. 발은 땅을 디디고. 그렇지. 그렇게."

노인의 지시에 따라 고소미와 구소라, 천기연은 주먹을 뻗는 연습을 했다.

그녀들은 며칠 동안 주먹질 연습만 했다. 세 명의 동작이 딱딱 맞아떨어졌다.

그녀들의 숨이 거칠어질 때쯤 노인이 말했다.

"잠시 휴식하자꾸나."

고소미는 세 사람 중에 유일하게 무공을 익힌 아가씨다. 손톱만큼이지만 내공도 가지고 있다.

그러나 그녀는 그 조금의 내공을 전혀 끌어올릴 수가 없었다.

'우리가 먹은 음식에 뭔가 있는 것 같아.'

의심은 있지만 확신이 없다.

'음식 때문이라고 해도 굶을 수는 없잖아. 어차피 쌀 한 톨도 남기지 못하게 하는데. 쥐꼬리만 한 내공으로 여기를 빠져나갈 수 있는 것도 아니고. 그것보다는 체력을 유지하는 게 더 중요해.'

그런 결정에는 굶기 싫은 것도 한몫했다. 여기 끌려오는 동안 음식을 제대로 못 먹어서 배고픔이 뭔지 확실히 느끼고 있었다.

물론 음식을 남겼을 때 처벌이 따른다는 말도 두려웠다. 어쨌든 그녀는 여기서 철저한 약자였다.

그래도 눈앞의 노인은 다른 사람들보다 대하기 편했다. 며칠 무공을 가르칠 때 좋은 말투를 써주었기 때문이다.

고소미가 손을 번쩍 들었다.

"할아버지, 물어볼 게 있어요."

할아버지라는 말에 노인이 잠시 움찔했다.

"허험. 무공에 대한 질문이라면 언제나 환영이지. 무엇이 궁금하느냐?"

"성함이 어떻게 되세요?"

노인이 조금 전보다 더 크게 움찔거렸다.

"크흠. 알려고 하지 마라."

"그러지 말고 좀 알려주세요."

"시끄럽다. 다 쉬었으면 일어나서 다시 수련을 시작하자."

구소라가 인상을 살짝 썼다. 아픈 팔다리를 주무르던 그녀는 고소미를 째려보았다.

"하여간 소미 넌 도움이 안 돼. 휴식 시간이 줄었잖아."

고소미도 자기 팔을 두드리며 말했다.

"히잉. 그냥 뭐라고 부를지 몰라서 그런 건데."

천기연은 아무런 군소리 없이 일어섰다.

고소미가 그녀에게 물었다.

"기연이 너는 팔 안 아파?"

"힘은 들지만 특별히 아프거나 하지 않아요."

"좋겠다."

그녀들의 대화를 들은 노인의 눈 깊은 곳에서 작은 빛이 반짝였다.

"게으름 피우지 말고 어서 정권 지르기를 시작해라."

그때부터 몇 시진 동안 계속 주먹 지르기만 연습하던 무공 수련이 마침내 끝났다.

노인이 말했다.

"오늘은 여기까지 하자."

구소라와 천기연은 지쳐서 털썩 주저앉았다.

구소라가 말했다.

"아, 정말 힘들어서 죽을 것 같아."

고소미가 아픈 팔을 톡톡 치다가 노인을 보고 고개를 꾸벅 숙였다.

"할아버지, 고마워요."

"뭐, 뭐가 말이냐?"

그녀가 배시시 웃었다.

"헤에. 다른 무사들처럼 싸늘하게 대하지 않으시잖아요.

우릴 감시하는 무사들은 너무 차가워요."

"크허험. 그들은 긴장하고 있어서 그렇다."

"긴장 좀 풀면 안 돼요?"

노인이 고개를 가로저었다.

"그 녀석들은 긴장하고 있는 것이 낫다. 오히려 마음이 풀어지면 무슨 짓을 저지를지 모르는 놈들이지."

"할아버지 부하들인데도요?"

"내가 키운 놈들도 아니고, 내 직속 부하도 아니다."

"헤에, 그렇구나. 그러니까 할아버지, 고마워요."

"크흠. 자꾸 쓸데없는 소리를 하면 내일부터는 무공 수련 시간을 늘리겠다."

구소라가 얼른 고소미의 옷깃을 당겼다.

"이년아, 앉아. 힘들어 죽겠어."

고소미가 조용히 자리에 앉았다.

노인은 뒤돌아서 방문 손잡이를 잡았다. 잠시 그 상태로 움직이지 않던 노인이 고소미를 힐끗 뒤돌아보더니 말했다.

"적풍이라고 불러라."

고소미의 얼굴이 환해졌다.

"네!"

노인은 그대로 방문 바깥으로 나갔다.

방문 밖을 지키고 있던 무사들이 그에게 인사를 했다. 가벼운 손짓으로 그 인사를 받은 노인이 뒷짐을 지고 걸어갔다.

그가 혼잣말을 중얼거렸다.

"역시 삼음지체인 아이에게서 가장 먼저 약효가 나타나는군. 하지만 반응이 좀 빠른 편이야. 뭐, 그럴 수도 있지. 다른 아이들은 급 자체가 다르니까 그 정도의 분량의 약은 몸이 알아서 처리해 버리겠지? 후후. 지급은 역시 대단해. 인급과는 차원이 달라."

그는 문득 하늘을 올려다보았다.

"그런데 내가 왜 이름을 가르쳐 줬을까? 이것 참 마음이 불편하군. 나도 늙은 것일까?"

그가 고개를 흔들었다.

"아니야. 그냥 작은 친절일 뿐. 저 아이들에게 정을 주는 실수는 하지 않아."

방 안에서 구소라가 말했다.

"소미야, 그런데 우리 말이야. 이렇게 수련하다가 진짜로 강해지면 어떻게 하지?"

"무슨 소리야?"

"이렇게 가둬놓고 하루 종일 무공을 가르치잖아. 이러다가 우리가 아주 세지면 저 무사들 다 때려눕히고 도망칠 수 있지 않을까? 넌 무공을 익혀봤잖아. 어떻게 생각해?"

고소미가 고개를 갸웃거렸다.

"나도 그게 좀 이상해."

"그렇지? 어쩌면 이거 엄청난 절세무공 아닐까?"

"그게 아니라, 우리가 배우는 무공, 심법이 없어."

"그거 없으면 안 되는 거야?"

"좋은 무공이라면 당연히 심법이 따라온다고 배웠어. 그리고······."

"그리고 뭐?"

"방어 초식이 하나도 없잖아."

"응? 그게 왜? 공격만 잘하면 안 돼?"

"내가 원래 익혔던 무공은 공격을 할 때 방어를 위한 동작을 숨겨두거든. 아예 방어 전문 초식도 있고. 물론 공격만 하는 것도 있지만··· 그런데 우리가 배우는 건 공격밖에 없어."

가만히 듣고 있던 천기연이 갑자기 말했다.

"아가씨, 혹시 너무 강한 무공이라 방어가 필요없는 것 아닐까요? 일격필살이라든지 그런······."

고소미와 구소라는 깜짝 놀랐다.

고소미가 호들갑을 떨었다.

"기연아! 괜찮아?"

"아픈 곳은 없어요."

"그게 아니라, 요새 말도 없더니 갑자기 예전의 너로 돌아온 것 같아서."

"목표가 생겼어요."

"목표?"

"무공을 익히겠어요. 무공을 가르치는 건 언젠가는 여기를 나가서 일을 하게 만들려는 거잖아요? 그러니까 어서 강해질 거예요. 그리고 여기를 나가게 되면 손 사부를 찾을 거예요."

고소미가 얼굴을 찡그렸다.

"기연아, 아직도 그놈 이야기야? 그놈은 너를 버렸어."

천기연의 눈에서 독기가 흘렀다.

"알아요. 왜 나를 버렸는지, 물어보겠어요. 그리고 죽여 버릴 거예요."

고소미와 구소라가 그 눈빛에 놀라 멈칫거렸다.

"기연아……."

천기연의 얼굴이 환해졌다.

"그러니까 이 무공이 아주 강한 신공절학이었으면 좋겠어요. 아가씨, 이 무공은 강한 건가요?"

고소미는 난처했다.

"나도 무공이 낮아서 잘 몰라. 하지만 심법을 쓰지 않는 무공이 좋아봐야 얼마나 좋겠니? 그런 건 다 삼류야."

"아뇨, 틀림없이 좋은 무공일 거예요. 우리를 납치까지 했는데 장난으로 하는 건 아닐 거예요. 그리고 우리가 먹는 음식은 약초를 잔뜩 섞은 거잖아요. 아마 돈이 많이 들었을 거예요. 그러니까, 그러니까 이건 정말 강한 무공일 거예요."

고소미는 마음이 아팠다.

'기연이가 변하고 있구나.'

    *   *   *

어두운 밀실에 사람들이 모여 있었다. 그들은 모두 조용히 숨을 죽이고 있었다.

가장 상석에 앉은 지존이 말했다.

"사천의 오가장을 잃었다고?"

한 사람이 대답했다.

"그렇습니다."

"오가장을 거점으로 만들기 위해서 몇 년 동안 공을 들인 것으로 알고 있는데?"

"그렇습니다."

상석의 남자가 탁자를 치며 호통을 쳤다.

"그럼 그걸 구경만 했단 말이냐!"

"아, 아닙니다. 그들을 지원하기 위해서 인근에 머물던 전투 부대 두 개를 보냈습니다. 그들만 해도 사십 명쯤 됩니다. 거기에 정미화라고, 오가장의 일을 처리하던 여자의 무사 사십여 명이 추가로 나섰습니다."

"팔십이라. 여자의 무사들 수준은?"

"대부분 삼류입니다."

"삼류무사 사십에 정예 무사 사십이 갔는데 실패해? 얼마나 많은 무사들이 나타났기에?"

"아닙니다. 흉수는 따로 있습니다."

"흉수? 한 명이란 말이냐?"

"그렇습니다."

"꽤나 이름있는 고수이겠구나."

"그렇습니다. 바로 당이환입니다."

잠시 침묵이 흐른 후 상석의 남자가 말했다.

"당문제일검 당이환? 지난번에 그자가 추격해 올 수 없을 거라고 자신하지 않았나?"

"그, 그렇습니다. 죄송합니다."

"죄송? 죄송으로 끝내려고? 네 쥐새끼 같은 목숨을 바쳐서 사죄할 생각은 없고?"

"사, 사, 살려주십시오."

지존은 마치 손안의 장난감을 가지고 놀 듯이 말했다.

"싫은데? 넌 적풍이 아니잖아. 잘못했으면 죽어야지."

그 사람이 바닥에 엎드리며 사정했다.

"제, 제발······."

지존이 소리를 질렀다.

"밖에 누구 없나!"

회의실 문이 열리며 무사 몇 명이 들어왔다.

"부르셨습니까?"

"저놈, 저거 내다 버리고 그 밑의 놈을 올려 보내."

무사들은 엎드린 사람의 양팔을 붙잡았다.

"지, 지존. 제발 살려주십시오."

"시끄럽잖아. 당장 끌어내지 못해?"

그 사람이 무사들에게 끌려 나가고 얼마 후에 새로운 사람이 들어왔다. 그 사람의 바로 밑에서 일하던 자였다.

"너는 똑바로 일해. 그놈처럼 헛소리하면 너도 죽는다."

"알겠습니다. 목숨을 바쳐 충성하겠습니다."

지존이 이번에는 다른 사람들을 둘러보았다.

"니들도 마찬가지야."

모두 머리를 숙이며 외쳤다.

"목숨을 바쳐 충성하겠습니다."

그들 모두가 그렇게 말했지만 진심으로 그런 생각을 하고 있는 것은 아니다. 일부는 그를 따라 부귀영화를 누릴 꿈에 부풀어 있었지만 몇 명은 다른 생각을 하고 있었다.

'젠장, 금제만 아니라면 그냥 튀겠는데.'

'왜 이런 놈에게 걸려들어서.'

'돈에 욕심 부린 내 잘못이지.'

지존은 상황이 정리되고 나자 고개를 갸웃거렸다.

"이상하군. 당이환, 그는 암기나 독보다 검을 더 잘 쓰는 자이긴 하지. 그런데 우리가 파악한 당이환의 실력이 그 정도였던가? 이거 상당히 놀라운데?"

"아닙니다. 삼류무사 사십을 미끼로 먼저 밀어 넣어 힘을 뺀 후, 고수들이 포함된 정예 무사 사십이 덮치면 충분히 승산이 있었습니다."

"그런데 패했다? 당이환의 실력이 생각 이상이었나 보군. 그래서 피해는?"

"삼류무사 사십이 당이환에게 먼저 선공을 당한 것 같습니다. 전투 부대 두 개는 그 후에 따로 공격받은 것이 아닐까 하는 추측을 하고 있습니다."

"그놈들은 얼마나 살아남았는데?"

"전멸했습니다."

상석의 남자가 잠시 입을 다물었다. 갑자기 소리를 버럭 질렀다.

"전멸? 도망치지도 못했어? 놈의 실력이 그 정도였다고? 그럴 리가 없다!"

"하, 하지만 사실입니다."

"아니, 말이 되지 않아. 이건 이상하다."

상석의 남자가 골똘히 생각에 잠겼다.

"다른 고수의 조력을 받은 것은 아니고?"

"그에게 도움을 줄 만한 고수는 그 근처에서 발견하지 못했습니다."

"고수가 없었다고? 무림맹에서 기어나온 조사단이 그 근처에 있다고 알고 있는데?"

"사실은 화산파의 백현우가 멀지 않은 곳에 있었습니다. 하지만 그는 그날 당이환과 만난 적이 없습니다."

"그래? 그럼 죽은 자들의 상처는 확인했느냐? 당이환의 솜씨가 틀림없느냐?"

"그것이… 확인이 곤란한 상황입니다."

"왜 곤란해?"

"전투 부대 사십 명이 증발했습니다."

"뭐?"

"분명히 공격하러 떠난 것은 알겠는데, 사라졌습니다. 그래서 전멸했다고 말씀드린 겁니다."

"미치겠군. 어떻게 된 거야?"

"아마 놈에게 제거된 후 파묻히거나, 아니면 다른 방법으로 흔적을 없앤 것 같습니다."

"확인해야 할 거 아냐?"

"아시다시피, 그런 것을 조사하다가 눈에 뜨이면 뒤탈이 생길 위험이 있습니다."

"젠장. 당이환 그놈이 나타난 이후로 비밀 유지가 영 힘들군. 아주 힘들어."

"죄송합니다."

"정말 당이환이 한 짓이 틀림없어?"

"당이환은 당문제일검입니다. 그곳에는 그 말고는 의심 가는 자가 없습니다."

지존이 탁자를 톡톡 두드렸다.

"당이환의 무공이 그 정도라. 우리가 잘못 파악했다고? 놈이 실력을 그렇게 철저히 숨길 정도로 심계가 깊은 놈이란 소리인가? 이상해."

"사천당문에서도 기재로 취급되는 인간입니다. 당문의 특성상 심계가 깊은 것은 당연한 일 아니겠습니까?"

"아무래도 불안하군. 그런데 그가 왜 오가장까지 와서 일을 벌였지? 그가 우리 일에 개입한 이유가 단순한 친분 때문이라고 했나?"

"그렇습니다. 사천 수유현 고가장의 여장주가 당문의 방계 출신입니다. 아무래도 당이환과 그녀 사이의 친분이 우리 예상 이상인 것 같습니다."

"고가장?"

"고가장을 포함해서 그 동네에서 최근에 대상물을 셋이나 건졌다고 보고받았습니다. 현재 작업을 시작한 상태입니다."

"나도 알아. 그리고 그 동네에서 전투 부대 하나가 날아갔다고 했지?"

"예. 완전히 실종됐습니다. 그 일 역시 당이환의 짓이라 판단하여 이번에는 단단히 준비했습니다만 어쩔 수 없이 실패했습니다."

지존이 인상을 썼다.

"그런데 일 처리를 어떻게 해서 거기서 오가장까지 추적해

왔지? 누가 실수를 한 거냐?"

"실수한 놈은 조금 전에 처형하셨습니다."

"아, 그랬지. 그럼 그놈은 왜 그런 실수를 한 거야?"

"평소와 다름없이 처리했습니다. 그런데도 놈이 오가장까지 추격해 왔습니다."

"허. 무공이 강한 놈이 심계가 깊고 머리까지 좋다? 골치 아프군. 놔두면 큰 방해가 될 놈이야."

"하지만 그는 사천당문의 당문제일검 당이환입니다. 함부로 제거했다가 당문이 본격적으로 조사에 나서면 뒷일을 감당할 수 없습니다."

지존이 곰곰이 생각에 잠겼다.

"당이환. 생각보다 대단한 인물이야. 지나치게 대단해. 이거 정말 곤란한데. 곤란해."

모두 그의 얼굴만 보고 입을 다물고 있었다.

지존이 결국 고개를 들고 말했다.

"그 여자들 어디 있지?"

"현재 천가장에 있습니다."

"천가장? 거기서 뭐 하고 있는데?"

"당연히 적풍과 함께 있습니다."

"그 여자들을 포기한다면?"

"예?"

"당이환을 함부로 제거할 수는 없다. 대안으로 여자들을 포기한다면 그가 추격을 그만둘까?"

"여자들을 제거한다는 말씀이십니까?"

"그러면 추격을 그만둘 리가 있나? 산 채로 돌려줘야지."

"하지만 이미 작업을 시작한 상태입니다. 별로 아는 것은 없겠지만 풀어주는 것은 너무 위험합니다."

"실혼단을 쓰면 백치로 만들 수 있잖아?"

"그렇기는 합니다만……."

"당이환의 존재가 아무래도 꺼림칙하다. 고가장에서 오가장까지 순식간에 추격해 온 그의 능력이 꺼림칙해. 인급 셋이라면 정말 아깝기는 하지. 하지만 포기하는 게 낫다. 우리의 일은 비밀 유지가 생명이다. 이건, 뭔가 느낌이 좋지 않아."

"인급 셋이 아닙니다."

"아니라니? 그렇게 보고받았는데?"

"재조사 결과 그중 둘이 지급으로 판명됐습니다."

"뭣이?"

"하나는 육음지체, 다른 하나는 칠음지체. 어쩌면 팔음지체일지도 모른다는 보고를 받았습니다."

지존이 소리를 버럭 질렀다.

"지급이 둘이나 나왔다는 말을 왜 이제야 하는 거냐!"

"죄송합니다. 진단한 자의 실력이 다소 모자랐습니다. 저희는 좀 더 경과를 보고 정확한 평가가 나온 후에 보고드리려고 했습니다."

지존의 얼굴이 눈에 띄게 밝아졌다.

"그 귀한 지급이 둘이라. 그것도 하나는 칠음지체? 잘하면 팔음지체가 돼? 흐흐. 이거 정말 좋은 소식이군. 내가 천하를 차지하는 데 큰 도움이 될 거야. 그런 귀한 것들을 포기할 수는 없지."

지존이 다시 생각에 잠겼다.

"그럼 이제 어떻게 한다? 골치 아프게 됐군. 왜 하필 그자가 끼어들어서 말썽인지. 그놈은 지금 어디에 있어? 아직 오가장에 있어?"

"사라졌습니다."

"뭐야? 어디로? 천가장으로?"

"그건 조사 중입니다."

지존이 살기를 뿜으며 소리쳤다.

"이 바보 자식아! 무슨 일 처리를 그따위로 하는 거냐!"

보고하던 남자가 목을 움츠렸다.

지존이 이를 갈았다.

"으드득. 이미 늦었을지 모르겠군. 당이환, 생각 이상으로 빠르구나. 하지만 거기까지다. 더 이상은 용납하지 않겠다."

第十章

서흑수 일행은 조그마한 장원에 도착했다.
당이환이 말했다.
"이번에도 그동안처럼 자네가 잠입할 건가?"
서흑수가 고개를 가로저었다.
"아닙니다."
"아니야? 왜?"
"놈들은 저곳에 머물고 있었습니다. 장원의 크기로 볼 때 그만한 숫자의 사파 놈들이 머물고 있었다는 건 저곳도 사파라는 뜻입니다."
"확실한가?"

"지금부터 마을을 돌아다니며 조사해 볼 참입니다."
"그래? 그럼 그렇게 하게. 우리는 움직이면 곤란하지?"
"당 대협이 알아보는 순간 놈들은 긴장합니다."
"좋아. 그렇게 하게나."

서흑수는 마을을 돌아다니며 정보를 수집했다. 어렵지 않았다. 그 장원에 대해서 묻기만 하면 사람들이 이를 갈거나 겁을 먹었다.

서흑수가 돌아오자 당이환이 급히 질문했다.

"사파가 맞던가?"

"그렇습니다. 고리대금과 도박장 운영을 주로 하는 사파입니다. 상당히 악질이라 사람들이 치를 떨고 있습니다."

"저거 규모가 너무 작은데?"

서흑수가 거짓말을 했다.

"당 대협을 노린 놈들, 몇 놈뿐이었습니다."

"그래도 그렇지."

"그리고 당연히 배후가 있겠지요. 저곳은 단지 그놈들을 고용하는 일을 대행했을 뿐입니다. 저 뒤에 누군가 있습니다."

"그 배후에 있는 놈이 소미를 데려갔겠군."

"그러니 그놈을 꼭 잡아야 합니다."

"역시 저곳에는 소미가 없다는 소린가?"

"없습니다. 하지만 놈들과 관계된 곳입니다. 배후에 대해 실마리를 가진 놈이 있을 겁니다. 명령을 구체적으로 듣고 있었을 테니까요."

당이환이 인상을 썼다.

"불안하군. 그건 단지 자네의 추측 아닌가?"

서흑수가 웃었다.

"당 대협을 습격하려고 하다가 저에게 잡힌 놈이 몇 있었습니다. 그놈들은 바로 여기서 나왔습니다. 여기 그들을 보낸 놈이 있을 겁니다. 지금은 그것이면 충분합니다."

여기서 나온 자들은 사십 명이었지만 서흑수에게 걸려서 전멸했다.

그러나 그 진실을 아는 사람은 서흑수뿐이다. 나머지는 모두 시체가 되어 땅에 파묻혔다.

'숫자가 틀리면 모른다고 잡아떼면 그만. 저놈들보다는 내 말을 좀 더 믿겠지.'

서흑수가 거짓말을 한마디 덧붙였다.

"그놈이 오가장의 무사들도 동원했을 겁니다. 정미화를 부추겼겠지요."

당이환이 끄덕였다.

"좋다. 여기에 그놈이 있다는 거지? 감히 나를 삼류무사 몇십 놈 보내면 죽일 수 있다고 우습게 판단한 놈이? 당문의 복수가 왜 무서운지 가르쳐 주마."

그는 자존심이 상해 있었다. 자신이 누구인지 알면서도 하수들을 보냈다고 생각했다.

서혹수가 거기에 기름을 부었다.

"저기 있는 놈들도 결국 당 대협을 죽이려고 했던 자들입니다. 용서하실 필요 없습니다."

"당연하다. 당문은 은혜는 잊을지언정 원수는 반드시 두 배 이상으로 갚는다."

"하지만 이곳의 우두머리들은 살려두어야 합니다. 정보를 뽑아내야 합니다."

"나만 믿게."

"저번처럼 대협만 믿겠습니다."

"끄응. 그럼 갈까?"

당이환이 당당하게 장원으로 걸어갔다.

서혹수와 고세옥은 당이환의 뒤를 따랐다. 둘 다 당이환만 믿는다는 표정이었다.

고세옥은 정말 당이환만 믿었다. 하지만 서혹수는 달랐다. 그는 감각을 날카롭게 다듬었다.

'예상 못한 놈이 있을 수 있으니까. 이놈들. 상당히 강력한 세력을 가지고 있으니까.'

그곳은 문지기조차 없었다. 당이환이 장원의 문을 손바닥으로 후려쳤다.

두꺼운 나무 문이 요란한 소리와 함께 조각났다.

고세옥이 뒤에서 박수를 쳤다.

"정말 멋진 장법입니다."

서흑수의 얼굴이 일그러졌다.

'미치겠군. 이 수법을 보고 놀라서 우두머리가 도망치면 어떻게 하려고?'

그의 걱정은 기우였다. 요란한 소리를 듣자 장원에서 무사 이십여 명이 우르르 몰려나왔다. 그리고 무사들 사이에서 중년 남자 하나가 호통을 쳤다.

"감히 어떤 놈이 남의 문파에서 행패냐? 여기가 소투파임을 모른단 말이냐?"

당이환이 소투파 문주를 보고 이빨을 드러냈다.

"네놈이구나. 감히 나를 우습게본 놈이."

"네놈이 누구인지는 모르나 우습게 보이기는 하는구나."

서흑수는 이들이 정말 목표물인지 확증이 필요했다. 그가 일부러 대화에 끼어들었다.

"네 이놈! 네놈이 어제 부하들을 보내서 이분을 습격하지 않았느냐?"

문주의 얼굴이 흙빛으로 변했다.

"설마 당이환?"

당이환이 차갑게 웃었다.

"역시 네놈들이 틀림없구나."

당이환이 웃는 얼굴 그대로 왼손을 휙 뿌렸다. 그의 손을 따라 빛줄기 세 개가 뻗어나갔다.

무사 세 명이 즉시 목을 붙잡고 비명을 질렀다.

"커, 커억!"

당이환이 검을 빼 들고 문주에게 다가가며 말했다.

"네가 감히 나를 삼류로 보고 그따위 것들을 보내? 감히 나를 우습게봐? 당문제일검이 네 노리개더냐!"

겁먹은 문주는 급히 변명을 했다.

"우습게보다니. 다, 당신을 상대하기 충분할 만큼 많이 보냈단 말이오!"

문주의 말은 사실이다. 지난밤에 당이환을 습격한 자들은 고수가 섞인 정예 무사 사십여 명과 삼류무사 사십여 명이다.

그러나 당이환이 만난 것은 단지 삼류무사 사십여 명이 전부였다.

당이환의 분노가 폭발했다.

"충분? 그놈들이면 충분해? 다 죽여 버리겠다!"

그가 문주에게 달려들었다. 문주는 깜짝 놀라며 무사들 사이로 숨어들었다.

당이환은 머뭇거리고 있는 사파 무사들을 베며 문주를 쫓았다.

삼류무사 몇이 당이환에게 겁먹고 고세옥 쪽으로 다가왔다.

고세옥의 눈빛도 싸늘했다.

"감히 누나들을 납치해?"

고세옥은 원래 무공이 괜찮은 편이었다. 최근 당이환에게 제대로 지도를 받으며 그 실력이 빠르게 늘어나고 있었다.

고세옥이 검을 휘두르며 삼류무사들 속으로 뛰어들었다.

"누나들을 내놔!"

양 떼에게는 늑대나 호랑이 모두 무서운 맹수다. 고세옥도 제 세상 만난 것처럼 날뛰었다.

서혹수는 그들이 싸우는 것을 조용히 구경만 하고 있었다. 겉보기에는 그랬다. 실제로 그는 싸움터 전체를 관조하고 있었다.

소투파 문주가 당이환을 피해 움직이며 뒤쪽을 힐끗거렸다.

서혹수의 눈이 날카롭게 빛났다.

'너보다 강한 자? 눈치를 봐야 하는 자? 누구냐?'

무사들 뒤쪽에 있던 자 하나가 조용히 어둠 속으로 스며들었다. 소투파 문주가 다시 뒤를 돌아봤을 때, 그는 이미 사라지고 없었다.

문주의 얼굴이 사색이 됐다.

사내는 소투파의 싸움에서 몰래 빠져나온 후 뒤도 돌아보지 않고 도망쳤다.

"젠장, 놈이 죽지 않았다니. 여기까지 쳐들어오다니. 지독한 놈. 엄청난 놈."

죽어라고 달리던 그의 앞에 갈림길이 나왔다. 그는 잠시 망설였다.

"당이환, 그놈이 혹시 내가 움직인 흔적을 뒤쫓지 않을까? 그래, 고가장에서 여기까지 쫓아온 놈이야. 추종술에도 재주가 있을지 몰라. 안전한 게 좋지."

그는 왼쪽 갈림길로 들어섰다.

그의 바로 앞에 서흑수가 솟아오르듯 나타났다. 사내는 잠시 상황 판단을 하지 못하다가 비명을 질렀다.

"흐어억!"

서흑수가 사내를 보고 웃었다. 웃음에 또다시 살기가 진득하게 묻어났다.

"본거지로 가지 않겠다는 소리군. 그러면 서운하지."

사내가 긴장한 채 검을 잡았다.

"누구냐!"

"질문은 내가 한다. 너는 대답을 하고."

사내가 검을 뽑아 서흑수에게 휘둘렀다.

"개소리 마라!"

서흑수가 사내를 향해 손을 뻗었다. 사내의 검이 그 팔을 가르고 지나갔다.

"베었다! 으하하하. 별것 아닌 놈이었… 컥!"

서흑수의 손이 사내의 목을 움켜쥐었다. 숨이 막힌 사내가 버둥거렸다.

'베, 베었는데… 벤 감촉이 없었다.'

그는 뒤늦게 그것이 생각났다. 눈으로는 팔을 벤 것 같았지만 그의 검에 걸린 느낌은 아무것도 없었다.

사내가 버둥거리기 시작했다. 서흑수는 살기를 뚝뚝 흘리며 목을 잡은 손에 힘을 주었다. 사내의 눈알이 서서히 튀어나오기 시작했다.

갑자기 서흑수는 정신이 번쩍 들었다.

'죽이면 안 돼.'

그는 사내를 바닥에 팽개치고 심호흡을 했다.

"후우. 후아."

'진정하자. 살기에 지배되면 소미를 구할 수 없어. 이놈의 살기 때문에 요새 너무 실수를 많이 했어. 나는 정보가 필요해. 이놈의 목숨 따위는 중요하지 않아.'

사내는 바닥에 엎드려서 숨을 헉헉거리고 있었다. 서흑수가 그런 사내를 걷어찼다.

"커억!"

"고가장 알아?"

사내가 고통을 참으며 서흑수를 올려다보았다.

서흑수가 다시 발길질을 했다. 그의 발이 사내의 배를 걷어찼다. 사내는 허리가 푹 꺾이며 나뒹굴었다.

"케에엑!"

"고가장 알아?"

사내는 대답하고 싶었다. 하지만 고통이 너무 심해서 목소리가 나오지 않았다.

서흑수가 다시 발을 들었다. 사내가 팔을 바들바들 떨며 목소리를 쥐어짰다.

"아, 아, 압니다."

"소미 어디 있어?"

사내는 고통 속에서도 눈알이 빠르게 굴렀다. 곧바로 서흑수의 발이 날아왔다.

"크아악!"

사내의 팔이 부러져 덜렁거렸다.

"소미 어디 있어?"

"그, 그건… 커억!"

서흑수의 살기가 점점 짙어졌다. 그의 발길에 얻어맞는 사내는 몸 이곳저곳이 망가져 가고 있었다.

사내는 공포에 잠식되었다.

'맞아 죽는다.'

"천가장에 있습니다!"

"천가장?"

"그렇습니다. 고가장에서 데려온 여자 둘, 그리고 구가장에서 데려온 여자 하나는 모두 천가장에 있습니다."

"천가장이 어디야?"

"저쪽으로 사십 리 정도 가면 있습니다."

"확실해?"

"그 여자들을 납치할 때 저도 있었습니다. 확실합니다."

서흑수는 사내를 보며 생각했다.

'이놈이 대단한 배우가 아니라면 공포에 질린 것이 확실하다.'

서흑수가 살기를 뿌리며 웃었다.

'다른 정보는 더 없을까?'

그 섬뜩한 웃음을 보고 심장이 떨어질 것처럼 놀란 사내가 급히 말했다.

"살려주십시오. 제 말은 사실입니다. 그러니까 제발 살려주십시오."

서흑수가 웃음을 거두지 않고 말했다.

"소미를 납치하고도 살기를 원해? 웃기지 마. 너희들은 손대지 말아야 할 것에 손을 댔어. 그러니까 아는 것을 더 불어봐. 내가 너를 살려줄 마음이 들 만큼 많이 불어봐."

"하지만 더 이상 아는 것이……."

서흑수는 차가웠다.

"그러면 넌 죽어."

소투파를 완전히 박살 낸 당이환은 그곳 문주를 생포했다. 주변에는 사파 무사들의 시체가 널려 있었다. 소투파는 전멸했다. 암기까지 능숙하게 쓰는 그의 앞에서 두어 명이 달아나는 것이 고작이었다.

당이환이 인상을 썼다.

"흑수 이 녀석은 어디 간 거야? 녀석이 있는 상태에서 심문을 하려고 했는데."

고세옥이 말했다.

"혹시 무슨 일을 당한 것은 아닐까요?"

"이런 삼류사파에게 당할 녀석이 아니다. 걱정하지 마라."

당이환은 고세옥의 손을 보았다. 피 묻은 검을 쥐고 있는 그의 손은 가늘게 떨리고 있었다.

"사람을 죽인 것이 처음이냐?"

"네."

"기분이 어떠냐?"

고세옥이 입술을 깨물더니 대답했다.

"더러워요."

"무림은 그런 곳이다. 나를 죽이려는 자를 놓아주면 나중에 뒤통수에 칼을 맞는 곳이다. 사람을 죽이는 것이 싫다면 네가 절대고수가 되거나 아니면 무림에 발을 들여놓지 말아야 한다. 마음이 모질지 못한 자에게 무림은 지옥이다."

고세옥이 이를 악물었다.

"참을래요. 난 구해야 할 사람들이 있으니까."

서흑수는 손쉽게 땅을 판 후 사내의 시체를 묻었다.
"정말 지독한 놈들이다. 어떻게 제대로 알고 움직이는 놈들이 하나도 없어? 전부 돈에 팔린 사파 놈들이네."
그는 땅을 잘 다진 후 천가장 쪽을 돌아보았다.
"기다려라. 소미야. 내가 간다."
서흑수가 천가장 쪽으로 경공을 펼쳐 달리기 시작했다. 쾌의 비결이 들어간 경공을 펼치며 질풍이 되어 달렸다.

서흑수는 빨랐다. 가깝지 않은 거리였지만 어느새 천가장이 보이는 곳까지 달려갔다. 당연히 당이환이나 고세옥은 곁에 없었다.
그는 당이환을 생각했다.
'만약 놈들이 당 대협을 주시하고 있다면 지금 소투파에 온 신경을 쓰고 있겠지.'
그는 천가장을 쳐다보았다.
'소미가 저 건물들 중 어디에 있을까? 구조해 내는 게 먼저다. 복수는 그 다음.'
그는 복면을 뒤집어썼다.
'정보가 잘못됐을지 모르니 얼굴을 노출할 순 없어. 먼저 소미가 저기 있는지부터 확인해야 해.'
그는 장원으로 조용히 침투해 들어갔다. 그리고 뭔가 이상

함을 느꼈다.

'장원에 인기척이 거의 없다. 왜? 비밀을 유지하기 위해서? 아니면 함정일까? 흥. 함정 따위 부숴주겠다. 하지만 문제는 소미의 안전.'

그는 건물들을 하나씩 조심조심 조사하기 시작했다. 그의 움직임은 극도로 조심스러웠고 은밀했다.

몇 개의 건물 지붕을 타고 다니던 서흑수의 눈이 반짝였다.

'여자?'

문이 단단히 잠긴 방 하나에 여자 한 명이 가만히 앉아 있었다.

'소미는 아니야. 기연이나 소라 아가씨도 아니야. 하지만 방의 구조를 볼 때 여기 갇혀 있는 것이 틀림없군. 누구지? 혹시 울보 아가씨의 언니? 아니면 다른 납치된 여자?'

서흑수는 여자의 앞에 툭 떨어지듯 나타났다. 여자가 고개를 들어 그를 보았다.

서흑수가 손가락으로 자기 입을 가렸다.

"쉿. 구해주러 왔습니다."

여자가 조금 멍한 얼굴로 그를 보다가 일어섰다.

서흑수가 말했다.

"혹시 다른 여자들은 보지 못했습니까?"

여자는 대답하지 않았다. 갑자기 서흑수를 향해 주먹을 휘둘렀다. 주먹의 속도가 대단히 빨랐다.

서흑수는 이런 반응을 예상하지 못했다. 하지만 그는 그 주먹을 그대로 맞아주기에는 무공이 너무 높았다.

그는 재빨리 뒤로 물러서며 그 주먹을 피했다.

'속도는 대단히 빠르다. 여느 고수에 못지않다. 하지만 정교하지 않아.'

여자는 서흑수를 향해 연달아 두 주먹을 휘둘렀다. 서흑수는 그것을 피하며 생각했다.

'방어는 전혀 하지 않고 오직 공격만을 하는 무공이군. 그런데 왜 나를 공격하는 거지? 혹시 이 여자도 함정의 일부? 확인할 필요가 있어.'

서흑수는 오른손을 앞으로 쭉 뻗었다. 금나수법을 펼쳐 날아오는 여자의 왼 손목을 재빨리 잡았다. 여자의 완맥이 정확히 그의 손에 걸려들었다.

"아가씨, 이러지 말고……."

서흑수의 안색이 굳었다.

'손목이 돌처럼 단단하다.'

여자는 완맥이 잡혔음에도 불구하고 왼손 손가락을 뻗어 서흑수의 팔을 잡았다.

그녀의 손가락들이 서흑수의 오른팔을 파고들었다.

"크윽!"

서흑수는 급히 내공을 끌어올려 팔을 보호했다. 그와 동시에 팔을 흔들어 여자의 손을 떨어뜨리려고 했다.

서흑수의 안색이 급변했다.

'풀리지 않아?'

여자의 왼손은 엄청난 힘으로 서흑수의 팔을 잡고 있었다. 서흑수는 내공으로 오른팔을 보호하고 있기 때문에 더 이상 상처는 입지 않았다. 하지만 오른팔이 잡힌 상태에서는 움직임이 극도로 제한되었다.

여자가 그 상태에서 서흑수를 향해 오른 주먹을 날렸다.

'뭔가 있다.'

서흑수는 즉시 왼손으로 일장을 날려 여자의 오른팔을 쳤다.

"날 우습게보지 마!"

그의 일장에 맞은 여자의 주먹이 서흑수의 옆으로 비껴 나갔다. 그러나 서흑수는 꽤 강한 반탄력을 느꼈다.

"젠장!"

여자가 서흑수에게 바짝 다가왔다. 서흑수는 한 팔을 잡힌 상태라 물러설 수가 없었다. 여자의 오른손이 서흑수를 향해 다시 날아왔다.

서흑수가 독한 마음을 먹었다.

'이것이 함정이라면 부숴 버리겠다.'

그는 내공을 끌어올려 왼손을 앞으로 쭉 뻗었다. 빨랐다. 여자보다 느리게 손을 뻗었지만 그의 장력이 먼저 도달했다.

서흑수의 손바닥에서 일어난 강력한 내공의 힘이 여자의

가슴을 박살 낼 듯이 후려쳤다.

여자의 몸이 뒤로 휘청거렸다.

서흑수도 신음 소리를 냈다.

"크윽. 뭐야. 이 엄청난 반탄력은?"

여자의 가슴은 멀쩡했다. 오히려 다시 자세를 잡고 서흑수를 향해 주먹을 들었다.

그 모습을 본 서흑수는 긴장했다.

'내상을 전혀 입지 않았군. 보통 외문기공이 아니다. 상황이 좋지 않다.'

그는 자신의 오른팔을 힐끗 보았다. 오른팔은 여전히 여자에게 잡혀 있었다.

'젠장, 너무 방심했다. 이 여자에게 특별한 특이점이나 살기 따위는 없었는데. 이렇게 대단한 고수일 줄이야.'

어느새 여자의 주먹이 그의 얼굴을 향해 날아오고 있었다.

서흑수는 방법을 바꿨다. 그는 그 주먹을 피하지 않고 몸을 비틀었다. 오른팔이 잡힌 상태라 몸의 움직임이 자유롭지 못했다. 하지만 주먹을 피하기에는 충분했다.

그는 여자의 가슴 쪽으로 파고들었다. 그녀의 몸을 잡고 번쩍 들어 바닥에 내팽개쳤다.

여자의 몸이 바닥에 꽂혔다. 그녀에게 붙잡힌 서흑수의 몸도 자연히 딸려갔다.

'역시 초식은 정교하지 못하군.'

그는 땅에 부딪치는 여자의 몸을 향해 한 발을 뻗었다. 그가 노리는 곳은 여자의 왼쪽 팔꿈치였다.

'부러지면 놓겠지!'

그의 발이 강력한 내공의 힘을 가지고 여자의 왼쪽 팔꿈치를 옆에서 찍었다.

여자의 왼쪽 팔이 튕겨 나가듯이 쭉 펴졌다. 그러나 그녀는 그 상황에서도 서흑수의 팔을 놓지 않고 있었다.

"으앗!"

서흑수는 이렇게까지 지독한 여자가 있을 줄은 상상도 하지 못했다. 그러나 그의 몸은 여자의 팔을 따라 내팽개쳐지고 있었다.

그리고 다른 것 때문에 서흑수는 놀랐다.

'팔꿈치가 멀쩡해? 어떻게?'

더 생각할 시간이 없었다. 내팽개쳐진 그의 몸뚱이는 두꺼운 건물 벽과 거세게 충돌했다.

건물 벽이 단숨에 부서졌다. 큼지막한 구멍이 만들어지며 그의 몸이 건물 밖으로 빠져나갔다.

서흑수는 그 충격에 신음 소리를 냈다.

"큭!"

여자 역시 그를 따라 딸려 나왔다. 둘은 떼굴떼굴 구르는 형상으로 움직였다.

여자는 그 상태에서 즉시 주먹을 휘둘렀다.

코앞에서 휘둘러지는 주먹은 빨랐다. 서흑수는 특히 현재 자세가 너무 나빴다.

 그래도 서흑수는 그 공격을 피해냈다. 피했지만 초조해졌다.

 '이대로는 당한다.'

 그는 손가락을 하나 세웠다. 공력을 일으키자 손가락에 바위라도 파고들 정도로 강력한 기운이 맴돌았다.

 '이건 너무 독한 수법이지만 할 수 없지.'

 그는 여자의 가슴을 향해 그 손가락으로 찔렀다. 손가락이 여자 가슴에 있는 혈을 정확히 찍었다.

 '헛!'

 서흑수의 손가락이 여자의 혈을 제대로 누르지 못하고 튕겨 나왔다.

 '돌이라도 뚫었을 지법인데 혈도 공격 자체를 실패하다니. 뭐 이런 여자가 다 있지?'

 느긋하게 생각할 시간은 없었다. 그는 자신의 손목을 잡고 있는 여자의 손가락을 왼손으로 움켜잡았다. 억지로 잡아당겼지만 꿈쩍도 하지 않았다.

 '내 각법을 견디는 관절이다. 어설픈 수법은 먹히지 않아.'

 그는 내공을 끌어올렸다.

 '그래도 공격하는 순간에는 공력이 분산되겠지.'

여자의 주먹이 다시 날아왔다.

그 순간을 노려 여자의 손가락을 힘껏 잡아당겼다.

"하압!"

여자의 손가락이 아주 조금 벌어졌다. 그의 팔을 잡는 악력이 조금 약해졌다. 그는 조금도 망설이지 않고 오른팔을 힘껏 잡아당겼다.

내공으로 보호했음에도 불구하고 오른팔 살점이 여자의 손가락에 파여 나갔다. 기다란 상처가 생기며 피가 튀었다.

그는 여자의 손에서 벗어나는 데 집중했다. 그래서 코앞에서 날아온 주먹을 피할 틈이 없었다. 여자의 주먹이 그의 가슴을 때렸다.

"큭!"

서흑수의 눈이 커졌다. 가슴을 거대한 망치로 얻어맞는 것 같았다.

그는 그대로 다섯 걸음이나 뒤로 물러섰다.

그러고도 충격을 모두 해소하지 못해 피를 한 모금 토했다.

"쿨럭!"

복면 속이 피로 물들었다. 오른팔도 살점이 떨어져 피가 흐르고 있었다. 핏방울이 손끝을 타고 방울방울 떨어졌다.

그래도 여자의 손에서 벗어나는 데는 성공했다.

그때 박수 소리가 들렸다.

서흑수가 박수친 사람을 노려보았다. 한쪽에 중년인이 서 있었다.

중년인이 말했다.

"대단해. 당문제일검 당이환의 검이 무섭다는 소리는 들었지만 설마 이 정도일 줄이야."

서흑수가 복면을 쓴 채 말했다.

"지금까지는 쭉정이들만 잡았는데. 이제야 알이 통통하게 찬 놈을 하나 만났군. 너를 잡으면 모든 의문이 풀리겠지?"

"당이환. 광오하구나. 하지만 너는 그럴 자격이 있지. 저건 실패작이라고는 하지만 그래도 인급인데. 그걸 상대로 그렇게 버틴다면 자부심을 가져도 좋지."

서흑수는 그 말에서 실마리를 찾으려고 애썼다.

'뭔가 있다.'

"인급? 무슨 뜻이지?"

중년인이 웃었다.

"죽을 놈이 궁금한 것이 많구나. 염라대왕에게 물어보거라. 아주 잘 알고 있을 거다."

* * *

당이환은 여전히 소투파의 문주를 잡아놓고 서흑수를 기다리고 있었다.

한참을 기다린 당이환의 인상이 점점 일그러졌다.

"세옥아, 흑수가 사라지기 전에 무슨 이상한 행동을 하지는 않았느냐?"

"아뇨."

"어디로 갔는지 보지도 못했고?"

"죄송합니다. 저도 싸우는 데 집중하느라 흑수 형에게 신경 쓰지는 못했어요. 어차피 나보다 강한 형이라서 알아서 잘 하겠지라고 생각했거든요."

"네 잘못이 아니다. 그의 잘못이지."

"예?"

"흑수는 상당히 수상한 녀석이지. 뭔가 수작을 부리는 건지도 모른다."

"에이, 설마요. 저번처럼 당 대협께서 흘린 놈 잡으러 간 것 아닐까요?"

"그랬다면 벌써 돌아왔어야 한다. 아무래도 흑수를 뒤쫓아야겠구나."

"하지만 어디로 갔는지 알고요?"

당이환이 무릎을 꿇고 있는 소투파 문주를 칼끝으로 툭툭 건드리며 말했다.

"이놈이 뭔가 아는 것이 있겠지."

"모르면요?"

"죽여야지."

소투파 문주의 얼굴이 새파래졌다.

"살려주십시오!"

당이환이 소투파 문주에게 말했다.

"내가 누구인지는 알겠지?"

"천하에 이름 높은 협객 당문제일검 당이환 대협이십니다. 진작부터 알고 있었습니다. 존경하고 있습니다."

"그런 놈이 나에게 겨우 그따위 것들을 보내?"

"죄송합니다. 당이환 대협의 높고 높으신 무공이 그 경지인 줄 미처 몰랐습니다."

"어쨌든 네놈은 내가 당문의 독을 잘 다룬다는 것도 알겠구나."

"당연히 알고 있습니다."

"그럼 네가 뭔가 쓸 만한 대답을 내놓지 못하면 내가 너에게 어떤 독을 쓸지도 예상하겠구나."

"그, 그건······."

"우리 당문의 독은 무섭지. 나는 아주 고통스러운 독을 쓸 거다. 고문하는 효과는 참 좋은데 이놈에게는 부작용이 있다. 독을 맞은 놈은 실토하건 말건 결국 죽는다는 거지."

문주가 덜덜 떨기 시작했다. 그 모습에 만족한 당이환이 계속 이야기했다.

"내가 원하는 답을 내지 못하면 나는 그 독을 쓰겠다. 그러면 너는 반드시 죽는다. 아주 고통스럽게 죽는다. 자, 어서 아는 것을 말해봐라."

소투파 문주가 덜덜 떨었다. 그런 그를 보며 당이환이 품에 손을 넣었다.

"네가 독 맛이 궁금한가 보구나."

파랗게 질린 소투파 문주는 얼른 대답했다.

"사실 우리 소투파는 단지 하수인 역할을 하는 것뿐이었습니다."

"누구의 하수인?"

"아주 대단한 고수들이었습니다."

"내가 궁금한 건 그들의 정체다."

"그건 저도 잘 모릅니다. 워낙에 비밀 유지에 신경을 쓰는 자들입니다. 저희는 단지 돈을 받고, 또 협박도 받고, 그러다 보니 어쩔 수 없이 이 일을 하게 됐습니다. 하고 싶어서 한 것은 아닙니다. 정말입니다."

"아무래도 독을 써야겠구나."

소투파 문주가 급히 말했다.

"하지만, 하지만 우연히 엿들은 것이 하나 있습니다. 놈들은 아마 그곳과 연관이 있을 겁니다."

"그곳?"

"천가장이라는 곳이 있습니다. 여기서 그렇게 크게 멀지 않습니다. 그들이 대화하는 와중에 천가장을 언급하는 것을 우연히 엿들은 적이 있습니다."

당이환은 이 정보에 어느 정도의 가치가 있는지에 대해서 잠시 생각했다.

그의 눈치를 보던 소투파 문주가 몇 마디 덧붙였다.

"사실 그들 중 한 명이 대협께서 쳐들어올 때만 해도 같이 있었습니다."

당이환의 눈에서 빛이 번쩍였다.

"그자가 지금 여기 있느냐?"

"도망쳤습니다. 그 개자식은 우리가 다 죽는 꼴을 보면서도 도망쳐 버렸습니다."

"그자가 천가장을 아느냐?"

"물론입니다. 천가장이라는 말은 바로 그자의 입에서 나왔습니다."

고세옥이 곁에서 말했다.

"흑수 형은 혹시 그자를 쫓아서 천가장이란 곳으로 간 것 아닐까요?"

"가능한 일이지. 그게 아니라고 하더라도 천가장이 소미를 납치한 놈들과 관계있음이 틀림없다."

"혹시 누나들이 거기 있을지도 몰라요."

"당장 천가장으로 가서 확인해 보자꾸나."

　　　　*　　　　*　　　　*

화산파 장로 백현우는 무림맹 조사단을 이끌고 있다. 조사단의 임무는 부녀자 실종 사건과 황보헌앙 살해 사건 간의 연관 관계를 찾고 그 범인을 잡아내는 것이다.

조사단이 한 마을에서 객잔을 방문했다.

백현우가 말했다.

"오늘은 이곳에서 쉬세나."

객잔에서는 때마침 잔치가 벌어져 있었다. 조만간에 결혼하는 부잣집 도령이 화끈하게 한턱 쏘고 있었다.

잔치 심부름에 바쁘던 점소이 한 명이 조사단을 보고는 얼른 다가왔다.

"어서 오십시오."

제갈무한이 말했다.

"방 다섯 개를 준비해라."

점소이가 난처한 표정을 지으며 고개를 숙였다.

"죄송합니다. 마을에 잔치가 있어 외부에서 손님들이 많이 찾아오셨습니다. 그분들이 이미 방을 빌리셨습니다."

"그럼 몇 개의 방이 남았는데?"

"죄송합니다. 남은 방이 없습니다."

제갈무한이 인상을 썼다.

"이런 건방진 놈. 우리가 누구인지 알고 네가 방이 없다고 하느냐?"

점소이는 찔끔했다.

'쳇. 무림인들이란.'

화산파 장로 백현우가 제갈무한에게 말했다.

"무한아, 방이 없으면 할 수 없지. 없는 방을 만들어낼 수는 없지 않느냐?"

"하지만 백 장로님, 이 마을에서 객잔은 이곳 하나밖에 보지 못했습니다. 장로님께서 노숙을 하실 수도 없고 또 남궁 소저도 편히 쉬셔야 하는데……."

"아니다. 찾아보면 길이 나오겠지. 이보게, 점소이."

"예."

"이 근처에 가장 큰 집이 어디인가?"

점소이가 잠시 생각하더니 말했다.

"천가장이라고, 저쪽으로 가시면 외진 곳에 큰 장원이 하나 있습니다. 하지만 요새는 문을 걸어 잠그고 지내는 곳이라 어떨지 모르겠습니다."

"괜찮네. 우리는 그리로 가보도록 하지."

무림맹 조사단이 객잔을 나와서 천가장 쪽으로 걸어갔다.

남궁진미가 질문했다.

"백 할아버지, 그곳에서 우리를 재워줄까요?"

"천가장이 만약 정파의 무인이 운영하는 곳이라면 당연히 우리를 재워주겠지. 그리고 일반인의 장원이라도 잘 이야기해 보면 좋은 결과가 있을 거란다. 우리가 바로 무림맹 사람들 아니냐? 보통은 반갑게 맞아주지."

"혹시라도 그곳이 사파의 잔당이 차지한 곳이면 어떻게 하시려고요?"

백현우가 환하게 웃었다.

"허허. 사파가 운영하는 곳이라면 더 잘됐지. 마음껏 훈계를 내리고 하룻밤 머물면 되지."

    *   *   *

사방이 막힌 어두운 공간에서 고소미가 중얼거렸다.

"아, 집에 가고 싶다."

구소라가 맞장구를 쳤다.

"아빠가 걱정하실 텐데."

"우리 엄마도."

"우리 아빠. 나 찾으려고 사람 풀었을 거야."

"우리 엄마도 마찬가지야. 그러니까. 우린 곧 구출될 거야."

"그랬으면 좋겠다."

"그리고 우리 거지도 나 찾고 있을 거야. 거지 진짜 세단 말이야. 거지만 오면 여기 있는 놈들 다 죽었어."

"음… 적풍 할아버지만 빼고."

"그래그래. 적풍 할아버지만 빼고 다 죽었어."

"그런데 서 대협은 언제 오는데?"

"쳇. 거지 이게 게을러빠져서 아직도 나를 찾아내지 못하고 말이야. 내가 어디 있는지 정도는 본능적으로 알아야 하는 거 아니야?"

"서 대협이 무슨 니 애인이라도 되니? 뭘 본능적으로 찾아?"

"흥. 하여간 나중에 거지도 내 손에 죽었어."

"그렇게 서 대협이 싫으면 나한테 넘기라니까? 내 경호무사로 쓰게."

"싫어. 거지가 지금이라도 나를 구해주면 다 용서해 줄 거야. 기연아, 그렇지?"

조금 옆에서 천기연이 몸을 일으켰다. 그녀는 고소미 바로 옆으로 오려다가 그대로 엎어졌다.

고소미가 깜짝 놀라 소리쳤다.

"기연아!"

천기연은 아무 일도 없었다는 듯이 고소미의 옆에 앉았다. 고소미가 천기연의 몸을 만지며 말했다.

"안 다쳤어?"

"괜찮아요. 아프지도 않은걸요?"

"안 아파? 하지만 크게 넘어졌잖아."

"그래도 안 아파요."

옆에서 구소라가 걱정스러운 목소리로 한마디 했다.

"다행이네. 하여간 좀 조심하지. 겨우 한 발자국 걸어오면서 넘어지면 어떻게 하니?"

천기연이 팔을 움직여 보더니 말했다.

"요새 이상하게 몸이 뻑뻑해요. 움직이는 게 부드럽지 않네요."

고소미가 고개를 갸우뚱하더니 말했다.

"이상해. 넘어져도 별로 아프지 않고. 몸도 뻑뻑하고."

구소라가 말했다.

"그럴 수도 있지 그게 뭐가 이상해? 기연이 수련할 때도 하나도 안 아파하잖아."

"아무래도 이상해. 혹시 우리가 먹는 음식 말이야. 거기 약 탄 거 아닐까?"

"약 냄새가 진동하는 그 음식에 약을 안 탔으면 어디다 약을 탔겠니?"

"아니, 그게 그냥 약이 아니라 이상한 약 아닐까 하는 거지. 그러니까, 맞아도 안 아픈 약이라거나, 아니면 몸이 뻑뻑해지는 약이라거나."

구소라가 팔을 휘휘 돌려보았다.

"난 하나도 안 뻑뻑한데?"

고소미가 갑자기 구소라의 팔을 꼬집었다. 구소라가 비명을 질렀다.

"아얏! 이년이 뭐 하는 짓이얏!"

"아파?"

"아프지 그럼 안 아파? 너도 당해봐!"

구소라도 고소미의 팔을 꼬집었다.

"아야! 아파라."

"아프라고 꼬집은 거야!"

고소미가 고개를 갸우뚱거렸다.

"이상하네. 너랑 나는 꼬집으면 아프잖아. 그럼 음식 탓은 아닌가?"

구소라가 꼬집힌 자리를 문지르며 말했다.

"기연이 건강이 안 좋아졌나 보다. 다 니가 너무 부려먹어서 그런 거야."

"요년아! 내가 언제 그랬다고!"

*   *   *

서흑수는 중년인이 말하는 틈에 마주 선 여자를 자세히 살펴보았다.

'인급? 실패작?'

그는 여자의 눈을 보았다. 눈빛이 흐릿했다.

'이지를 상실했다. 실패작이어서? 뭘 실패했지? 아니면 실패한 것은 다른 쪽인가? 처음부터 이지를 흐리게 만드는 수법? 도대체 뭐지?'

그는 다시 중년인을 쳐다보았다.

'저놈은 누구지?'

그의 눈에 중년인 얼굴에 있는 점 세 개가 보였다. 오가장에 처음 간 날 사람들에게 들은 말 중 하나가 귓가를 맴돌았다.

'장주 어르신의 얼굴에 있는 그 큰 세 개의 점이 바로 마약 때문에 생긴 거라는 소문도 있다네. 하지만 그럴 리가 있나. 하하하.'

서흑수는 이제 이 중년인이 누군지 깨달았다.

"얼굴에 세 개의 점. 오가장의 장주!"

중년인이 잠시 움찔했다.

"흥. 당이환, 이 점에 대해서 들었구나."

"젠장. 넌 약쟁이라며? 그 말을 그냥 믿는 게 아니었어."

"하하하. 약쟁이로 위장한 거였지."

"왜 그랬지?"

"내가 움직이지 않아야 정미화가 마음 놓고 오가장을 장악하지. 내가 장악하면 결국 조카딸들에게 돌려줘야 하잖아."

"정미화가 장악을 끝내면 네가 장원을 다시 먹고?"

"당연한 수순이지. 그게 아니라면 그 여자를 끌어들일 이유가 없지."

"결국 그 여자도 이용당한 거로군."

"그 여자도 결국 사파의 여자. 남들을 이용하면서 지금까지 살아왔으니 내게 이용 좀 된다고 해서 뭐가 그리 나쁠까."

서흑수는 대화를 하면서 시간을 벌었다. 그는 그동안 여자를 힐끗거리며 관찰했다.

'모르겠다. 아직 모르겠어.'

중년인은 서흑수가 여자를 향해 자꾸 눈짓하는 것을 보고 음흉하게 웃었다.

"흐흐흐. 당이환, 그 여자가 마음에 드나? 아니면 뭔가 약점을 찾아보게? 포기해라. 인급에게 약점이란 없다."

그는 여자에게 패를 보여주며 손짓했다. 여자가 그를 돌아보았다.

'지존께서는 당이환을 쫓아버리라고 하셨지. 평소 지존의 말투를 생각해 보면 당연히 그건 죽여 버리라는 뜻.'

그는 서흑수를 가리키며 말했다.

"지존께서 내리신 명령이다. 저자를 죽여."

서흑수의 눈빛이 번쩍였다.

'지존? 그놈이 두목이구나. 역시 이놈은 뭔가 알고 있어!'

하지만 더 이상 그 생각을 할 수 없었다.

여자의 움직임이 변했다. 그녀는 조금 전과는 비교도 안 될 정도로 민첩하게 서흑수를 향해 달려들었다.

'아까와 움직임이 다르다. 명령을 직접 들어야 제 실력이 나온다는 건가? 이 여자, 방법은 모르지만 조종당하고 있다.'

조종당하는 여자가 상대라고 해서 순순히 당해줄 수는 없다. 서흑수는 검을 뽑았다.

'점혈 따위는 먹히지 않으니까.'

"미안!"

그의 검이 여자의 손목을 향해 날아갔다. 날카로운 칼날이 여자의 가늘고 하얀 손목을 때렸다.

까앙!

쇳소리가 터지며 서흑수의 검이 튕겨 나왔다.

서흑수는 크게 놀랐다. 그는 즉시 몸을 뒤로 날렸다. 여자의 주먹이 그가 서 있던 공간을 스치고 지나갔다. 조금 전보다 훨씬 빠르고 정교해진 주먹이었다.

'외공을 아무리 익혀도 금강불괴가 되지 않는 이상 내 검을 이렇게 완벽히 튕겨낼 수는 없다. 하지만 금강불괴를 완성했다고 보기에는 무공이 너무 약해. 오직 방어력과 파괴력만 가졌을 뿐이야. 더구나 이런 외공을 이룬 고수가 제정신이 아니라는 건 이상해. 주화입마에 빠진 걸까? 아니야. 저놈의 명령을 듣고 있잖아.'

그는 무림에서 그런 특징을 가진 존재를 한 가지 알고 있다. 서흑수의 안색이 변했다.

"설마 강시?"

중년인이 움찔거리는 것이 서흑수의 눈에 보였다. 서흑수는 그 태도를 보고 더 큰 혼란에 빠졌다.

'손목을 잡았을 때 확인했다. 체온이 느껴졌어. 싸우면서 확인했다. 숨을 쉬고 있어. 더구나 강시와는 달리 움직임이

너무 부드러워. 이 여자는…….'
"이 여자는 살아 있는 사람이잖아. 말도 안 돼!"
여자가 무표정한 얼굴로 서흑수에게 주먹을 날렸다.

2권 끝